新潮文庫

世界の終りと
ハードボイルド・
ワンダーランド

上　巻

村上春樹著

新潮社版

4110

目次

（下巻）

カット　落田洋子

世界の終りと
ハードボイルド・ワンダーランド

上巻

太陽はなぜ今も輝きつづけるのか
鳥たちはなぜ唄《うた》いつづけるのか
彼らは知らないのだろうか
世界がもう終ってしまったことを

"THE END OF THE WORLD"

1

ハードボイルド・ワンダーランド

——エレベーター、無音、肥満——

エレベーターはきわめて緩慢な速度で上昇をつづけていた。おそらくエレベーターは上昇していたのだろうと私は思う。しかし正確なところはわからない。あまりにも速度が遅いせいで、方向の感覚というものが消滅してしまったのだ。あるいはそれは下降していたのかもしれないし、あるいはそれは何もしていなかったのかもしれない。ただ前後の状況を考えあわせてみて、エレベーターは上昇しているはずだと私が便宜的に決めただけの話である。ただの推測だ。根拠というほどのものはひとかけらもない。十二階上って三階下り、地球を一周して戻《もど》ってきたのかもしれない。それはわからない。

そのエレベーターは私のアパートについている進化した井戸つるべのような安手で直截的《ちょくせつてき》なエレベーターとは何から何まで違っていた。あまりにも何から何まで違っていたので、とてもそれらが同一の目的のために作られた同一の機構を持つ同一の名を冠《かん》せられた機械装置だとは思えないくらいだった。そのふたつのエレベーターはおよそ考えられうる限りの長い距離によって存在を遠く隔てられていたのだ。

まず第一に広さの問題だ。私が乗ったエレベーターはこぢんまりとしたオフィスとしても通用するくらい広かった。机を置いてロッカーを置いてキャビネットを置き、その上に小型のキッチンを備えつけてもまだ余裕がありそうである。ラクダを三頭と中型のやしの木を一本入れることだってできるかもしれない。第二に清潔だった。新品の棺桶《かんおけ》のように清潔である。まわりの壁も天井もしみひとつくもりひとつないぴかぴかのステンレス・スティールで、床には毛足の長いモス・グリーンのカーペットが敷きこんである。第三におそろしく静かだった。私が中に入ると音もなく――文字どおり音もなく――するすると扉《とびら》が閉まり、それっきり何の音も聞こえなくなった。停《と》まっているのか動いているのかもわからないくらいだった。深い川は静かに流れるのだ。

もうひとつ、そこにはエレベーターというものが当然装備していなくてはならないはずの様々な付属物の大半が欠落していた。まず各種のボタンやスウィッチの類《たぐ》いを集めたパネルがない。階数を示すボタンもドアの開閉ボタンも非常停止装置もない。

とにかく何もないのだ。そのために私は非常に無防備な気持になった。ボタンばかりではない。階数を示すランプもなく、定員や注意事項の表示もなく、メーカーの名前を書いたプレートさえ見あたらなかった。非常用の脱出口がどこにあるのかもわからない。たしかにまるっきりの棺桶だった。どう考えてもこんなエレベーターが消防署の許可を得られるわけはない。エレベーターにはエレベーターのきまりというものがあるはずなのだ。

そんな何のとっかかりもないステンレス・スティールの四つの壁をじっと睨《にら》んでいると、子供の頃《ころ》映画で見たフーディニの大奇術のことを思いだした。彼はロープと鎖で幾重にも縛られて大きなトランクの中に詰められ、その上にまた重い鎖をぐるぐると巻きつけられ、トランクごとナイアガラの滝の上から落とされたり、あるいは北海で氷づけになったりするのだ。私はゆっくりと一度深呼吸してから、私の置かれた立場とフーディニの置かれた立場とを冷静に比較してみた。体を縛られていないぶん私の方が有利だったが、たねを知らないぶんは不利だった。

考えてみればたねどころか私にはエレベーターが動いているのか停まっているのかさえわからないのだ。私は咳払《せきばら》いをしてみた。しかしそれは何か奇妙な咳払いだった。咳払いが咳払いのように響かないのだ。やわらかな粘土をコンクリートののっぺりとした壁に投げつけたときのような妙に扁平《へんぺい》な音が聞こえただけだった。私にはそれが自分の体から発せられた音だとはどうしても思えなかった。念のためにもう一度咳払いをしてみたが結果は同じようなものだった。私はあきらめて、それ以上咳払いするのをやめた。

ずいぶん長いあいだ、私はそのままの格好でじっと立ちつくしていた。いつまでたっても扉は開かなかった。私とエレベーターは『男とエレベーター』という題の静物画みたいにそこに静かにとどまっていた。私は少しずつ不安になってきた。

機械は故障しているのかもしれないし、あるいはエレベーターの運転手――そういう役目の人間がどこかに存在すると仮定しての話だが――が私が箱の中に入っていることをうっかり忘れてしまったのかもしれない。ときどき私は私の存在を誰《だれ》かに忘れられてしまうことがあるのだ。しかしどちらの場合にせよ、結果的に私はこのステンレス・スティールの密室の中に閉じこめられてしまったことになる。じっと耳を澄ませてみたが、どのような音も耳には届かなかった。ステンレス・スティールの壁にぴたりと耳をつけてみたが、それでもやはり音は聞こえなかった。壁に私の耳のかたちが白く残っただけだった。エレベーターはあらゆる音を吸いとるために作られた特殊な様式の金属箱であるようだった。私はためしに口笛で『ダニー・ボーイ』を吹いてみたが、肺炎をこじらせた犬のため息のような音しか出てこなかった。

私はあきらめてエレベーターの壁にもたれ、ポケットの中の小銭の勘定をして暇をつぶすことにした。もっとも暇つぶしとはいっても、それは私のような職業の人間にとっては、プロ・ボクサーがいつもゴム・ボールを握っているのと同じように大事なトレーニングのひとつである。純粋な意味での暇つぶしではない。行動の反復によってのみ偏在的傾向の普遍化は可能なのだ。

とにかく私はいつもズボンのポケットにかなりの量の小銭をためておくように心懸けている。右側のポケットに百円玉と五百円玉を入れ、左側に五十円玉と十円玉を入れる。一円玉と五円玉はヒップ・ポケットに入れるが原則として計算には使わない。両手を左右のポケットにつっこみ、右手で百円玉と五百円玉の金額を数え、それと並行して左手で五十円玉と十円玉の金額を数えるのだ。

そういう計算はやったことのない人には想像しにくいだろうが、はじめのうちはかなり厄介《やっかい》な作業である。右側の脳と左側の脳でまったくべつの計算をし、最後に割れた西瓜《すいか》をあわせるみたいにそのふたつを合体させるわけである。慣れないことにはなかなかうまくいかない。

本当に右側の脳と左側の脳を分離して使いわけているのかどうか、正確なところは私にはわからない。脳生理学の専門家ならもっとべつの表現をするかもしれない。しかし私は脳生理学の専門家ではないし、それに実際に計算をしてみるとたしかに右側の脳と左側の脳を使いわけているような気がするものなのだ。数え終ったあとの疲労感をとってみても、通常の計算をしたあとの疲労感とはずいぶん質が違っているように思える。そこで私は便宜的に、右の脳で右ポケットの勘定をし、左の脳で左ポケットの勘定をするという風に考えているわけだ。

私はどちらかといえば様々な世界の事象・ものごと・存在を便宜的に考える方ではないかと自分では考えている。それは私が便宜的な性格の人間だからというのではなく——もちろんいくぶんそういう傾向があることは認めるが——便宜的にものごとを捉《とら》える方が正統的な解釈よりそのものごとの本質の理解により近づいているような場合が世間には数多く見うけられるからである。

たとえば地球が球状の物体ではなく巨大なコーヒー・テーブルであると考えたところで、日常生活のレベルでいったいどれほどの不都合があるだろう？　もちろんこれはかなり極端な例であって、何もかもをそんな風に自分勝手に作りかえてしまうわけではない。しかし地球が巨大なコーヒー・テーブルであるという便宜的な考え方が、地球が球状であることによって生ずる様々な種類の瑣末《さまつ》な問題——たとえば引力や日付変更線や赤道といったようなたいして役に立ちそうにもないものごと——をきれいさっぱりと排除してくれることもまた事実である。ごく普通の生活を送っている人間にとって赤道などという問題にかかわらねばならないことが一生のうちにいったい何度あるというのだ?

というわけで私はできるだけ便宜的な視点からものごとを眺《なが》めようと心懸けている。世界というのは実に様々な、はっきりといえば無限の可能性を含んで成立しているというのが私の考え方である。可能性の選択は世界を構成する個々人にある程度委《ゆだ》ねられているはずだ。世界とは凝縮された可能性で作りあげられたコーヒー・テーブルなのだ。

話をもとに戻すと、右手と左手でまったくべつの計算を平行しておこなうというのは決して簡単なことではない。私だって精通するまでにはずいぶん長い時間がかかった。しかし一度精通してしまうと、言いかえれば一度そのコツを習得してしまうと、その能力は簡単に消え失《う》せてしまったりはしない。これは自転車や水泳と同じだ。とはいっても練習がいらないわけではない。不断の練習によってのみ能力は向上し、様式は洗練《リファイン》される。だからこそ私はいつもポケットに小銭をためておき、暇があればその計算をするように心懸けているのである。

そのときの私のポケットの中には五百円玉が3枚と百円玉が18枚、五十円玉が7枚と十円玉が16枚入っていた。合計金額は３８１０円になる。計算には何の苦労もなかった。この程度なら手の指の数を数えるよりも簡単だった。私は満足してステンレス・スティールの壁にもたれかかり、正面の扉を眺めた。扉はまだ開かなかった。どうしてこんなに長くエレベーターの扉が開かないのか、私にはわからなかった。しかし少し考えてみてから、機械の故障説と係員が私の存在を忘れてしまったという不注意説は両方とも一応排除してもかまわないだろうという結論に達した。現実的ではないからだ。もちろん私は機械の故障や係員の不注意が現実に起り得ないと言っているわけではない。逆に現実の世界ではその種のアクシデントが頻繁《ひんぱん》に起っていることを私は承知している。私が言いたいのは特殊な現実の中にあっては——というのはもちろんこの馬鹿《ばか》げたつるつるのエレベーターのことだ——非特殊性は逆説的特殊性として便宜的に排除されてしかるべきではないか、ということである。機械の手入れを怠ったり来訪者をエレベーターに乗せたきりあとの操作を忘れてしまうような不注意な人間がこれほど手のこんだエキセントリックなエレベーターを作ったりするものなのだろうか？

答はもちろんノオだった。

そんなことはありえない。

これまでのところ、彼らはおそろしく神経質で用心深く、几帳面《きちようめん》だった。彼らはまるで一歩一歩の歩幅をものさしで測りながら歩いているみたいに、実に細かいところにまで気を配っていた。ビルの玄関に入ると私は二人のガードマンにとめられ、来訪の相手を訊《たず》ねられ、来訪予定者リストと照合され、運転免許証をチェックされ、中央コンピューターで身許《みもと》を確認され、金属探知機でボディー・チェックされ、しかるのちにこのエレベーターに押しこまれたのだ。造幣局の見学だってこんなに厳しいチェックは受けない。それなのにこの段階に至ってその注意深さが突然失われてしまうというのはいくらなんでも考えがたいことである。

そうなると残った可能性は彼らが意識的に私をこのような立場に置いているということだけだった。おそらく彼らはエレベーターの動きを私に読まれたくないのだろう。だから上昇しているのか下降しているのかわからないくらいの速度でゆっくりとエレベーターを移動させているのだ。TVカメラだってついているかもしれない。入口の警備室にはモニターTVのスクリーンがずらりと並んでいたし、そのひとつがエレベーターの中を映しているとしてもとくに驚くべきことではない。

私は退屈しのぎにTVカメラのレンズを探してみようかとも思ったが、よく考えてみれば仮にそんなものをみつけだしたところで私の得るものは何もなかった。ただ相手を警戒させてしまうだけだし、警戒した相手はもっとゆっくりエレベーターを動かそうとするかもしれない。そんな目にはあいたくない。ただでさえ約束の時間に遅れているのだ。

結局私はとくべつなことは何もせずにのんびりと構えていることにした。私はただ与えられた正当な職務を果すためにここに来ただけのことなのだ。何も怯《おび》えることはないし、緊張する必要もない。

私は壁にもたれて両手をポケットにつっこみ、もう一度小銭の計算をはじめた。3750円だった。何の苦労もない。あっという間にすんでしまう。

3750円？

計算が違っている。

どこかで私はミスを犯してしまったのだ。

手のひらに汗がにじんでくるのが感じられた。私がポケットの小銭の計算をしくじったなんてこの三年間一度もないことだった。ただの一度としてないのだ。どう考えてもこれは悪い兆《きざ》しだった。その悪い兆しが明白な災厄《さいやく》として現出する前に、私は失地をきちんと回復しておかなければならなかった。

私は目を閉じて、眼鏡のレンズを洗うように右の脳と左の脳をからっぽにした。それから両手をズボンのポケットからひっぱりだして手のひらを広げ、汗を乾かした。それだけの準備作業をガン・ファイトにのぞむ前の『ワーロック』のヘンリー・フォンダみたいに手際《てぎわ》よくすませた。どうでもいいようなことだけれど、私はあの『ワーロック』という映画が大好きなのだ。

両方の手のひらが完全に乾いたのをたしかめてから、私はあらためてそれを両方のポケットにつっこみ、三度めの計算にかかった。三度めの合計が前の合計のいずれかに合致していれば、それで問題はない。ミスは誰にでもある。特殊な状況に置かれて神経質にもなっていたし、いささかの自己過信があったことも認めなくてはならない。それが私に初歩的なミスをもたらしたのだ。とにかく正確な数字を確認すること——救済はそれによってもたらされるはずだった。しかし私がその救済にたどりつく前にエレベーターの扉が開いた。扉は何の前兆もなく何の音もなく、するすると両側に開いた。

ポケットの中の小銭に神経を集中させていたせいで、はじめのうちドアが開いたことを私はうまく認識することができなかった。というかもう少し正確に表現すると、ドアが開いたのは目に入ったのだが、それが具体的に何を意味するのかがしばらくのあいだ把握《はあく》できなかった、ということになる。もちろん扉が開くというのは、それまでその扉によって連続性を奪いとられていたふたつの空間が連結することを意味する。そして同時にそれは私の乗ったエレベーターが目的地に到達したことをも意味している。

私はポケットの中で指を動かすのを中断して扉の外に目をやった。扉の外には廊下があり、廊下には女が立っていた。太った若い女で、ピンクのスーツを着こみ、ピンクのハイヒールをはいていた。スーツは仕立ての良いつるつるとした生地《きじ》で、彼女の顔もそれと同じくらいつるつるしていた。女は私の顔をしばらく確認するように眺めてから、私に向ってこっくりと肯《うなず》いた。どうやら〈こちらに来るように〉という合図らしかった。私は小銭の勘定をあきらめて両手をポケットから出し、エレベーターの外に出た。私が外に出ると、それを待ち受けていたかのように私の背後でエレベーターの扉が閉まった。

廊下に立ってまわりをぐるりと見まわしてみたが、私の置かれた状況について何かを示唆《しさ》してくれそうなものはひとつとして見あたらなかった。私にわかったのは、それがビルの内部の廊下であるらしいということだけだったが、そんなことは小学生にだってわかる。

それはともかく異様なくらいのっぺりとした内装のビルだった。私の乗ってきたエレベーターと同じように、使ってある材質は高級なのだがとりかかりというものがないのだ。床はきれいに磨《みが》きあげられた光沢のある大理石で、壁は私が毎朝食べているマフィンのような黄味がかった白だった。廊下の両側にはがっしりとして重みのある木製のドアが並び、そのそれぞれには部屋番号を示す金属のプレートがついていたが、その番号は不揃《ふぞろ》いで出鱈目《でたらめ》だった。〈936〉のとなりが〈1213〉でその次が〈26〉になっている。そんな無茶苦茶な部屋の並び方ってない。何かが狂っているのだ。

若い女はほとんど口をきかなかった。女は私に向って「こちらへどうぞ」と言ったが、それは彼女の唇《くちびる》がそういう形に動いただけのことであって、音声は出てこなかった。私はこの仕事に就く以前に、二カ月ばかり読唇術《どくしんじゅつ》の講座に通っていたから、彼女の言っていることをなんとか理解することができたのだ。はじめのうち、私は自分の耳がどうかしてしまったのかと思った。エレベーターが無音だったり、咳払いや口笛がうまく響かなかったりで、音響について私はすっかり弱気になってしまっていたのだ。

私はためしに咳払いをしてみた。咳払いの音はあいかわらずこそこそしてはいたが、それでもエレベーターの中で咳払いしたときよりはずっとまともに響いた。それで私はほっとして、自分の耳に対していくぶん自信をとりもどすことができた。大丈夫、私の耳がどうかしてしまったというわけではないのだ。私の耳はまともで、問題があるのは女の口の方なのだ。

私は女のあとをついて歩いた。尖《とが》ったハイヒールのかかとが、カツカツという昼下がりの石切り場のような音を立てて、がらんとした廊下に響いた。ストッキングにつつまれた女のふくらはぎが大理石にくっきりと映っていた。

女はむっくりと太っていた。若くて美人なのだけれど、それにもかかわらず女は太っていた。若くて美しい女が太っているというのは、何かしら奇妙なものだった。私は彼女のうしろを歩きながら、彼女の首や腕や脚をずっと眺めていた。彼女の体には、まるで夜のあいだに大量の無音の雪が降ったみたいに、たっぷりと肉がついていた。

若くて美しくて太った女と一緒にいると私はいつも混乱してしまうことになる。どうしてだかは自分でもよくわからない。あるいはそれは私がごく自然に相手の食生活の様子を想像してしまうからかもしれない。太った女を見ていると、私の頭の中には彼女が皿《さら》の中に残ったつけあわせのクレソンをぽりぽりとかじったり、バター・クリーム・ソースの最後の一滴をいとおしそうにパンですくったりしている光景が自動的に浮かんでくるのだ。そうしないわけにはいかないのだ。そしてそうなると、まるで酸が金属を浸蝕《しんしょく》するみたいに私の頭は彼女の食事風景でいっぱいになり、様々な他の機能がうまく働かなくなるのだ。

ただの太った女なら、それはそれでいい。ただの太った女は空の雲のようなものだ。彼女はそこに浮かんでいるだけで、私とは何のかかわりもない。しかし若くて美しくて太った女となると、話は変ってくる。私は彼女に対してある種の態度を決定することを迫られる。要するに彼女と寝ることになるかもしれないということだ。それがおそらく私の頭を混乱させてしまうのだろうと思う。うまく機能しない頭を抱えて女と寝るというのは簡単なことではないのだ。

とはいっても私は決して太った女を嫌《きら》っているわけではない。混乱することと嫌うことは同義ではないのだ。私はこれまでに何人かの太った若くて美しい女と寝たことがあるが、それは総合的に見れば決して悪い体験ではなかった。混乱がうまい方向に導かれれば、そこには通常では得ることのできない美しい結果がもたらされることになる。もちろんそれがうまくいかないこともある。セックスというのはきわめて微妙な行為であって、日曜日にデパートにでかけて魔法瓶《まほうびん》を買ってくるのとはわけが違うのだ。同じ若くて美しくて太った女でもそれぞれ肉のつき方に差があって、ある種の太り方は私をうまい方向に導くし、ある種の太り方は私を表層的混乱の中に置き去りにしてしまう。

そういう意味では太った女と寝ることは私にとってはひとつの挑戦《ちょうせん》であった。人間の太り方には人間の死に方と同じくらい数多くの様々なタイプがあるのだ。

私はその若くて美しくて太った女のうしろについて廊下を歩きながら、だいたいそんなことを考えていた。彼女はシックな色あいのピンクのスーツの襟《えり》もとに白いスカーフを巻いていた。肉づきの良い両方の耳たぶには長方形の金のイヤリングがさがっていて、彼女が歩くにつれてそれが灯火信号みたいにちかちかと光った。全体的に見て、太っているわりに彼女の身のこなしは軽かった。もちろんかっちりとした下着か何かで効果的に見映えよくひきしめているのかもしれないけれど、しかしその可能性を考慮にいれても彼女の腰の振りかたはタイトで小気味よかった。それで私は彼女に好感を持った。彼女の太り方は私の好みにあっているようだった。

言いわけをするわけではないが、私はそれほど多くの女に対して好感を抱くわけではない。どちらかといえばあまり抱かない方だと思う。だからたまに誰かに対して好感を抱いたりすると、その好感をちょっと試してみたくなる。それが本物の好感なのかどうか、そしてもし本物の好感だとしたらそれはどのように機能するのか、といったようなことを自分なりにたしかめてみたくなるのだ。

それで私は彼女のとなりに並び、約束の時刻に八分か九分ほど遅れたことを詫《わ》びた。

「入口の手続きにあんなに時間がかかるとは知らなかったんです」と私は言った。「それにエレベーターがあんなにのろいということもね。このビルに着いたのはちゃんと約束の十分前だったんです」

〈わかっている〉という風に彼女は手短かに肯いた。彼女の首筋にはオーデコロンの匂《にお》いがした。夏の朝のメロン畑に立っているような匂いだった。その匂いは私を何かしら不思議な気持にさせた。ふたつの異った種類の記憶が私の知らない場所で結びついているような、どこかちぐはぐでいてしかも懐《なつか》しいような妙な気持だった。ときどき私はそういう気分になることがある。そしてその多くはある特定の匂いによってもたらされる。どうしてそうなるのかは私にも説明できない。

「ずいぶん長い廊下だね」と私は世間話のつもりで彼女に声をかけてみた。彼女は歩きながら私の顔を見た。二十か二十一というところだろうと私は見当をつけた。目鼻だちがはっきりとして額が広く、肌《はだ》が美しい。

彼女は私の顔を見ながら「プルースト」と言った。とはいっても正確に「プルースト」と発音したわけではなく、ただ単に〈プルースト〉というかたちに唇が動いたような気がしただけだった。音はあいかわらずまったく聞こえなかった。息を吐く音さえ聞こえない。まるで厚いガラスの向う側から話しかけられているみたいだった。

プルースト？

「マルセル・プルースト？」と私は彼女にたずねてみた。

彼女は不思議そうな目で私を見た。そして〈プルースト〉と繰りかえした。私はあきらめてもとの位置に戻《もど》って、彼女のうしろを歩きながら〈プルースト〉という唇の動きに相応することばを一所懸命探してみた。「うるうどし」とか「吊《つる》し井戸」とか「黒いうど」とかそういった意味のないことばを次から次に私はそっと発音してみたが、どれもこれも唇の形にぴったりとはそぐわなかった。彼女はたしかに〈プルースト〉と言ったのだという気がした。しかし長い廊下とマルセル・プルーストとの関連性をどこに求めればいいのか、私にはよくわからなかった。

彼女はあるいは長い廊下の暗喩《あんゆ》としてマルセル・プルーストを引用したのかもしれなかった。しかしもし仮にそうだったとしても、そういう発想はあまりにも唐突だし、表現としても不親切ではないかと私は思った。プルーストの作品群の暗喩として長い廊下を引用するのであれば、それはそれで私にも話の筋を理解することはできる。しかしその逆というのはあまりにも奇妙だった。

〈マルセル・プルーストのように長い廊下〉？

ともかく私はその長い廊下を彼女のあとにしたがって歩いた。ほんとうに長い廊下だった。何度か角を曲り、五段か六段ほどの短かい階段を上ったり下りたりした。普通のビルなら五つか六つぶんは歩いたかもしれない。あるいは我々はエッシャーのだまし絵のようなところをただ往《い》ったり来たりしていたのかもしれない。いずれにせよどれだけ歩いてもまわりの風景はまったく変化しなかった。大理石の床、卵色の壁、出鱈目な部屋番号とステンレス・スティールのドア・ノブのついた木のドア。窓はひとつも見あたらない。彼女は終始同じリズムでハイヒールの靴音《くつおと》を規則正しく廊下に響かせ、そのあとを私がべたべたという溶けたゴムのような音を立てながらジョギング・シューズで追った。その私の靴音は必要以上にねばっこく響いて、本当にゴム底が溶けはじめているのではないかと心配になったくらいだった。もっともジョギング・シューズをはいて大理石の床を歩いたのは生まれてはじめてのことだったので、そういう靴音が正常なのか異常なのか、私にはうまく判断することができなかった。たぶん半分くらい正常で、あとの半分くらいは異常なのではなかろうか、と私は想像した。何故《なぜ》ならここでは何もかもがその程度の割合で運営されているような気がしたからだ。

彼女が急に立ちどまったとき、私は自分のジョギング・シューズの足音にずっと神経を集中していたので、それに気がつかずに、彼女の背中に胸からどすんとぶつかってしまった。彼女の背中はよくできた雨雲のようにふわりとして心地《ここち》良《よ》く、首筋には例のメロン・オーデコロンの匂いがした。彼女はぶつかった勢いで前につんのめりかけたので、私はあわてて両手で肩をつかんでひきもどした。

「失礼」と私は詫びた。「ちょっと考えごとをしていたもので」

太った娘は少し顔を赤らめて私を見た。たしかなことは言えないけれど、怒ってはいないようだった。「たつせる」と彼女は言って、ほんのちょっとだけ微笑《ほほえ》んだ。それから肩をすくめて「せら」と言った。しかしもちろん本当にそう言ったわけではなくて、何度も繰りかえすようだけれど、そういう形に彼女は唇を開いたのだ。

「たつせる？」と私は自分に言いきかせるように口に出して発音してみた。「せら？」

「せら」と彼女は確信をもって繰りかえした。

それはなんだかトルコ語のように響いたが、問題は私がトルコ語を一度も耳にしたことがないという点にあった。だからたぶんそれはトルコ語ではないのだろう。だんだん頭が混乱してきたので、私は彼女との会話をあきらめることにした。私の読唇術はまだまだ未熟なのだ。読唇術というものは非常にデリケートな作業であって、二カ月ばかりの市民講座で完全にマスターできるというような代物《しろもの》ではないのだ。

彼女は上着のポケットから小さな小判型の電子キイをとりだして、その平面を〈728〉というプレートのついたドアのロックにぴたりとあてた。かちりという音がして、ドアのロックが解除された。なかなか立派な装置だ。

彼女はドアを開けた。そして戸口に立ってドアを手で押し開けたまま、私に向って「そむと、せら」と言った。

もちろん私は肯いて中に入った。

2 世界の終り ——金色の獣——

秋がやってくると、彼らの体は毛足の長い金色の体毛に覆《おお》われることになった。それは純粋な意味での金色だった。他のどのような種類の色もそこに介在することはできなかった。彼らの金色は金色として世界に生じ、金色として世界に存在した。すべての空とすべての大地のはざまにあって、彼らはまじりけのない金色に染められていた。

僕《ぼく》が最初にこの街にやってきた頃《ころ》——それは春だった——獣たちは様々な色の短毛を身にまとっていた。それは黒であり、とび色であり、白色であり、赤味のかかった茶であったりした。そのうちの何色かをまだらに組みあわせているものもいた。そのような思いおもいの色の毛皮に包まれた獣たちは若い緑の大地の上を、風に吹き流されるかのようにひっそりとさすらっていた。彼らは瞑想的《めいそうてき》といっていいほどにもの静

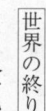

かな動物だった。息づかいさえもが朝の霧のようにひそやかだった。彼らは緑の草を音を立てずに食《は》み、それに飽きると脚を曲げて地面に座り、短かい眠りについた。

春が過ぎ、夏が終り、光が微《かす》かな透明さを帯びはじめ初秋の風が川の淀《よど》みに小波《さざなみ》を立てる頃、獣たちの姿に変化が見られるようになった。金色の体毛は最初のうちはまばらに、まるで何かの偶然によって芽ぶいた季節はずれの植物のように姿をあらわしたが、やがては無数の触手と変じて短毛を絡《から》めとり、最後にはすべてを輝かしい黄金色で覆いつくした。その儀式は始まってから完了するまでに一週間しかかからなかった。彼らの変身は殆《ほと》んど同時に始まり、殆んど同時に終った。一週間ののちには彼らは一頭たりとも残さず完全な金色の獣に変貌《へんぼう》していた。朝日がのぼり、世界を新しい黄金色に染めるとき、地表に秋が降りた。

彼らの額のまん中から伸びる一本の長い角《つの》だけが、どこまでもしなやかな白色だった。そのあやういまでの細さは、角というよりは何かの拍子に皮膚を突き破って外にとび出たまま固定されてしまった骨の破片を思わせた。角の白さと目の青さだけを残して、獣たちはまったくの金色に変身していた。彼らはその新しい衣裳《いしょう》をちょっと試してみるといったように首を何度も上下に振り、角の先端で高い秋の空を衝《つ》いた。そして冷ややかさを増した川の流れに足をひたし、首をのばして秋の赤い木の実をむさぼった。

夕闇《ゆうやみ》が街並を青く染めはじめる頃、僕は西の壁の望楼にのぼり、門番が角笛を吹いて獣たちをあつめる儀式を眺《なが》めたものだった。角笛は長く一度、短かく三度吹き鳴らされた。それが決まりだった。角笛の音が聞こえると僕はいつも目を閉じて、そのやわらかな音色を体の中にそっと浸みこませた。角笛の響きは他のどのような音の響きとも違っていた。それはほのかな青味を帯びた透明な魚のように暮れなずむ街路をひっそりと通り抜け、舗道の丸石や家々の石壁や川沿いの道に並んだ石垣《いしがき》をその響きでひたしていった。大気の中にふくまれた目に見えぬ時の断層をすりぬけるように、その音は静かに街の隅々《すみずみ》にまで響きわたっていった。

角笛の音が街にひびきわたるとき、獣たちは太古の記憶に向ってその首をあげる。千頭を越える数の獣たちが一斉《いっせい》に、まったく同じ姿勢をとって角笛の音のする方向に首をあげるのだ。あるものは大儀そうに金雀児《えにしだ》の葉を噛《か》んでいたのをやめ、あるものは丸石敷きの舗道に座りこんだままひづめでこつこつと地面を叩《たた》くのをやめ、またあるものは最後の日だまりの中の午睡《ごすい》から醒《さ》め、それぞれに空中に首をのばす。

その瞬間あらゆるものが停止する。動くものといえば夕暮の風にそよぐ彼らの金色の毛だけだ。彼らがそのときにいったい何を思い何を凝視しているのかは僕にはわからない。ひとつの方向と角度に首を曲げ、じっと宙を見据《みす》えたまま、獣たちは身じろぎひとつしない。そして角笛の響きに耳を澄ませるのだ。やがて角笛の最後の余韻が淡い夕闇の中に吸いつくされたとき、彼らは立ちあがり、まるで何かを思いだしたかのように一定の方向を目指して歩きはじめる。束《つか》の間《ま》の呪縛《じゆばく》は解かれ、街は獣たちの踏みならす無数のひづめの音に覆われる。その音はいつも僕に地底から湧《わ》きあがってくる無数の細かい泡《あわ》を想像させた。そんな泡が街路をつつみ、家々の塀《へい》をよじのぼり、時計塔さえをもすっぽりと覆い隠してしまうのだ。

しかしそれはただの夕暮の幻想にすぎない。目を開ければそんな泡はすぐに消えてしまう。それはただの獣のひづめの音であり、街はいつもと変ることのない街だ。川のように獣たちの列は曲りくねった街路の敷石の上を流れる。誰《だれ》が先頭に立つというのでもなく、誰が隊列を導くというのでもない。獣たちは目を伏せ、肩を小刻みに振りながら、その沈黙の川筋を辿《たど》っていくだけだ。それでも一頭一頭のあいだには目にこそ映りはしないけれど、打ち消すことのできない親密な記憶の絆《きずな》がしっかりと結びあわされているように見える。

彼らは北から下りて旧橋を渡り、川の南岸を東からやってきた仲間と合流し、運河づたいに工場地帯を抜け、西に向って鋳物《いもの》工場の渡り廊下をくぐり、西の丘のふもとを越える。西の丘の斜面でその隊列を待っているのは門からあまり遠く離れることのできない老いた獣や幼い獣たちだ。彼らはそこで北に向きを転じ、西橋を越え、そして門へと至るのである。

獣たちの先頭が門の前に到着すると、門番が門を開く。補強用の厚い鉄板が縦横に打ちつけられた見るからに重く頑丈《がんじょう》そうな門だ。高さは四メートルから五メートルといったところで、人が乗りこえることができないように上部には鋭く尖《とが》った釘《くぎ》が針山のようにぎっしりと埋めこまれている。門番はその重い門を軽々と手前に引き、集った獣たちを門の外に出す。門は両開きだったが、門番が開くのはいつも片側に限られていた。左側の扉《とびら》は常に固く閉ざされたままだった。獣たちが一頭残らず門を通過してしまうと、門番はまた門を閉め、錠を下ろした。

西の門は僕の知る限りでは街の唯一《ゆいいつ》の出入口だった。街のまわりは七メートルか八メートルの高さの長大な壁に囲まれ、そこを越すことのできるのは鳥だけだった。

朝がやってくると門番は再び門を開いて角笛を吹き、獣たちを中に入れた。そして獣たちを全部中に入れてしまうと、前と同じように門を閉ざし錠を下ろした。

「本当は錠を下ろす必要なんてないんだ」と門番は僕に説明した。「たとえ錠がかかっていなかったとしても、俺《おれ》以外には誰もあの重い門を開けることはできないだろうからね。たとえ何人がかりでもだよ。ただ規則でそうと決まっているからそうしているだけのことさ」

門番はそう言うと毛糸の帽子を眉《まゆ》のすぐ上までひきずり下ろして、あとは黙りこんだ。門番は僕がこれまでに見たこともないような大男だった。見るからに肉が厚く、シャツや上着は彼の筋肉のひとふりで今にもはじけとんでしまいそうに見えた。しかし彼はときどきふと目を閉じて、その巨大な沈黙の中に沈みこんでしまうことがあった。それがある種の憂鬱症《ゆううつしょう》のようなものなのかそれとも体内の機能が何かの作用で分断されただけのことなのか、僕にはどちらとも判断することができなかった。しかしいずれにせよ沈黙が彼を覆ってしまうと、僕はそのままじっと彼の意識が回復するのを待ちつづけなければならなかった。意識が回復すると彼はゆっくりと目を開き、長いあいだぼんやりとした目つきで僕を眺め、僕がそこに存在する理由をなんとか理解しようとつとめるように手の指を膝《ひざ》の上で何度もこすりあわせた。

「どうして夕方になると獣を集めて街の外に出し、朝になるとまた中に入れるんですか？」門番の意識が戻《もど》ったところで僕はそう訊《たず》ねてみた。

門番はしばらく何の感情もこもっていない目で僕を見つめていた。

「そう決まっているからさ」と彼は言った。「そう決まっているからそうするんだ。太陽が東から出て西に沈むのと同じことさ」

門を開けたり閉めたりする以外の時間の殆んどを、彼は刃物の手入れにあてているようだった。門番の小屋には大小様々の手斧《ておの》やなたやナイフが並び、彼は暇さえあればそれをいかにも大事そうに砥石《といし》で研いでいた。研ぎあげられた刃はいつも凍りついたような不気味に白い光を放っており、外的な光を反射させているというよりは、そこに何かしら内在的な発光体がひそんでいるように僕には感じられたものだった。僕がそんな刃物の列を眺めていると、門番はいつも唇《くちびる》の端の方に満足気な笑みを浮かべながら、僕の姿を注意深く目で追っていた。

「気をつけなよ、手を触れただけですっぱりと切れちまうからな」と門番は樹木の根のようなごつごつとした指で刃物の列を指さした。「こいつはそんじょそこらにあるひと山幾らの代物《しろもの》とは作りが違うんだ。俺がひとつひとつ自分で叩いて作った刃なんだ。俺は昔鍛冶《かじ》をやっていたからな、そういうのはお手のものさ。手入れもしっかりしているし、バランスも良い。刃の自重にぴったりとあった柄《え》を選ぶのは簡単なことじゃない。どれでもいいからひとつ手にとってみな。刃には触らんようにしてな」

　僕はテーブルの上に並んだ刃物の中からいちばん小さな手斧を選んで手にとり、空中で軽く何度か振ってみた。手首にほんの少し力を加えただけで――あるいは力を加えようと考えただけで、その刃はあたかも飼いならされた猟犬のように鋭く反応し、ひゅうという乾いた音を立てて宙をふたつに切った。たしかに門番が自慢するだけのことはあった。

「その柄も俺が作った。十年もののとねりこの木を削って作るんだ。柄には作るものそれぞれの好みがあるが、俺は十年もののとねりこが好きだね。それより若すぎても駄目《だめ》だし、それより大きくなりすぎても駄目だ。十年ものが最高だ。強く、水気があり、はりもある。東の森に行くと良いとねりこがはえているんだ」

「こんなに沢山の刃物を何に使うんですか？」

「いろいろさ」と門番は言った。「冬が来るとうんと使うようになる。まあ、冬になればあんたにもわかるさ。ここの冬は長いからね」

　門の外には獣たちのための場所がある。獣たちは夜のあいだそこで眠る。小さな川が流れていて、その水を飲むこともできる。その向うには見わたす限りのりんご林がつづいている。まるで海原のようにどこまでもつづいているのだ。

西の壁には三つの望楼が設けられ、梯子《はしご》を使ってそこに上れるようになっていた。雨をよけるための簡単な屋根がつき、鉄格子《てつごうし》のはまった窓から獣たちの姿を見下ろせるようになっている。

「あんた以外には誰も獣を眺める人間なんていないさ」と門番は言った。「まああんたはここに来たばかりだから仕方ないが、それでもしばらくここで暮してきちんとすりゃ、獣になんて興味を持たなくなる。他《ほか》のみんなと同じようにな。もっとも春のはじめの一週間だけはべつだがな」

春のはじめの一週間だけ、獣たちの戦う姿を見るために人々は望楼に上る、と門番は言った。雄の獣たちはその時期だけ――ちょうど毛が抜けかわり、雌の出産がはじまる直前の一週間だけ、いつもの温和な姿からは想像もできぬほどに凶暴になり、互いを傷つけあうのである。そして大地に流されたおびただしい量の血の中から新しい秩序と新しい生命が生まれてくるのだ。

秋の獣たちはそれぞれの場所にひっそりとしゃがみこんだまま、長い金色の毛を夕《ゆう》陽《ひ》に輝かせている。彼らは大地に固定された彫像のように身じろぎひとつせず、首を上にあげたまま一日の最後の光がりんご林の樹海の中に没し去っていくのをじっと待っている。やがて日が落ち、夜の青い闇が彼らの体を覆うとき、獣たちは頭を垂れて、白い一本の角を地面に下ろし、そして目を閉じるのである。

このようにして街の一日は終る。

3

ハードボイルド・ワンダーランド

——雨合羽《あまがっぱ》、やみくろ、洗いだし——

私がとおされたのはがらんとした広い部屋だった。壁は白、天井も白、カーペットはコーヒー・ブラウン、どれも趣味の良い上品な色だ。ひとくちに白といっても上品な白と下品な白とでは色そのもののなりたちが違うのだ。窓のガラスは不透明で外の景色を確認することはできなかったが、そこからさしこむぼんやりとした光が太陽の光であることは間違いないようだった。とすればここは地下ではないし、したがってエレベーターは上昇していたことになる。それを知って私は少し安心した。私の想像はあたっていたのだ。女がソファーに座るようにという格好をしたので、私は部屋の中央にある皮張りのソファーに腰を下ろして脚を組んだ。私がソファーに座ると、女は入ってきたのとはべつのドアから出ていった。

部屋には家具らしい家具はほとんどなかった。ソファー・セットのテーブルの上には陶製のライターと灰皿《はいざら》とシガレット・ケースが並んでいた。シガレット・ケースのふたをためしに開けてみたが、中には煙草《たばこ》は一本も入っていなかった。壁には絵もカレンダーも写真もかかっていない。余分なものは何ひとつとしてない。

窓のわきに大きなデスクがあった。私はソファーから立ちあがって窓の前まで行き、そのついでにデスクの上を眺《なが》めてみた。がっしりとした厚い一枚板でできた机で、両側に大きなひきだしがついている。机にはライト・スタンドとビックのボールペンが三本と卓上カレンダーがあり、その側《そば》にはペーパー・クリップがひとつかみちらばっていた。私は卓上カレンダーの日付けをのぞきこんでみたが、日付けはちゃんとあっていた。今日の日付けだ。

部屋の隅《すみ》にはどこにでもあるスティールのロッカーが三つ並んでいた。ロッカーは部屋の雰囲気《ふんいき》にはあまりあっていなかった。事務的で直截的《ちょくせつてき》にすぎるのだ。私なら部屋にあわせてもっとシックな木製のキャビネットを置くところだが、ここは私の部屋ではない。私はここに仕事できただけなのであって、鼠色《ねずみいろ》のスティール・ロッカーがあろうが薄桃色のジューク・ボックスがあろうが、それは私の関与する問題ではないのだ。

左手の壁には埋めこみ式のクローゼットがついていた。縦に細長い折り畳み扉《とびら》がついている。それが部屋の中にある家具のすべてだった。時計も電話も鉛筆削りも水差しもない。本棚《ほんだな》もないし状差しもない。いったいこの部屋がどのような目的を持ってどのように機能しているのか、私には見当もつかなかった。私はソファーに戻《もど》ってまた脚を組み、あくびをした。

十分ほどで女は戻ってきた。彼女は私には目もくれずにロッカーの扉のひとつを開け、その中から黒くつるつるしたものを抱えるようにしてとりだし、テーブルの上に運んだ。それはきちんと畳まれたゴム引きの雨合羽と長靴《ながぐつ》だった。いちばん上には第一次世界大戦のパイロットがつけていたようなゴーグルまで載っていた。今いったい何が起りつつあるのか、私にはさっぱりわけがわからなかった。

女が私に向って何かを言ったが、唇《くちびる》の動かし方が速すぎて、読みとれなかった。

「もう少しゆっくりしゃべってもらえないかな。読唇術《どくしんじゅつ》はそれほど得意な方じゃないので」と私は言った。

彼女は今度はゆっくりと大きく口を開いてしゃべった。〈それを服の上から着て下さい〉と彼女は言った。出来ることなら雨合羽なんて着たくはなかったが文句を言うのも面倒だったので私は黙って彼女の指示にしたがった。ジョギング・シューズを脱いでゴム長靴にはきかえ、スポーツ・シャツの上から雨合羽をかぶった。雨合羽はずしりと重く、長靴はサイズがひとつかふたつ大きかったが、私はそれについても文句は言わないことにした。女は私の前にきてくるぶしまである雨合羽のボタンをとめ、頭にすっぽりとフードをかぶせた。フードをかぶせるとき、私の鼻の先と彼女のつるりとした額が触れた。

「すごく良い匂《にお》いだね」と私は言った。オーデコロンのことを賞《ほ》めたのだ。

〈ありがとう〉と言って、彼女は私のフードのスナップを鼻の下のところまでぱちんぱちんととめた。そしてフードの上からゴーグルをつけた。おかげで私は雨天用のミイラのような格好になってしまった。

それから彼女はクローゼットの扉のひとつを開け、私の手を引いてその中に押しこんでから中のライトを点《つ》け、後手《うしろで》でドアを閉めた。ドアの中は洋服だんすになっていた。洋服だんすとはいっても洋服の姿はなく、コート・ハンガーや防虫ボールがいくつか下がっているだけだ。たぶんこれはただの洋服だんすではなく、洋服だんすを装った秘密の通路か何かだろうと私は想像した。何故《なぜ》なら私が雨合羽を着せられて洋服だんすに押しこまれる意味なんて何もないからだ。

彼女は壁の隅にある金属の把手《とって》をごそごそといじっていたが、やがて案の定正面の壁の一部が小型自動車のトランクくらいの大きさにぽっかりと手前に開いた。穴の中はまっ暗で、そこからひやりとした湿った風が吹いてくるのがはっきりと感じられた。あまり良い気持のしない風だった。川が流れるようなごうごうという絶え間のない音も聞こえた。

「この中に川が流れています」と彼女は言った。川の音のおかげで、彼女の無音のしゃべり方にはいささかのリアリティーが加わったように感じられた。本当は声を出しているのに川の音に消されているように見えるのだ。それで心なしか彼女のことばが理解しやすくなったような気がした。不思議といえば不思議なものだ。

「川をずっと上流の方に行くと大きな滝がありますから、それをそのままくぐって下さい。祖父の研究室はその奥にあります。そこまで行けばあとはわかります」

「そこに行くと君のおじいさんがいて僕《ぼく》を待っているんだね？」

「そう」と彼女は言って、私にストラップのついた防水の大型懐中電灯をわたしてくれた。まっ暗闇《くらやみ》の中に入っていくのはどうもあまり気が進まなかったが、今更そんなことを言うわけにはいかないので、私は意を決してぽっかりと口をあけた闇の中に片脚を踏み入れた。それから体を前にかがめて頭と肩を中に入れ、最後に残りの脚を引きこんだ。ごわごわとした雨合羽に体をくるまれていると、これはなかなか骨の折れる作業だったが、どうにか私は自分の体を洋服だんすから壁の向う側に移し終えた。

そして洋服だんすの中に立っている太った娘を見た。暗い穴の奥からゴーグルを通して眺めると、彼女はすごく可愛《かわい》かった。

「気をつけてね。川から外れたりわき道にそれたりしちゃだめよ。まっすぐね」と彼女は身をかがめて私をのぞきこむようにして言った。

「まっすぐ行って滝」と私は大声で言った。

「まっすぐ行って滝」と彼女も繰りかえした。

私はためしに声を出さずに〈せら〉というかたちに唇を動かしてみた。彼女もにっこりと笑って〈せら〉と言った。そして扉をばたんと閉めた。

扉が閉まると私は完全な暗闇に包まれた。針の先ほどの光もない文字どおりの完全な暗闇だった。何も見えない。顔の前に近づけた自分の手さえも見えないのだ。私は何かに打たれたようにしばらくその場に茫然《ぼうぜん》と立ち尽していた。まるでビニール・ラップにくるまれて冷蔵庫に放《ほう》りこまれそのままドアを閉められてしまった魚のような冷ややかな無力感が私を襲った。何の心構えもなしに突然完全な暗闇の中に放りこまれてしまうと、一瞬体じゅうの力が脱け落ちてしまうのだ。彼女は扉を閉めるなら閉めると予告くらいはしてくれるべきだったのだ。

手さぐりで懐中電灯のスウィッチを押すと、なつかしい黄色い光が暗闇の中にまっすぐな一本の線となって走った。私はまずそれで足もとを照らし、それからそのまわりの足場をゆっくりとたしかめてみた。私の立っている場所は三メートル四方ほどの狭いコンクリートのステージで、その向うは底も見えない切りたった絶壁になっていた。柵《さく》もなければ囲いもない。そういうことも彼女は前もって私に注意してくれるべきだったのだと私はいくぶん腹立たしく思った。

ステージのわきに下に降りるためのアルミニウムの梯子《はしご》がついていた。私は懐中電灯のストラップを胸にななめにかけ、つるつるとすべるアルミニウムの梯子を一段一段たしかめるようにして下に降りた。下降するにしたがって水の流れる音が少しずつ大きく明確になっていった。ビルの一室のクローゼットの奥が切りとおしの絶壁になっていてその底に川が流れているなんていう話は聞いたこともない。それも東京のどまん中の話なのだ。考えれば考えるほど頭が痛んだ。まず最初にあの不気味なエレベーター、次に声を出さずにしゃべる太った娘、それからこれだ。あるいは私はそのまま仕事を断って家に帰ってしまうべきなのかもしれなかった。危険が多すぎるし、何から何までが常軌を逸している。しかし私はあきらめてそのまま暗闇の絶壁を下降した。ひとつにはそれは私の職業上のプライドのせいだし、もうひとつはあのピンクのスーツを着た太った娘のせいだった。私には彼女のことが何故か気になっていて、そのまま仕事を断って引き上げてしまう気にならなかったのだ。

二十段下りたところでひと休みして息をつき、それからまた十八段下りるとそこは地面だった。私は梯子の下に立って懐中電灯でまわりを用心深く照らしてみた。足の下は堅く平らな岩盤になっており、その少し先を幅二メートルほどの川が流れていた。懐中電灯の光の中で川の表面が旗のようにぱたぱたと揺れながら流れているのが見えた。流れはかなり速そうだったが、川の深さや水の色まではわからなかった。私にわかったのは水が左から右へと流れていることだけだった。

私は足もとをしっかりと照らしながら岩盤づたいに川の上流へと向った。ときどき体の近くを何かが徘徊《はいかい》しているような気配を感じてさっと光をあててみたが、目につくものは何もなかった。川の両側のまっすぐに切りたった壁と水の流れが見えるだけだった。おそらく暗闇に囲まれているせいで神経が過敏になっているのだ。

五、六分歩くと天井がぐっと低くなったらしいことが水音の響きかたでわかった。私は懐中電灯の光を頭上にあててみたが、あまりにも闇が濃すぎて天井を認めることはできなかった。次に娘が注意してくれたように、両側の壁にわき道らしきものが見受けられるようになった。もっともそれはわき道というよりは岩の裂けめとでも表現すべきもので、その下の方からは水がちょろちょろと流れだして細い水流となって川に注いでいた。私はためしにそんな裂けめのひとつに寄って懐中電灯で中を照らしてみたが、何も見えなかった。入口に比べて奥の方が意外に広々としているらしいことがわかっただけだった。中に入ってみたいというような気は毛ほども起きなかった。私は懐中電灯をしっかりと右手に握りしめ、進化途上にある魚のような気分で暗闇の中を上流へと向った。岩盤は水に濡《ぬ》れてすべりやすくなっていたので、一歩一歩注意しながら足を前に踏みださねばならなかった。こんなまっ暗闇の中で足をすべらせて川にでも落ちるか懐中電灯を壊すかでもしたらにっちもさっちもいかなくなってしまう。

ひたすら足もとに神経を集中して歩いていたので、私は前方にちらちらと揺れるほのかな光にしばらく気づかなかった。ふと目をあげると、その光は私の七、八メートル手前まで近づいていた。私は反射的に懐中電灯のスウィッチを消し、雨合羽のスリットに手をつっこんでズボンの尻《しり》ポケットからナイフをひっぱりだした。そして手さぐりで刃を開いた。暗闇とごうごうという水音が私をすっぽりと包んでいた。

私が懐中電灯の光を消すと、同時にそのほのかな黄色い灯《ひ》もぴたりと動きを止めた。それから大きく二度空中に輪を描いた。どうやら〈大丈夫、心配ない〉という合図のつもりであるらしかった。しかし私は気をゆるめずにそのままの姿勢で相手の出方を待った。やがて灯はまた揺れはじめた。まるで高度な頭脳を持った巨大な発光虫がふらふらと空中を漂いながら私の方に向ってくるように見えた。私は右手でナイフを握り、左手にスウィッチを切ったままの懐中電灯を持ち、その灯をじっと睨《にら》んでいた。

灯は私から三メートルほどのところまで近づくとそこで停《と》まり、そのまますっと上方に上ってまた停まった。灯はかなり弱いものだったので、それが何を照らしだしているのかはじめのうちはよくわからなかったが、じっと目をこらしているとどうやらそれが人の顔であるらしいことがわかってきた。その顔は私と同じようにゴーグルをかけ、黒いフードをすっぽりとかぶっていた。彼が手にしているのはスポーツ用品店で売っているような小型のカンテラだった。彼はそのカンテラで自分の顔を照らしながら何ごとかを懸命にしゃべっていたが、水音の反響のせいで私には何も聞きとれなかったし、暗いのと口の開きかたが不明瞭《ふめいりょう》なせいとで、唇の動きを読みとることもできなかった。

「……でなから……せいです。あんたのすまと……わるいから、これと……」と男は言っているように見えたが、これでは何のことやらさっぱりわからない。ともかく危険はなさそうだったので、私は懐中電灯をつけてその光で自分の顔を横から照らし、指で耳をつついて何も聞きとれないということを相手に示した。

男は納得したように何度か肯《うなず》いてからカンテラを下におろし、雨合羽のポケットの中に両手をつっこんでもそもそとしていたが、そのうちにまるで潮が急激に引いていくように私のまわりに充《み》ちていた轟音《ごうおん》がどんどん弱まっていった。私はてっきり自分が失神しかけているのだと思った。意識が薄れて、そのために頭の中から音が消えていくのだ、と。それで私は――どうして自分が失神しなくてはならないのかよくわからなかったけれど――転倒にそなえて体の各部の筋肉をひきしめた。

しかし何秒かたっても私は倒れなかったし、気分もごくまともだった。ただまわりの音が小さくなっただけだった。

「迎えにきたです」と男は言った。今度ははっきりと男の声が聞こえた。

私は頭を振って懐中電灯をわきにはさみ、ナイフの刃を収めてポケットにしまった。とんでもない一日になりそうな予感がした。

「音はどうしたんですか？」と私は男にたずねてみた。

「ええ、音ねえ、うるさかったでしょう。小さくしました。すみません。もう大丈夫」と男は何度も肯きながら言った。川の音はもう小川のせせらぎ程度にまで弱まっていた。「さあ行くですか」と男はくるりと私に背中を向け、慣れた足どりで上流にむけて歩きはじめた。私は懐中電灯で足もとを照らしながらそのあとを追った。

「音を小さくしたってことは、これが人工の音ということなんですか？」と私は男の背中があるとおぼしきあたりにむかってどなってみた。

「違うです」と男が言った。「ありゃ自然の音です」

「どうして自然の音が小さくなるんですか？」と私は質問した。

「正確には小さくするってんじゃなくて」と男は答えた。「音を抜くわけです」

私は少し迷ったが、それ以上の質問は控えることにした。私は他人に対してあれこれと質問を浴びせかけられる立場にはないのだ。私は私の仕事を果しに来たのであって、私の依頼人が音を消そうが抜こうがウォッカ・ライムみたいにかきまわそうが、そんなことは私のビジネスの線上にはないのだ。それで私は何も言わずに黙々と歩きつづけた。

いずれにせよ水音が抜かれたおかげで、あたりはとても静かになっていた。ゴム長靴のキュッキュッという音まではっきりと聞きとれるくらいだった。頭上で誰《だれ》かが小石をこすりあわせるような奇妙な音が二、三度して、そして止《や》んだ。

「やみくろのやつがこっちにまぎれこんだような形跡があったんで心配になって、あんたをここまで迎えにきたですよ。本当なら奴《やつ》らはこっちまで絶対に来《こ》んのですが、たまにそういうこともあってね、困るですよ」と男は言った。

「やみくろ……」と私は言った。

「あんただってやみくろにばったりこんなところで出くわしちゃたまらんでしょうが」と男は言って、巨大な声でふおっふおっと笑った。

「まあそれはね」と僕も調子をあわせて言った。やみくろにせよ何にせよ、こんなまっ暗なところでわけのわからないものになんか会いたくない。

「それで迎えに来たです」と男は繰りかえした。「やみくろはいかんですから」

「それはどうも御親切に」と私は言った。

そのまましばらく進むと前の方から水道の蛇口《じゃぐち》を出しっ放しにしたような音が聞こえてきた。滝だった。懐中電灯でざっと照らしてみただけなのでくわしいことはわからないのだけれど、かなり大きな滝であるようだった。もし音を抜かれていなかったら相当な音がしたことだろう。前に立つとしぶきでゴーグルがぐっしょりと濡れた。

「ここをくぐり抜けるわけですね？」と私は訊《き》いてみた。

「そう」と男は言った。そしてそれ以上の何の説明を加えることもなくどんどん滝の方に進んで、その中にすっぽりと姿を消してしまった。仕方なく私も急いでそのあとを追った。

幸いなことに我々の抜けた通路は滝の中でもいちばん水量の少ない個所《かしょ》だったのだが、それでも体が地面に叩《たた》きつけられるくらいの勢いはあった。いくら雨合羽を着こんでいるとはいえ、いちいち滝に打たれないことには研究室に出入りできないなんて、どう好意的に考えても馬鹿《ばか》気《げ》た話だった。たぶん機密を保持するつもりなのだろうけれど、それにしてももう少し気の利《き》いたやりかたがあるはずだ。私は滝の中で転んで岩に膝《ひざ》がしらを思いきりぶっつけた。音が抜いてあるせいで音とその音をもたらす現実とのバランスが完全に狂っていて、それが私を混乱させてしまったのだ。滝というのはその滝にふさわしい音量を有するべきものである。

滝の奥には人が一人やっと通れるほどの大きさの洞窟《どうくつ》があり、それをまっすぐ進むとつきあたりに鉄の扉がついていた。男は雨合羽のポケットから小型計算器のようなものをとりだし、それを扉のスリットに挿入《そうにゅう》してしばらく操作していたが、扉はやがて音もなく内側に開いた。

「さ、着きました。どうぞ入って下さい」と男は言って私を先に入れ、それから自分も中に入って扉をロックした。

「大変だったでしょう?」

「そんなことはないとはとても言えないですね」と私は控えめに言った。

男は首からカンテラをひもで吊《つる》し、フードをかぶってゴーグルをかけた姿のまま笑った。ふおっほっほという妙な笑い方だった。

我々の入った部屋はプールの脱衣室のような素気のない広い部屋で、棚《たな》には私の着ているのと同じような黒い雨合羽とゴム長靴とゴーグルが半ダースばかりきちんと並んでいた。私はゴーグルをとり、雨合羽を脱いでハンガーにかけ、ゴム長靴を棚に置いた。そして最後に懐中電灯を壁の金具にかけた。

「いろいろと手間をとらせて悪かったです」と男は言った。「しかし警戒を怠ることはできんのです。それなりの用心をせんと、我々を狙《ねら》ってうろうろと徘徊しておる奴らがおるですから」

「やみくろですか？」と私はかまをかけてみた。

「そうです。やみくろもそのひとつです」と男は言って、一人で肯いた。

それから彼は私をその脱衣室の奥にある応接室に案内した。黒い雨合羽を脱いでしまうと、男はただの品の良い小柄《こがら》な老人になった。太っているというのでもないのだが、体のつくりはがっしりとして頑丈《がんじょう》そうだった。顔の血色がよく、ポケットから縁のない眼鏡をだしてかけると、戦前の大物政治家のような風貌《ふうぼう》になった。

彼は私にソファーに座るように勧め、自分は執務用のデスクのうしろに腰を下ろした。部屋のつくりは私が最初にとおされた部屋とまるで同じだった。カーペットの色も照明器具も、壁紙もソファーもみんな同じだった。ソファーのテーブルの上には同じ煙草《たばこ》セットが置いてあった。デスクの上には卓上カレンダーがあり、ペーパー・クリップが同じようにちらばっていた。ぐるりとまわって同じ部屋に戻《もど》ってきてしまったような気がするほどだった。本当にそうなのかもしれないし、本当はそうじゃないのかもしれない。私にしたところで、ペーパー・クリップのちらばりかたをいちいち記憶しているわけでもないのだ。

老人はしばらく私を観察していた。それからペーパー・クリップを一本手にとってまっすぐに伸ばし、それで爪《つめ》の甘皮をつついた。左手の人さし指の爪の甘皮だった。甘皮をひとしきりつつき終ると、彼はまっすぐに伸びたペーパー・クリップを灰皿《はいざら》に捨てた。私はこの次なにかに生まれかわることができるとしても、ペーパー・クリップにだけはなりたくないと思った。わけのわからない老人の爪の甘皮を押し戻してそのまま灰皿に捨てられてしまうなんて、あまりぞっとしない。

「私の情報によれば、やみくろと記号士は手を握っておるですよ」と老人は言った。「しかしもちろんそれで奴らがしっかり結束したというわけじゃない。やみくろは用心深いし、記号士はさきばしりすぎる。だから奴らの結びつきはまだごく一部にすぎないです。でもこりゃあ良くない兆《きざ》しです。ここまで来るはずのないやみくろがこのあたりをちょろちょろしだしたというのもいかにもまずいですしな。このままでいけば、早晩このあたりもやみくろだらけになっちまうかもしれん。そうなると私もとても困るです」

「たしかにね」と私は言った。やみくろがいったいどういうものなのか私には見当もつかないが、記号士たちがもし何かの勢力と手をつないだのだとしたら、それは私にとっても非常に具合の悪いことになるはずである。というのは我々と記号士たちはただでさえきわめてデリケートなバランスをとって拮抗《きっこう》しているから、ちょっとした作用で何もかもがひっくりかえってしまうということだってあり得るのだ。だいいち私がやみくろのことを知らないのに連中が知っているというだけで、既にバランスは狂ってしまっているわけだ。もっとも私がやみくろのことを知らないのは私が下級の現場独立職だからなのであって、上の方の連中はそんなことはとっくの昔に承知しているのかもしれない。

「しかしまあ、それはともかくとして、あんたさえよろしければさっそく仕事にとりかかってもらうことにしましょう」と老人は言った。

「結構です」と私は言った。

「私はいちばん腕ききの計算士をまわしてくれるようにとエージェントに頼んだんだが、あんたはわりに評判が良いようですな。みんなあんたのことを賞《ほ》めておったです。腕はいいし、度胸もあるし、仕事もしっかりしている。協調性に欠けることをべつにすれば、言うことはないそうだ」

「恐縮です」と私は言った。謙虚なのだ。

ふおっほっほと老人はまた大声で笑った。「協調性なんぞはどうだってよろしいです。問題は度胸だ。度胸がなくちゃ一流の計算士にはなれんですよ。ま、そのぶん高給をとっておるわけだが」

言うべきことがないので、私は黙っていた。老人はまた笑って、それから私をとなりの仕事場へと案内した。

「私は生物学者です」と老人は言った。「生物学といっても私のやっておることは非常に幅が広くてとてもひとくちでは言えんです。それは脳生理学から音響学・言語学・宗教学にまで及んでおるです。自分で言うのもなんだが、なかなか独創的かつ貴重な研究をしておるですよ。今やっておるのは主に哺乳《ほにゅう》動物の口蓋《こうがい》の研究ですな」

「コウガイ？」

「口ですな。口のしくみです。口がどんな風に動いて、どんな風に声を出すかとか、そういうことを研究しておるです。まあこれをごらんなさい」

彼はそう言うと、壁のスウィッチをいじって仕事場の電灯をつけた。部屋の奥の壁は一面棚になっていて、そこにはありとあらゆる哺乳動物の頭蓋骨が所狭しと並んでいた。キリンから馬からパンダから鼠《ねずみ》まで、私が思いつく限りの哺乳動物の頭は全部揃《そろ》っていた。数にすれば三百から四百はあるだろう。もちろん人間の頭蓋骨もあった。白人と黒人とアジア人とインディオの頭が、それぞれ男女ひとつずつ並べられていた。

「鯨《くじら》と象の頭蓋骨は地下の倉庫に置いてあるですよ。御存じのように、あれらはかなりの場所をとりますからな」と老人は言った。

「そうでしょうね」と私は言った。たしかに鯨の頭を並べたりしたら、それだけでこの部屋がいっぱいになってしまいそうである。

動物たちはみんな申しあわせたようにぱっくりと口を開けて、ふたつのうつろな穴で正面の壁をじっと睨《にら》んでいた。研究用の標本とはいえ、そんな骨にまわりをとり囲まれているのはあまり気分のよいものではない。他の棚には頭蓋骨ほどの数ではないにせよ、様々なタイプの舌や耳や唇《くちびる》や口喉蓋《こうこうがい》がホルマリン漬《づ》けになってやはりずらりと並んでいた。

「どうですか、なかなかのコレクションでしょうが」と老人は嬉《うれ》しそうに言った。

「世間には切手を集めるものもおれば、レコードを集めるものもおる。ワインを地下室に揃えるものもおれば、庭に戦車を並べて喜んでいる金持もおるです。私は頭骨を集めておるですな。世間は様々です。だから面白《おもしろ》い。そう思わんですか？」

「そうでしょうね」と私は言った。

「私は比較的若い時期から哺乳類の頭骨には少なからざる興味を持っておって、それでコツコツと骨を集めておったんです。もう四十年近くにもなりますかな。骨というものを理解するには想像以上に長い歳月がかかるのです。そういう意味では肉のついた生身の人間を理解する方がよほど楽だ。私はつくづくそう思うですよ。もっともあんたくらいお若ければ肉そのものの方に興味がおありだと思うが」と言って老人はまたふおっほっほとひとしきり笑った。「私の場合、骨から出てくる音を聴きとるまでにまる三十年もかかったですよ。三十年といえばあんた、これは並大抵の歳月ではない」

「音？」と私は言った。「骨から音が出るんですか？」

「もちろん」と老人は言った。「それぞれの骨にはそれぞれ固有の音があるです。それはまあ言うなれば隠された信号のようなものですな。比喩《ひゆ》的《てき》にではなく、文字どおりの意味で骨は語るのです。で、私の今やっておる研究の目的はその信号を解析することにあるです。そしてそれを解析することができれば今度はそれを人為的にコントロールすることが可能になる」

「ふうむ」と私はうなった。細かいところまでは私には理解できなかったが、もしそれが老人の言うとおりであるとすれば貴重な研究であることは確かなようだった。

「貴重な研究のようですね」と私は言ってみた。

「実にそのとおり」と老人は言って肯《うなず》いた。「だからこそ奴《やつ》らもこの研究を狙《ねら》ってきておるわけです。奴らはまったくの地獄耳ですからな。私の研究を奴らは悪用しようとしておるです。たとえば骨から記憶を収集できるとなると拷問《ごうもん》の必要もなくなるです。相手を殺して肉をそぎおとし、骨を洗えばよろしいわけですからな」

「それはひどい」と私は言った。

「もっとも幸か不幸かそこまではまだ研究は進んではおらんのです。今の段階では脳をとりだした方がより明確な記憶の収集ができるですよ」

「やれやれ」と私は言った。骨だって脳だって抜かれてしまえば同じようなものだ。

「だからこそあんたに計算をお願いしておるのですよ。記号士たちに盗聴されて実験データを盗まれんようにね」と老人は真顔で言った。「科学の悪用は科学の善用と並んで現代文明を危機的状況に直面させておるです。科学とは科学そのもののために存在するべきものだと私は確信しておるのです」

「信念のことはよくわかりませんが」と私は言った。「ひとつだけはっきりさせておきたいことがあります。事務的なことです。今回のこの仕事の依頼は『組織《システム》』本部からでもなく、オフィシャル・エージェントからでもなく、あなたの方から直接来ています。これは異例のことです。もっとはっきりいえば就業規則に違反している可能性があります。もし違反していれば私は懲罰を受け、ライセンスを没収されます。それはおわかりですか？」

「よくわかっておるです」と老人は言った。「心配なさるのも無理はない。しかしこれはきちんと『組織《システム》』を通した正式な依頼なのです。ただ機密を守るために事務レベルを通さずに私が個人的にあんたに連絡をとったというだけのことです。あんたが懲罰を受けるようなことは起らんですよ」

「保証できますか？」

老人は机のひきだしを開け、書類ホルダーをとり出して私に渡した。私はそれをめくってみた。そこにはたしかに『組織《システム》』の正式依頼書が入っていた。書式もサインもきちんとしている。

「いいでしょう」と言って私はホルダーを相手に返した。「私のランクはダブル・スケールですが、それでよろしいですね？　ダブル・スケールというのは——」

「標準料金の二倍ですな。かまわんですよ。今回はそれにボーナスをつけてトリプル・スケールでいきましょう」

「ずいぶん気前がいいですね」

「大事な計算だし、滝もくぐっていただいたですからな、ふおっほっほ」と老人は笑った。

「一応数値を見せて下さい」と私は言った。「方式は数値を見てから決めましょう。コンピューター・レベルの計算はどちらがやりますか?」

「コンピューターは私のところのものを使います。あんたにはその前後をやっていただきたい。かまわんでしょうな?」

「結構です。こちらとしてもその方が手間が省けます」

老人は椅子《いす》から立ちあがって背後の壁をしばらくいじっていたが、ただの壁のように見えていたところが突然ぱっくりと口を開けた。いろいろと手が込んでいる。老人はそこからべつの書類ホルダーを出し、扉《とびら》を閉めた。扉が閉まるとそこはまた何の特徴もないただの白壁に戻った。私はホルダーを受けとって七ページにわたる細かい数値を読んでみた。数値そのものにはとくに問題はなかった。ただの数値だ。

「この程度のものなら洗いだしで十分でしょう」と私は言った。「この程度の頻度《ひんど》類似性なら仮設ブリッジをかけられる心配はありません。もちろん理論的には可能ですが、その仮設ブリッジの正当性を証明することはできませんし、証明できなければ誤差という尻尾《しっぽ》を振りきることはできません。それはコンパスなしで砂漠《さばく》を横断するようなものです。モーゼはやりましたがね」

「モーゼは海まで渡ったですよ」

「大昔の話です。私のかかわった限りではこのレベルで記号士の侵入を受けた例は一度もありません」

「というと一次転換《シングル・トラップ》で十分とおっしゃるわけですな?」

「二次転換《ダブル・トラップ》はリスクが大きすぎます。たしかにあれは仮設ブリッジ介入の可能性をゼロにしますが、今の段階ではまだ曲芸のようなものです。転換プロセスがまだはっきりと固定していないんです。研究途上というところですね」

「私は二次転換《ダブル・トラップ》のことは言っとらんですよ」と老人は言って、またペーパー・クリップで爪の甘皮を押しはじめた。今度は左手の中指だった。

「と言いますと?」

「シャフリングです。私はシャフリングのことを言っておるですよ。私はあんたに洗いだし《ブレイン・ウオッシュ》とシャフリングをやっていただきたい。そのためにあんたを呼んだ。

洗《ブレイン・ウォッシュ》いだしだけならとくにあんたを呼ぶ必要はないです」

「わかりませんね」と私は言って脚を組みかえた。「どうしてシャフリングのことを御存じなのですか？　あれは極秘事項で部外者は誰《だれ》も知らないはずです」

「私は知っておるです。『組織《システム》』の上層部とはかなり太いパイプが通じておりましてな」

「じゃあそのパイプを通して訊《き》いてみて下さい。いいですか、今シャフリング・システムは完全に凍結されています。何故《なぜ》だかはわかりません。たぶん何かのトラブルがあったんでしょう。しかしとにかくシャフリングは使ってはいけないことになっているんです。もし使ったことがわかれば懲罰程度では済まないでしょう」

老人は依頼書類の入ったホルダーをまた私に差しだした。

「その最後のページをよく見て下さい。シャフリング・システムの使用許可がついているはずです」

私は言われたとおり、最後のページを開いて目をとおしてみた。たしかにそこにはシャフリング・システムの使用許可がついていた。何度も読みかえしてみたが、それは正式なものだった。サインが五つもついている。まったく上層部の人間が何を考えているのか私には見当もつかない。穴を掘ったら次はそれを埋めろと言い、埋めたら今度はまたそれを掘れと言う。迷惑するのはいつも私のような現場の人間なのだ。

「この依頼書類をひととおり全部カラー・コピーして下さい。それがないといざというときに私が非常に困った立場に追いこまれることになりますからね」

「もちろんですとも」と老人は言った。「もちろんコピーはおわたしします。心配することなど何もないです。手続きはすべて一点の曇りもない正式なものです。料金は今日半額、引きわたし時に残りの半額を支払います。それでよろしいかな？」

「結構です。洗いだし《ブレイン・ウオッシュ》は今ここでやります。そして洗いだし済みの数値をもって家に戻《もど》り、そこでシャフリングをやります。シャフリングにはいろいろと用意が必要なんです。そしてそのシャフリング済みのデータを持ってまたここにうかがいます」

「三日後の正午までにはどうしても必要なんだが？」

「十分です」と私は言った。

「くれぐれも遅れんようにな」と老人は念を押した。「それに遅れると大変なことになるです」

「世界が崩壊でもするんですか？」と私は訊いてみた。

「ある意味ではね」と老人はふくみのある言い方をした。

「大丈夫です。期限に遅れたことは一度もありません」と私は言った。「できればポットに入った熱いブラック・コーヒーと氷水を用意して下さい。それから簡単につまめる夕食。どうやら長い仕事になりそうですからね」

案の定それは長い仕事になった。数値の配列自体は比較的単純なものだったが、ケース設定の段階数が多かったので、計算は見かけよりずっと手間どった。私は与えられた数値を右側の脳に入れ、まったくべつの記号に転換してから左側の脳に移し、左側の脳に移したものを最初とはまったく違った数字としてとりだし、それをタイプ用紙にうちつけていくわけである。これが洗いだし《ブレイン・ウォッシュ》だ。ごく簡単に言えばそういうことになる。転換のコードは計算士によってそれぞれに違う。このコードが乱数表とまったく異っている点はその図形性にある。つまり右脳と左脳（これはもちろん便宜的な区分だ。決して本当に左右にわかれているわけではない）の割れ方にキイが隠されている。図にするとこういうことになる。

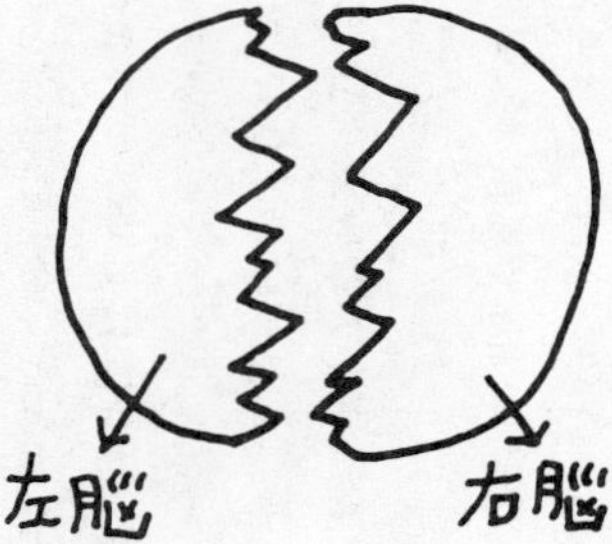

要するにこのギザギザの面をぴたりとあわせないことには、でてきた数値をもとに戻すことは不可能である。しかし記号士たちはコンピューターから盗んだ数値に仮設ブリッジをかけて解読しようとする。つまり数値を分析してホログラフにそのギザギザを再現するわけだ。それはうまくいくときもあるし、うまくいかないときもある。我々がその技術を高度化すれば彼らもその対抗技術を高度化する。我々はデータを守り、彼らはデータを盗む。古典的な警官と泥棒《どろぼう》のパターンだ。

記号士たちは不法に入手したデータを主として情報のブラック・マーケットに流し、莫大《ばくだい》な利益を得る。そしてもっと悪いことには彼らはその情報のうちのもっとも重要なものを自分たちの手にとどめ、自らの組織のために有効に使用するのである。

我々の組織は一般に『組織《システム》』と呼ばれ、記号士たちの組織は『工場《ファクトリー》』と呼ばれている。『組織《システム》』は本来は私的な複合企業《コングロマリット》だがその重要性が高まるにつれて、半官営的な色彩を帯びるようになった。仕組としてはアメリカのベル・カンパニーに似ているかもしれない。我々末端の計算士は税理士や弁護士と同じように個人で独立して仕事を行うが、国家の与えるライセンスが必要だし、仕事は『組織《システム》』あるいは『組織《システム》』の認めるオフィシャル・エージェントを通してまわってきたものしか引き受けてはならない。これは『工場《ファクトリー》』に技術を悪用されないための措置で、違反した場合には懲罰を受け、ライセンスを没収される。しかしそういう措置が正しいことなのかどうか私にはよくわからない。何故なら資格を奪われた計算士は往々にして『工場《ファクトリー》』に吸収されて地下にもぐり、記号士になってしまうからだ。

『工場《ファクトリー》』がどのように構成されているのか私にはわからない。最初それは小規模のベンチャー・ビジネスとして生まれ、急激に成長したということである。『データ・マフィア』と呼ぶ人もいるが、様々な種類のアンダーグラウンド組織に根をはりめぐらせているという点ではたしかにそれはマフィアに似ているかもしれない。彼らがマフィアと違う点は情報しかとり扱わないという点にある。情報はきれいだし、金になる。彼らは狙いをつけたコンピューターを確実にモニターし、その情報をかすめとる。

私はコーヒーをポット一杯ぶん飲みながら洗《ブレイン・ウォッシュ》いだしをつづけた。一時間働くと三十分休む――というのが規則だった。そうしないと右脳と左脳のあわせめが不明確になり、出てきた数値が混濁してしまうのである。

その三十分の休憩のあいだに、私は老人といろいろな世間話をした。なんでもいいから口を動かしてしゃべるのが脳の疲労の最良の回復方法なのだ。

「これはいったい何についての数値なのですか？」と私はたずねてみた。

「実験測定数値ですな」と老人は言った。「私のこの一年間に及ぶ研究の成果です。それぞれの動物の頭蓋骨及び口蓋の容積の三次元映像を数値転換したものと、その発声を三要素分解したものをくみあわせてあるです。さきほど私は骨の固有の音を聴きとるのに三十年かかったと申しあげたですが、この計算が完成すると、我々は経験的にではなく理論的にその音を抽出できるようになるです」

「そしてそれを人為的にコントロールすることができるようになると？」

「そのとおり」と老人は言った。

「人為的にコントロールすると、いったい何が起るんですか？」

老人は舌先で上唇《うわくちびる》をなめながら、しばらく黙っていた。

「いろんなことが起るですよ」と彼は少しあとで言った。「実にいろんなことが起るです。これは私の口から申しあげることはできんですが、ちょっとあんたに想像もつかんようなことが起るです」

「音抜きもそのひとつですね」と私は質問した。

老人はまたふおっほっほと楽しそうに笑った。「そう、そのとおり。人間の頭蓋骨の固有の信号にあわせて、音を抜いたり増やしたりすることができるです。人それぞれに頭蓋骨の形は違うから完全には抜けんが、かなり小さくすることはできるです。簡単に言えば音と反音の振動をあわせて共鳴させるわけですな。音抜きは研究成果の中ではもっとも害のないもののひとつです」

あれで害がないというのなら、あとは推して知るべしである。私は世の中の人々がめいめい好き勝手に音を消したり増やしたりしている様を想像して、ちょっとうんざりした。

「音抜きは発声と聴覚の両方向から可能です」と老人は言った。「つまりさっきのように水音だけを聴覚から消去することもできるし、あるいはまた発声を消去してしまうこともできるです。発声の場合は個人的なものだから百パーセント消去することも可能ですな」

「これは世間に発表なさるつもりなんですか？」

「まさか」と老人は言って手を振った。「こんな面白いことを他人に知らせるつもりはないですな。私は個人的な楽しみでこれをやっとるです」

そう言って老人はまたふおっほっほと笑った。私も笑った。

「私の研究発表はきわめて専門的な学術レベルに限るつもりですし、音声学になんて殆《ほと》んど誰も興味を持ちゃせんです」と老人は言った。「それに世間のバカ学者どもに私の理論が読みとれるわけはないです。ただでさえ私は学界では相手にされとらんですからな」

「しかし記号士たちはバカではないですよ。連中は解析にかけては天才的です。彼らはあなたの研究をぜんぶきれいに読みとってしまうでしょう」

「その点は私も用心しておるです。だからデータとプロセスはぜんぶ隠して、理論だけを仮説の形で発表する。これなら彼らに読みとられる心配はない。たぶん私は学界では相手にもされんだろうが、そんなことはどうでもいいです。百年後に私の理論は証明されるですし、それだけで十分というもんです」

「ふーむ」と私は言った。

「そういうわけで、すべてはあんたの洗いだしとシャッフルにかかっておるですよ」

「なるほど」と私は言った。

それから一時間、私は神経を計算に集中した。そしてまた休憩がやってきた。

「ひとつ質問があるんですが」と私は言った。

「なんだろう？」と老人は言った。

「入口にいた若い女性のことですが。あの、ピンクのスーツを着た肉づきの良い……」と私は言った。

「あれは私の孫娘です」と老人は言った。「非常によくできた子で、若いながら私の研究を手伝ってくれておるです」

「それで私の質問はですね、彼女は生まれつき口がきけないのか、それとも音抜きされてああなったのか、ということなんですが……」

「いかん」と老人は片方の手でぴしゃりと膝《ひざ》を打った。「すっかり忘れておったです。音抜きの実験をしたまま、もとに戻すことをやらなかったです。いかんいかん。すぐに行ってもとに戻してこなくては」

「その方がよさそうですね」と私は言った。

4 世界の終り
―図書館―

　街の中心をなすのは、旧橋の北側に広がる半円形の広場だった。その半円形のかたわれ、つまり円の下半分は川を隔てた南側にある。ふたつの半円は北の広場と南の広場と呼ばれ、一対《つい》のものとして扱われたが、実際には両者が見るものに与える印象は正反対と言っていいほどに違っていた。北の広場には街中の沈黙が四方から注ぎこんでくるような不思議な空気の重みが感じられる。それに比べて、南の方の広場には感じるべきほどのものはほとんど何もない。そこに漂っているのはきわめて漠然《ばくぜん》とした欠落感のようなものだけだ。橋の北側に比べると人家の数も少なく、花壇や丸石の手入れもあまりよくない。

　北の広場の中央には大きな時計塔が、まるで空を突きさすような格好で屹立《きつりつ》していた。もっとも正確には時計塔というよりは、時計塔という体裁を残したオブジェとでも表現するべきかもしれない。何故《なぜ》なら時計の針は一カ所に停《と》まったきりで、それは時計塔本来の役割を完全に放棄していたからだ。

塔は四角形の石造りで、それぞれが東西南北の方位を示し、上の方に行くほど細くなっている。先端には四面の文字盤がついており、その八本の針はそれぞれに十時三十五分のあたりを指したままぴくりとも動かない。文字盤の少し下あたりに見える小窓から推測すると、塔の内部はどうやら空洞《くうどう》になっており、梯子《はしご》か何かで上にのぼることができるようだったが、そこに入る入口らしきものはどこにも見あたらなかった。異様なほど高くそそり立っていたので、文字盤を読むためには旧橋をわたって南側まで行かねばならなかった。

北の広場を幾重にもとりかこむように、石造りや煉瓦《れんが》造りの建物が扇状に拡《ひろ》がっていた。建物のひとつひとつには際立《きわだ》った特徴はなく、何の装飾も表示もなく、すべての扉《とびら》はぴたりと閉ざされて、出入りする人の姿もなかった。それは郵便を失った郵便局か、鉱夫を失った鉱山会社か、死体を失った葬儀場のようなものかもしれなかった。しかししんと静まりかえったそれらの建物には打ち捨てられたという印象は不思議になかった。僕《ぼく》はそんな街並をとおり抜けるたびに、まわりの建物の中で僕の知ることのない人々がそっと息を殺して、僕の知ることのない作業をつづけているような気がしたものだった。

図書館もそんなひっそりとした街並の一郭にあった。図書館といってもべつに他と変ったところがあるわけではなく、ごくありきたりの石造りの建物である。それが図書館であることを示す表示や外見的特徴は何もない。陰気な色あいに変色した古い石壁や狭いひさし、あるいは鉄格子《てつごうし》のはまった窓やがっしりとした木の扉は、穀物倉庫と言われても通りそうだった。もし門番がくわしい道筋を紙に書いてくれなかったら、僕はそれを図書館と認識することはおそらく永久になかっただろう。

「あんたには落ちつき次第まず図書館に行ってもらうことになる」と門番は街についた最初の日に僕に言った。「そこには女の子が一人で番をしているから、その子に街から古い夢を読むように言われてきたっていうんだ。そうすればあとはその子がいろいろと教えてくれるよ」

「古い夢？」と僕は思わず訊《き》きかえした。「古い夢というのはいったい何なのですか？」

門番は小型のナイフを使って木片から丸い楔《くさび》か木釘《きくぎ》のようなものを作っていたが、その手を休めてテーブルの上にちらばった削りかすを集め、ごみ箱の中に捨てた。

「古い夢というのは、古い夢さ。図書館にいけば嫌というほどある。好きなだけ手にとってとっくりと眺《なが》めてみるといいやね」

門番はそれから自分が仕上げたその丸く尖《とが》った木片をじっくりと点検し、納得がいくと背後の棚《たな》に置いた。棚にはそれと同じような形をした尖った木片が二十ばかり一列に並んでいた。

「あんたが何を質問するかはそれはあんたの勝手だが、それに答える答えないは俺《おれ》の勝手だよ」と門番は頭のうしろで手を組んで言った。「中には俺には答えられんこともあるしな。とにかくあんたはこれから毎日、図書館に行って古い夢を読むんだ。それがつまりあんたの仕事だよ。夕方の六時にそこに行って、十時か十一時まで夢読みをやる。夕食は女の子が用意してくれる。それ以外の時間はあんたの自由に使っていい。何の制限もない。わかったかね？」

わかった、と僕は言った。「ところでその仕事はいつまでつづくのですか？」

「さあ、いつまでつづくかな？　俺にもよくわからんね。しかるべき時期がくるまでだろうな」と門番は言った。そして薪《まき》をつんだ中から適当な木ぎれをひっぱりだして、またナイフで削りはじめた。

「ここは貧しい小さな街だからな、ぶらぶらしている人間を養っているような余裕はない。みんなそれぞれの場所でそれぞれに働いている。あんたは図書館で古い夢を読むんだ。まさかここでのうのうと楽しく遊んで暮せると思ってきたわけじゃないだろうね？」

「働くのは苦痛じゃありません。何もしないよりは何かしていた方が楽です」と僕は言った。

「それは結構」と門番はナイフの刃先を睨《にら》んだまま肯《うなず》いた。「それじゃできるだけ早く仕事にとりかかってもらうとしよう。あんたはこれから先〈夢読み〉と呼ばれる。あんたにはもう名前はない。〈夢読み〉というのが名前だ。ちょうど俺が〈門番〉であるようにね。わかったかね？」

「わかりました」と僕は言った。

「門番がこの街に一人しかいないように、夢読みも一人しかいない。なぜなら夢読みには夢読みの資格が要るからだ。俺は今からその資格をあんたに与えねばならん」

門番はそう言うと食器棚から白い小さな平皿《ひらざら》を出してテーブルの上に置き、そこに油を入れた。そしてマッチを擦って火をつけた。次に彼は刃物を並べた棚からバターナイフのような扁平《へんぺい》な形をした奇妙なナイフをとって、その刃先を火で十分焼いた。そして火を吹き消し、ナイフを冷ました。

「これはしるしをつけるだけなんだ」と門番は言った。「だから少しも痛くないし、怯《おび》える必要もない。あっという間に終っちまうよ」

彼は僕の右目の瞼《まぶた》を指で押し開き、ナイフの先を僕の眼球に突きさした。しかしそれは門番が言ったように痛くはなかったし、不思議に怖くもなかった。ナイフはまるでゼリーに突きささるように僕の眼球にやわらかく音もなく食いこんだ。次に彼は僕の左の眼球に対しても同じことをした。

「夢読みが終了すれば、その傷も自然に消えちまうよ」と門番は皿やナイフを片づけながら言った。「その傷がつまりは夢読みのしるしってわけだな。しかしあんたはそのしるしをつけているあいだは光に気をつけねばならん。いいかい、その目で日の光を見ることはできないんだ。その目で日の光を見ると、あんたはそれなりの報いを受けることになる。だからあんたが外を出歩けるのは夜か曇った昼間だけってことになるな。晴れた日には部屋をできるだけ暗くして、その中にじっと籠《こも》ってるんだ」

そして門番は僕に黒いガラスの入った眼鏡をくれて、眠るときの他《ほか》はいつもこれをかけているようにと言った。そのようにして僕は日の光を失ったのだ。

僕が図書館の扉を押したのはその何日かあとの夕方だった。重い木の扉は軋《きし》んだ音を立てて開き、その奥には長い廊下がまっすぐにのびていた。空気はもう何年ものあいだそこに置き去りにされていたかのように、ほこりっぽく淀《よど》んでいた。床板は人々の歩むかたちに擦り減り、漆喰《しっくい》の壁は電灯の色にあわせて黄色く変色していた。

廊下の両側にはいくつかの扉があったが、ドア・ノブには鎖がかかり、その上には白いほこりがつもっていた。鎖のかかっていないのはつきあたりにあるきゃしゃな作りのドアだけで、ドアにはまったすりガラスの向うに電灯の光が見えた。僕は何度かそのドアをノックしてみたが、返事はなかった。古びた真鍮《しんちゅう》のノブに手をかけて静かにまわしてみると、ドアは音もなく内側に開いた。部屋には人影はなかった。駅の待合室をひとまわり大きくした程度のがらんとした簡素な部屋で、窓はひとつもなく、飾りらしい飾りもない。粗末なテーブルがひとつと椅子《いす》が三脚、そして旧式の鉄の石炭ストーヴがひとつあるきりだ。それから大きな柱時計とカウンター。ストーヴの上ではところどころ色のはげおちた黒い琺瑯《ほうろう》のポットが白い湯気をたてている。カウンターのうしろには入口と同じ型のやはりすりガラスの入ったドアがあり、その奥にはやはり電灯の光が見えた。僕はそのドアをノックしてみるべきかどうか少し迷ったが、結局ノックはせずにしばらくここで誰《だれ》かがやってくるのを待つことにした。

カウンターの上には銀色のペーパー・クリップがちらばっていた。僕はそれを手にとってしばらくもてあそんでから、テーブルの椅子に腰を下ろした。

その女の子がカウンターのうしろのドアから姿を見せたのは十分か十五分あとのことだった。彼女は手に紙ばさみのようなものを持っていた。彼女は僕の顔を見て少し驚いたようで、頰《ほお》が一瞬赤くなった。

「ごめんなさい」と彼女は僕に言った。「誰か見えていたとは知らなかったんです。ドアをノックしていただければよかったのに。ずっと奥の部屋でかたづけものをしていたんです。なにしろいろんなものが出鱈目《でたらめ》にちらかっているものだから」

僕は長いあいだ言葉もなくじっと彼女の顔を見つめていた。彼女の顔は僕に何かを思いださせようとしているように感じられた。彼女の何かが僕の意識の底に沈んでしまったやわらかなおりのようなものを静かに揺さぶっているのだ。しかし僕にはそれがいったい何を意味するのかはわからなかったし、言葉は遠い闇《やみ》の中に葬《ほうむ》られていた。

「御存じのようにここを訪ねてくる人はもう誰もいないんです。ここにあるのは〈古い夢〉だけで、他には何もありません」

僕は彼女の顔から目を離さずに小さく肯いた。彼女の目や彼女の唇《くちびる》や彼女の広い額やうしろで束ねられた黒い髪のかたちから、僕は何かを読みとろうとしたが、細かい部分に目をやればやるほど、全体的な印象はぼんやりと遠ざかっていくように僕には感じられた。僕はあきらめて目を閉じた。

「失礼ですけれど、どこかべつの建物とお間違えになったのではないでしょうか？このあたりの建物はみんなよく似ていますから」と彼女は言って紙ばさみをカウンターの上のペーパー・クリップのとなりに置いた。「ここに入って古い夢を読むことができるのは夢読みだけです。それ以外の方はここに立ち入ることはできないんです」

「僕はここに夢を読みにきたんです」と僕は言った。「街からそうするように言われてね」

「申しわけありませんが眼鏡をはずしていただけますか？」

僕は黒い眼鏡をとって、顔を彼女の方にまっすぐ向けた。彼女は夢読みのしるしのある淡い色に変色したふたつの瞳《ひとみ》をじっとのぞきこんだ。まるで体の芯《しん》までのぞきこまれているような気がした。

「結構です。眼鏡をかけて下さい」と彼女は言った。「コーヒーをお飲みになりますか？」

「ありがとう」と僕は言った。

彼女は奥の部屋からコーヒー・カップをふたつ持ってきて、それにポットのコーヒーを注《つ》ぎ、テーブルの向いに座った。

「今日はまだ準備ができていないので夢読みは明日から始めましょう」と彼女は僕に言った。「読む場所はここでいいかしら？　閉鎖されている閲覧室を開けることもできますけれど」

　ここでいい、と僕は答えた。

「君が僕を手伝ってくれるんだね？」

「ええ、そうです。私の仕事は古い夢の番をすることと、夢読みのお手伝いをすることです」

「どこかで以前君にあったことはなかったかな？」

　彼女は目をあげてじっと僕の顔を見た。そして記憶を探って、何かを僕に結びつけようと試みていたが、結局あきらめて首を振った。「おわかりのように、この街では記憶というものはとても不安定で不確かなんです。思いだせることもありますが、思いだせないこともあります。あなたのことは思いだせない方に入っているみたいです。ごめんなさい」

「いいよ」と僕は言った。「たいしたことじゃないんだ」

「でももちろんどこかでお目にかかったことはあるかもしれませんわね。私はずっとこの街に住んでいるし、なにしろ狭いところですから」

「僕はほんの何日か前にここに来たばかりだよ」

「何日か前?」と彼女はびっくりしたように言った。「じゃあそれはきっと人違いだと思うわ。だって私は生まれてからずっとこのかた街の外に出たことはありませんもの。私に似た人だったんじゃないかしら」

「たぶんね」と僕は言った。そしてコーヒーをすすった。「でもね、僕はときどきこんな風に思うことがあるんだ。僕らはみんな昔まったく違う場所に住んでまったく違う人生を送っていたんじゃないかってね。そしてそういうことを何かの加減ですっかり忘れてしまい、何も知らないままにこうして生きているんじゃないかってね。そんな風に思ったことはない?」

「ないわ」と彼女は言った。「あなたがそんな風に考えるのは、あなたが夢読みだからじゃないかしら? 夢読みというのは普通の人とはずいぶん違う考え方や感じ方をするものだから」

「どうだろう」と僕は言った。

「じゃああなたは自分がどこで何をしていたかわかるの?」

「思いだせない」と僕は言った。そしてカウンターに行って、そこにばらばらとちらばっていたペーパー・クリップをひとつ手にとって、それをしばらく眺めた。「でも何かがあったような気がする。それはたしかなんだ。そして君にもそこで会ったような気がするんだ」

図書館の天井は高く、部屋はまるで海の底のように静かだった。僕はペーパー・クリップを手にしたまま何を思うともなく、そんな部屋の中をぼんやりと見まわした。彼女はテーブルの前に座って、一人で静かにコーヒーを飲みつづけていた。

「自分がどうしてここに来たのかも、僕にはよくわからない」と僕は言った。じっと天井を見ていると、そこから降りかかってくる黄色い電灯の光の粒子が膨んだり縮んだりしているように見えた。おそらく僕の傷つけられた瞳のせいだろう。僕の目は何かとくべつなものを見るために、門番の手によって作りかえられてしまったのだ。壁にかかった古い大きな柱時計がゆっくりと無音のうちに時を刻んでいた。

「たぶん何か理由があってここに来たんだろうけれど、それも今は思いだせない」と僕は言った。

「ここはとても静かな街よ」と彼女は言った。「だからもしあなたが静けさを求めてここに来たんだとしたら、あなたはきっとここが気に入ると思うわ」

「そうだろうね」と僕は答えた。「僕は今日ここで何をすればいいんだろう?」

彼女は首を振ってゆっくりとテーブルから立ちあがり、空になったふたつのコーヒー・カップを下げた。

「あなたが今日ここでできることは何もないわ。仕事は明日から始めましょう。それまでは家に帰ってゆっくり休んでいて下さい」

僕はもう一度天井を見あげ、それから彼女の顔を眺めた。たしかに彼女の顔は僕の心の中の何かと強く結びついているような気がした。そしてその何かが微《かす》かに僕の心を打つのだ。僕は目を閉じて、僕のぼんやりとかすんだ心の中を探ってみた。目を閉じると、沈黙が細かいちりのように僕の体を覆《おお》っていくのが感じられた。

「明日の六時にここに来るよ」と僕は言った。

「さよなら」と彼女は言った。


僕は図書館を出ると、旧橋の手すりにもたれて、川の水音に耳を澄ませながら、獣の消えてしまった街の姿を眺めた。時計塔や街を囲む壁や川沿いに並ぶ建物やのこぎりの歯のような形をした北の尾根の山なみは、夜の最初の淡い闇に青く染まっていた。水音の他には耳に届く音は何ひとつとしてなかった。鳥たちももうどこかにひきあげてしまったのだ。

もし僕が静けさを求めてここに来たのなら――と彼女は言った。しかしそれをたしかめることは僕にはできないのだ。

あたりがすっかり暗くなって、川沿いの道に並んだ街灯がその灯《ひ》をともしはじめるころ、僕は人影のない街路を西の丘へと向った。

5

ハードボイルド・ワンダーランド

——計算、進化、性欲——

　音抜きされたままの孫娘に正当な音を与えるために老人が地上に戻《もど》っているあいだ、私はコーヒーを飲みながら一人で黙々と計算をつづけた。

どれくらいの時間老人が部屋を留守にしていたのか、私にはよくわからない。私はディジタル式腕時計のアラームを一時間——三十分——一時間——三十分……というサイクルで鳴りつづけるようにセットし、その信号にあわせて計算し休み、計算し休んだ。時計の文字盤は見えないようにブラック・アウトして消してしまった。時間が気になると、計算がやりにくくなるからだ。現在の時刻が何時であろうがそんなことは私の仕事には何の関係もない。私が計算を始めるときが仕事の始まりであり、私が計算を終えるときが仕事の終りである。私にとって必要な時間は一時間——三十分——一時間——三十分というサイクルだけだ。

老人が留守にしているあいだに二回か三回休憩時間があったと思う。休憩時間には私はソファーに寝転んでぼんやり考えごとをしたり、便所に行ったり、腕立て伏せをしたりした。ソファーの寝心地はとても良かった。固すぎもせず柔かすぎもせず、頭の下に敷くクッションの具合もちょうど良い。私は計算に出向く先々で休憩時間になるとそこにあるソファーに寝かせてもらうのだが、寝心地の良いソファーというのはまずない。大抵はいきあたりばったりで買ってきたような雑なつくりのソファーだし、見映えの良い一見高級そうなソファーでも実際に寝転んでみるとがっかりしてしまう場合がほとんどなのだ。人々がどうしてそんなにソファー選びに手を抜くのかよくわからない。

私はつねづねソファー選びにはその人間の品位がにじみ出るものだと——またこれはたぶん偏見だと思うが——確信している。ソファーというものは犯すことのできない確固としたひとつの世界なのだ。しかしこれは良いソファーに座って育った人間にしかわからない。良い本を読んで育ったり、良い音楽を聴いて育ったりするのと同じだ。ひとつの良いソファーはもうひとつの良いソファーを生み、悪いソファーはもうひとつの悪いソファーを生む。そういうものなのだ。

私は高級車を乗りまわしながら家には二級か三級のソファーしか置いていない人間

を何人か知っている。こういう人間を私はあまり信用しない。高い車にはたしかにそれだけの価値はあるのだろうが、それはただ単に高い車というだけのことである。金さえ払えば誰《だれ》にだって買える。しかし良いソファーを買うにはそれなりの見識と経験と哲学が必要なのだ。金はかかるが、金を出せばいいというものではない。ソファーとは何かという確固としたイメージなしには優れたソファーを手に入れることは不可能なのだ。

そのとき私が寝転んだソファーは間違いなく一級品だった。それで私は老人に対して好感を持つことができた。私はソファーに寝転んで目を閉じ、その奇妙なしゃべり方と奇妙な笑い方をする老人についていろいろと考えを巡らせてみた。あの音抜きのことを思いかえしてみると、老人が科学者として最高の部類に属するというのはまず間違いないところだった。並の学者には音を勝手に抜いたり入れたりなんていうことはできない。並の学者ならそんなことができるなんてまず思いつきもしないだろう。それから彼が相当に偏屈な人間であることもまたたしかだ。科学者が変人であったり人嫌《ひとぎら》いであったりするのはよくある例だが、人目を避けて地下深くの滝の裏に秘密の研究室を作るところまではなかなかいかない。

音抜き・音入れの技術を商品化すれば莫大《ばくだい》な額の金が入りこんでくるに違いないと

私は想像してみた。まずコンサート・ホールからPA装置がぜんぶ消えてしまう。巨大な機械類を使って音を増幅する必要なんてなくなってしまうからだ。それから逆に騒音を消してしまうこともできる。飛行機に音抜き装置をとりつければ、空港近辺に住む人々はとても助かるだろう。しかしそれと同時に音抜き・音入れは様々なかたちで軍事産業や犯罪にとりいれられていくに違いない。無音の爆撃機や消音銃、大音量を立てて脳を破壊する爆弾なんていうものが次々に生まれ、組織的大量殺人をより洗練されたスタイルに作りかえていくであろうことは目に見えていた。おそらく老人もそれをよく承知していて、あえてその研究成果を世間には公表せずに手もとにとどめているのだろう。そのことで私はますます老人に好意を持つようになった。

私が五回めだか六回めだかの仕事のサイクルに入っているときに老人が戻ってきた。腕には大きなバスケットをさげていた。

「新しいコーヒーとサンドウィッチを持ってきたですよ」と老人は言った。「キュウリとハムとチーズだが、それでよろしいですかな?」

「ありがとう。好物です」と私は言った。

「今すぐ食事にしますか?」

「この計算のサイクルが終ったら頂きます」

腕時計のアラームが鳴ったとき、七枚の数値リストのうちの五枚までの洗いだし《ブレイン・ウォッシュ》が終っていた。あと一息というところだ。私は区切りをつけて立ちあがり、大きくのびをしてから食事にとりかかった。

サンドウィッチは普通のレストランやスナックで出てくるサンドウィッチの五、六皿《さら》ぶんはあった。私はその三分の二くらいを一人で黙々と食べた。洗いだしを長くつづけているとどういうわけかひどく腹が減るのだ。ハムとキュウリとチーズを順番に口の中に放《ほう》りこみ、熱いコーヒーを胃に送りこんだ。

老人は私が三つ食べるあいだにひとつつまむ程度だった。彼はキュウリが好きなようで、パンをめくってキュウリの上に注意深く適量の食塩を振り、ぱりぱりという小さな音を立ててかじった。サンドウィッチを食べているときの老人はどことなく礼儀正しいコオロギのように見えた。

「好きなだけどんどん召しあがって下さい」と老人は言った。「私のように年をとると、食というのはだんだん細くなってくるです。ちょっとだけ食べて、ちょっとだけ動くようになるんですな。しかし若い人はどんどん食べるべきです。どんどん食べてどんどん太ればよろしい。世間の人々は太ることを嫌っておるようだが、私に言わせれば、それは間違った太り方をしておるんですな。だから太ることによって不健康になったり美しさを失ったりするです。しかし正しい太り方をすればそんなことは絶対にありません。人生は充実し、性欲はたかまり、頭脳は明晰《めいせき》になるです。私も若い頃《ころ》はよく太っておったですよ。今じゃもう見るかげもありませんがな」

ふおっほっほっほと老人は口をすぼめるようにして笑った。

「どうです、なかなかうまいサンドウィッチでしょう？」

「そうですね。とてもおいしい」と私は賞《ほ》めた。本当においしいのだ。私はソファーに対するのと同じようにサンドウィッチに対してもかなり評価の辛い方だと思うが、そのサンドウィッチは私の定めた基準線を軽くクリアしていた。パンは新鮮ではりがあり、よく切れる清潔な包丁でカットされていた。とかく見過されがちなことだけれど、良いサンドウィッチを作るためには良い包丁を用意することが絶対に不可欠なのだ。どれだけ立派な材料を揃《そろ》えても包丁が悪ければおいしいサンドウィッチはできない。マスタードは上物だったし、レタスはしっかりとしていたし、マヨネーズも手づくりか手づくりに近いものだった。これほどよくできたサンドウィッチを食べたのはひさしぶりだった。

「これは孫娘が作ったんです、あんたへのお礼にといってね」と老人は言った。「あの子はサンドウィッチを作るのが得意でしてな」

「立派なもんです。プロでもなかなかこううまくは作れませんよ」

「それは良かった。それを聞けばきっとあの子も喜ぶでしょう。なにしろうちに人が来ることはほとんどないし、誰かに食べていただいて感想をうかがうという機会がまずありませんからな。あの子が料理を作っても食べるのはいつも私とあの子の二人だけという状態でして」

「二人暮しなんですか？」と私は質問してみた。

「そうです。もうずいぶん長いあいだの二人暮しですな。私はずっと世間とかかわっておらんもので、あの子にもそういう癖がついてしまって、私としても困っておるのです。外の世界に出ようとせんのですな。頭も良いし体もきわめて健康なんですが、外界にかかわろうとせんのです。若いうちはそれではいかん。性欲は好ましい形で解消せねばならんです。どうです？　あの子には女性的魅力が備っておるでしょうが？」

「ええ、たしかにそうですね、それは」と私は言った。

「性欲というものは正しいエネルギーです。これは実にはっきりとしておるです。性欲をはけ口のないままにためておっては頭脳の明晰さも失われるし、体のバランスも悪くなる。これは男も女も同じです。女の場合は月経が不規則になり、月経が不規則になると精神の安定が失われる」

「ふうん」と私は言った。

「あの子は正しい種類の男と早い機会に交わるべきなのです。私は後見者としても生物学者としてもそう確信しておるですよ」と老人はキュウリに塩をふりながら言った。

「彼女には、その、音はうまく入ったんですか?」と私は質問してみた。仕事中に他人の性欲の話なんてあまり聞きたくなかったのだ。

「おうおう、それを申しあげるのを忘れておったですな」と老人は言った。「そりゃもうもちろん音はちゃんと戻りましたとも。しかしあの子に音を入れ忘れておったことをよく思いださせて下さった。あんたが教えて下さらんかったらこの先何日もあの子は音なしで暮さねばならんところだった。私はここにこもるとしばらく地上には戻らんのです。音なしで暮すというのもあれはあれでなかなか面倒なものでしてな」

「まあそうでしょうね」と私はあいづちを打った。

「あの子はさっきも申しあげたとおり一般社会とはほとんどかかわってはおらんですから、とくにとりたてて不都合はないんですが、電話がかかってきたりすると困るですな。私は何度かここから電話をかけておったんですが、誰も出んので不思議に思っておったですよ。いや、実にうっかりしておった」

「口がきけないと買物だって困るでしょう？」

「いや買物は困らんです」と老人は言った。「世間にはスーパーマーケットというものがあって、あそこは口がきけんでも買物できるです。なかなか便利なもんですな。あの子はスーパーマーケットが大好きで、しょっちゅうあそこで買物をしておるですよ。なにしろスーパーマーケットと事務所を往復して生きておるようなものですな」

「家には帰らないんですか？」

「あの子は事務所が気に入っておるんです。キッチンもあるし、シャワーもあるし、普通に暮していくぶんには支障はないです。家に帰るのはせいぜい週に一回というところでしょう」

私は適当に肯《うなず》いてコーヒーを飲んだ。

「ところであんたはよくあの子と話が通じましたな」と老人は言った。「どうやったんです？　テレパシーか何かですか？」

「読唇術《どくしんじゅつ》です。昔市民講座に通って読唇術を習ったんです。当時は暇で他にやることもなかったし、何かの役に立つかもしれないと思ったものですから」

「なるほど。読唇術ですか」と老人はいかにも納得したように何度も肯いた。「読唇術というのはたしかに有効な技術です。私もいささか心得がある。どうです、しばらく二人で無音でしゃべってみますか？」

「いや、よしましょう。普通にしゃべった方がいいです」と私はあわてて言った。一日に何度もあんな目にあわされてはたまったものじゃない。

「もちろん読唇術というのは非常に原始的な技術であって、いろいろと欠点も多い。あたりが暗かったりするとさっぱりわからんし、いつも相手の口を見ておらねばならん。しかし過渡的手段としては有効です。あんたが読唇術を習得したのは先見の明があったと言うべきですな」

「過渡的手段？」

「そうです」と老人は言ってまた肯いた。「よろしいですかな、あなただけに教えてさしあげるが、この先必ずや世界は無音になる」

「無音？」と思わず私は訊《き》きかえした。

「そう。まったくの無音になるです。何故《なぜ》なら人間の進化にとって音声は不要であるばかりか、有害だからです。だから早晩音声は消滅する」

「ふうん」と私は言った。「ということは鳥の声とか川の音とか音楽とか、そういうものもまったくなくなってしまうわけですか？」

「もちろん」

「しかしそれは何かさびしいような気がしますね」

「進化というものはそういうものです。進化は常につらく、そしてさびしい。楽しい進化というものはありえんです」老人はそういうと立ちあがって机の前に行き、ひきだしから小さな爪切《つめき》りをとりだしてソファーに戻り、右手の親指から始めて、左手の小指まで十個の爪を順番に切り揃《そろ》えた。「まだ研究の途上であり、詳しいことは申しあげられんですが、大筋としては、ま、そういうことですな。しかしこのことは外部には口外せんでほしい。記号士の耳に届いた日には、大変なことになるですからな」

「御心配なく。我々計算士は秘密の厳守ということについては誰にも負けませんから」

「それを聞いて安心しました」と老人は言って、机の上にちらばった爪を葉書のふちで集め、ごみ箱の中に捨てた。それからまたキュウリのサンドウィッチを手にとって食塩を振り、うまそうにかじった。

「私が言うのもなんだが、たしかにこれはうまい」と老人は言った。

「料理がお上手なんですか？」と私は訊いた。

「いや、そういうわけでもなくて、サンドウィッチだけがとびぬけて上手《うま》いですな。他の料理も決して悪くはないが、サンドウィッチの美味《うま》さにはかなわんです」

「純粋な才能のようなもんですね」と私は言った。

「そのとおり」と老人は言った。「実にそのとおり。どうやら私は思うに、あなたはあの娘のことを十全に理解しておられるようだ。あなたにならあの子は安心しておあずけできそうですな」

「私にですか？」と私はちょっとびっくりして言った。「サンドウィッチのことを賞めたというだけでですか？」

「サンドウィッチはお気に召さんですか？」

「サンドウィッチはとても気に入りました」と私は言った。そして太った娘のことを、計算の邪魔にならない程度に思い浮かべた。それからコーヒーを飲んだ。

「私は思うに、あなたには何かがある。あるいは、何かが欠けておる。どちらにしても同じようなもんですが」

「ときどき自分でもそう思います」と私は正直に言った。

「我々科学者はそういう状況を進化の過程と呼ぶです。遅かれ早かれあんたにもそれがわかるじゃろうが、進化というのは厳しいものです。進化のいちばんの厳しさとはいったい何だと思われるですかな？」

「わかりません。教えて下さい」と私は言った。

「それは選《え》り好《ごの》みできんということですな。誰にも進化を選り好みすることはできん。それは洪水《こうずい》とか雪崩《なだれ》とか地震とかに類することです。やってくるまではわからんし、やってきてからでは抗《あらが》いようがない」

「ふうん」と私は言った。「その進化というのは、さっきおっしゃった音声にかかわることですか？　つまり私がしゃべれなくなってしまうとか？」

「正確にはそうじゃないです。しゃべれるとかしゃべれないとかは、本質的にはたいした問題じゃないです。それはひとつのステップにすぎんです」

よくわからない、と私は言った。私はだいたいが正直な人間である。わかったときにはちゃんとわかったと言うし、わからないときにはちゃんとわからないと言う。曖《あい》昧《まい》な言い方はしない。トラブルの大部分は曖昧なものの言い方に起因していると私は思う。世の中の多くの人々が曖昧なものの言い方をするのは、彼らが心の底で無意識にトラブルを求めているからなのだと私は信じている。そうとしか私には考えられないのだ。

「しかしまあ、こういう話はここまでにするです」と老人は言って、またふおっほっほという例の耳ざわりな笑い方をした。「あまりこみいった話をして計算のお邪魔をしてもいかんですし、まあほどほどにしておきましょう」

私の方はべつにそれに対する異論はなかった。ちょうど時計のアラームが鳴ったので私は洗いだし《ブレイン・ウォッシュ》のつづきに戻った。老人は机のひきだしからステンレス・スティールの火箸《ひばし》のようなものをとりだして、それを右手に持ち、頭蓋骨《ずがいこつ》の並んだ棚《たな》の前を往《い》ったり来たりして、時折その火箸で何かの頭をこんこんと軽く叩《たた》き、その響きに耳を澄ませた。まるでヴァイオリンの巨匠がストラディヴァリウスのコレクションを見まわって、そのうちのひとつを手にとってピッチカートの具合を点検してみるような感じだった。音だけを聞いていても、老人の頭蓋骨に対する人並はずれた愛情が感じられた。ひとことで頭蓋骨といっても、ほんとうにいろんな音色があるものだと私は思った。ウィスキーのグラスを叩くようなのもあれば、巨大な植木鉢《うえきばち》を叩くようなのもあった。そういったそれぞれにはかつて肉と皮がついて、脳味噌《のうみそ》が――量の差こそあれ――つまっていて、食事のこととか性欲のこととか、そんなことに思いを巡らしていたのだ。でも結局は何もかもが消えて、様々な種類の音だけになってしまった。グラスとか植木鉢とか弁当箱とか鉛管とかやかんとか、そんな種類の音だ。

私は自分の頭が皮や肉をそがれ脳味噌を取り去られてその棚に並び、老人にステンレス・スティールの火箸でこんこんと叩かれる様を想像してみた。なんだか変なものだった。老人は私の頭蓋骨の響きから、いったい何を読みとるのだろう？　彼は私の記憶を読みとるのだろうか、それとも私の記憶の外にあるものを読みとるのだろうか？　どちらにしても、なんだか落ちつかない気分になった。

私は死ぬこと自体はそんなに怖くはなかった。ウィリアム・シェイクスピアが言っているように、今年死ねば来年はもう死なないのだ。考えようによっては実に簡単なことだ。しかし死んだあとで頭蓋骨を棚に並べられて火箸でこんこんと叩かれるというのはどうもあまり気がすすまなかった。死んだあとまで、自分の中から何かをひっぱりだされることを考えただけで私の気は滅入《めい》った。生きることは決して容易なことではないけれど、それは私自身の裁量でやりくりしていることなのだ。だからそれはそれでかまわない。『ワーロック』のヘンリー・フォンダと同じだ。しかし死んだあとくらいは、静かにそっと寝かせておいてほしかった。私は大昔のエジプトの王様が死んだあとでピラミッドの中に閉じこもりたがった理由がよくわかるような気がした。

その何時間か後にようやく洗いだし《ブレイン・ウォッシュ》は終った。時計ではかっていたわけではないのでどれだけの時間を要したのか正確にはわからなかったが、体の疲れ具合からするとだいたい八時間から九時間というあたりだろうと私は推測した。ちょっとした量の作業だ。私はソファーから立ちあがって大きくのびをし、体のいろんな部分の筋肉をほぐした。計算士に与えられるマニュアルにはぜんぶで二十六個の筋肉のほぐし方が図解してある。それだけを計算後にきちんとほぐしておくと頭脳の疲れはあとにまず残らないし、頭脳の疲れがあとに残らなければ計算士としての寿命も伸びることになる。計算士という制度は生まれてからまだ十年に充《み》たないので、その職業的寿命がどの程度のものなのかは誰《だれ》にもわからない。十年と言うものもいるし、二十年と言うものもいる。死ぬまでできると主張するものもいる。早晩廃人になるという説もある。しかしそれはぜんぶ推測にすぎない。私にできるのは二十六個の筋肉をきちんとほぐしておくことだけだ。推測は推測に適した人間にまかせておけばいいのだ。

私は筋肉をほぐしおわるとソファーに座って目を閉じ、左の脳と右の脳をゆっくりとひとつにまとめた。それで作業の一切は完了した。正確にマニュアルどおりだ。

老人は机の上に大型犬のようなかたちの頭骨を置いてノギスで細部のサイズをはかって、頭骨の写真コピーにその寸法を鉛筆で記入していた。

「終ったですか」と老人は言った。

「終りました」と私は言った。

「いやいや、長いあいだ御苦労でしたな」と彼は言った。

「今日はこれから家《うち》に戻《もど》って眠ります。そして明日かあさって自宅でシャフリングにかけ、しあさっての正午までに必ずまたここにお持ちします。それでよろしいですね?」

「結構結構」と老人は言って肯《うなず》いた。「しかし時間厳守ですぞ。正午より遅れては困るです。大変なことになる」

「よくわかりました」と私は言った。

「それからそのリストを誰かに奪われんようにくれぐれも気をつけてな。それを奪われると私も困るし、あんたも困るです」

「大丈夫です。それについては我々はかなりきちんとした訓練を受けています。計算済みのデータをみすみす奪われるようなことはしません」

私はズボンの内側につけた特別なポケットから重要書類を入れるためのやわらかな金属でできた札入れのようなものをとりだして、そこに数値リストを入れてロックした。

「このロックは私以外にあけることはできないんです。私以外の人間がこのロックを外そうとすると、中の書類は消滅します」

「なかなかよくできておるですな」と老人は言った。

私はその書類入れをズボンの内ポケットに戻した。

「ところでサンドウィッチをもう少し召しあがらんですか？　まだ少し残っておるし、私は研究しておる最中はほとんど食事をせんものだから、残しておくのもどうももったいない」

まだ腹が減っていたので、私は勧められるままに残りのサンドウィッチをぜんぶたいらげた。老人が集中して食べたせいでキュウリはもう一切れもなく、残っているのはハムとチーズばかりだったが、私はとりたててキュウリが好きというわけでもなかったから、べつにそれはそれでかまわない。老人は新しくコーヒーをカップに注《つ》いでくれた。

私はまた雨合羽《あまがっぱ》を着こみ、ゴーグルをつけ、懐中電灯を片手に地下道を戻った。今回は老人はついてこなかった。

「やみくろはもう音波をだして追い払ったし、当分はこちらに侵入しては来《こ》んから大丈夫です」と老人は言った。「やみくろの方にしたって、こっちに来るのはやはり怖いんです。ただ記号士に言いふくめられてるだけだから、ちょっとおどせばもう来んです」

しかしそうは言われても、やみくろなどというものが地底のどこかに存在していることを知ったあとで、一人で暗闇《くらやみ》の中を歩くのはあまり気持の良いものではなかった。とくに私の方はやみくろのいったい何たるかを知らず、その習性や形態やそれに対する防御法も何ひとつ知らないのだから、その不気味さもまたひとしおである。私は左手に懐中電灯をかざし、右手にナイフを握りながら、地底の川に沿ってもと来た道を下った。

そんなわけで最初に私が降りてきたアルミニウムの長い梯子《はしご》の下にピンクのスーツを着た太った娘の姿をみつけたとき、私は救われたような気持になった。彼女は私の方に向けて懐中電灯の光をひらひらと振った。私がそこにたどりつくと彼女は何か言ったが、川の音抜きは解除されたらしく水音がうるさくて声はまるで聞こえなかったし、まっ暗で唇《くちびる》の動きも見えなかったので、何を言ってるのかまったくわからなかった。

それで何はともあれ梯子を上って、光のあるところに出ることにした。私が先に上るとあとから彼女がついてきた。梯子はひどく高かった。下りるときはまっ暗で何もわからないままに下りたから怖くはなかったけれど、一段一段と上にのぼっていくとその高さが想像できて顔やわきの下に冷や汗がにじんだ。ビルでいえば三、四階ぶんくらいの高さがあるし、おまけにアルミニウムの梯子は湿気でつるつると足が滑るから、相当に用心をして上らないと大変なことになる。

途中で一息つきたかったがあとから彼女が上ってくることを思うと休むわけにもいかず、結局一気に梯子の上まで上った。三日後にもう一度同じ道を辿《たど》って研究室に行くのかと思うと私は暗い気持になったが、これもボーナスのうちに入っているのだから仕方ない。

クローゼットを通り抜けて最初の部屋に入ると、娘が私のゴーグルをとり、雨合羽を脱がせてくれた。私は長靴《ながぐつ》を脱ぎ、懐中電灯をそのへんに置いた。

「仕事はうまくいった？」と女が言った。はじめて聞く彼女の声はやわらかく澄んでいた。

私は彼女の顔を見ながら肯いた。「うまくいかなければ帰ってこないよ。それが我々の仕事だからね」と私は言った。

「音抜きのこと、祖父に言ってくれてどうもありがとう。すごく助かったわ。もう一週間もずっとあのままだったのよ」

「どうして筆談でそのことを僕《ぼく》に言わなかったんだ？　そうすればいろんなことがもっと早くわかったし、混乱しないですんだのにさ」

娘は何も言わずに机のまわりをぐるりと一周し、それから両耳につけた大きなイヤリングの位置をなおした。

「それがルールなのよ」と彼女は言った。

「筆談をしないことが？」

「そういうのもルールのひとつ」

「ふうん」と私は言った。

「退化にむすびつくことはすべて禁止されてるの」

「なるほど」と私は感心して言った。さすがにやることが徹底している。

「あなたいくつ？」と娘がたずねた。

「三十五」と私は言った。「君は？」

「十七」と女は言った。「計算士に会ったのって、私はじめてよ。記号士に会ったこともないけれど」

「ほんとうに十七？」と私は驚いて訊《き》いた。

「ええ、そうよ。嘘《うそ》なんかつかないわ。ほんとうに十七よ。でも十七に見えないでしょ？」

「見えない」と私は正直に言った。「どう見ても二十歳《はたち》以上だな」

「十七になんて見えてほしくないのよ」と彼女は言った。

「学校には行ってないの？」

「学校のことは話したくないの。少くとも今はね。こんど会ったときにちゃんと教えてあげるわ」

「ふうん」と私は言った。きっと何か事情があるのだろう。

「ねえ、計算士ってどんな生活をしているのかしら？」

「計算士にしたって記号士にしたって、仕事をしていないときは世間のみんなと同じごく普通のまともな人間さ」

「世間のみんなはごく普通かもしれないけれど、まともじゃないわ」

「まあそういう考え方もあるにはある」と私は言った。「でも僕が言っているのはごくあたり前という意味なんだ。電車でとなりに座っても注意もひかないし、みんなと同じように飯も食べるし、ビールも飲むし――ところでサンドウィッチをどうもありがとう。とてもおいしかったよ」

「ほんとう？」と言って、彼女はにっこり笑った。

「あんなにおいしいサンドウィッチはあまりないよ。サンドウィッチはずいぶん食べたけどね」

「コーヒーは？」

「コーヒーもおいしかったな」

「ねえ、ここでもう少しコーヒーを飲んでいかない？　そうすればもう少しお話もできるし」

「コーヒーは？」

「いや、コーヒーはもういいよ」と私は言った。「下で飲みすぎてもう一滴も入らない。それに家《うち》に帰って一刻も早く眠りたいんだ」

「残念だわ」

「僕も残念だけれど」

「じゃあとにかくエレベーターのところまで送るわ。一人じゃたどりつけないでしょ？　廊下がこみいってるし」

「たどりつけそうもないな」と私は言った。

彼女は机の上にあった丸い帽子の箱のようなものをとって私に手わたした。私はそれを受けとって重さをはかってみた。箱は大きさのわりにあまり重くはなかった。もしそれが本当に帽子の箱だとしたら、中にはずいぶん大きな帽子が入っていたことだろう。簡単に開かないように太い接着テープがぐるぐると巻きつけてある。

「なんだいこれは？」

「祖父からあなたへのプレゼントよ。家に帰ってからあけてみてね」

私は箱を両手で軽く上下に振ってみた。何の音もせず、何の手応《てごた》えもない。

「割れものだから気をつけるようにって」と娘は言った。

「花瓶《かびん》か何かそういうものかな」

「私も知らないわ。家に帰ってあけてみればわかるでしょ」

それから彼女はピンク色のハンドバッグを開けて封筒に入った銀行小切手を私にくれた。そこには私の予想よりは少し多めの金額が記入されていた。私はそれを財布に入れた。

「領収書は？」

「いらない」と娘は言った。

我々は部屋を出て、往《い》きと同じ長い廊下を曲ったり上ったり下りたりしながらエレベーターのところまで歩いた。彼女のハイヒールは前と同じようにこつこつという小気味の良い音を廊下に響かせていた。彼女の太り具合は最初に見たときほどはあまり気にならなくなっていた。一緒に歩いていると彼女が太っていることすら忘れてしまいそうだった。たぶん時間がたって私が彼女の太り具合になじんだせいなのだろう。

「結婚してるの？」と娘が訊《たず》ねた。

「結婚していない」と私は言った。「昔はしてたけど、今はしていない」

「計算士になったせいで離婚したの？　みんなよく計算士には家庭は持てないって言うけど」

「そんなことはないさ。計算士にだって家庭は持てるし、立派にやってる連中だっていっぱい知ってるよ。家庭を持たない方が仕事をやりやすいって考えている人間の方が多いことはたしかだけれどね。我々の仕事はすごく神経を使うし、危険も多いから、妻子がいるとやりにくいということはある」

「あなたの場合はどうだったの？」

「僕の場合は離婚してから計算士になったんだ。だから仕事とは関係ない」

「ふうん」と彼女は言った。「変なこと訊ねてごめんなさい。でも計算士に会ったのはじめてだからいろいろときいてみたかったの」

「いいよ、べつに」と私は言った。

「ねえ、計算士の人って仕事がひとつ終るとすごく性欲がたかまるって話を聞いたけど、本当？」

「さあどうだろう。そういうことはあるかもしれないな。なにしろ仕事をしているあいだはかなり変った神経のつかい方をするからね」

「そういう時って、誰と寝るの？　きまった恋人がいるの？」

「きまった恋人はいない」と私は言った。

「じゃあ誰と寝るの？　セックスに興味ないとかホモ・セクシュアルだとか、そういうんじゃないでしょ？　答えたくない？」

「そんなことないよ」と私は言った。私は自分の私生活をべらべらしゃべりまくるタイプの人間では決してないけれど、とくに隠すべきこともないのでちゃんと質問されればちゃんと答える。

「その時どきでいろんな女の子と寝る」と私は言った。

「私とでも寝る？」

「寝ない。たぶん」

「どうして？」

「そういう主義だから。知りあいとはあまり寝ない。知りあいと寝ると余計なことがついてまわるんだ。仕事でつながりのある相手とも寝ない。他人の秘密をあずかる職業だから、そういうことには一線を画す必要があるんだ」

「私が太ってて醜いからじゃなくて？」

「君はそんなに太ってないし、ぜんぜん醜くない」と私は言った。

「ふうん」と彼女は言った。「じゃあ誰と寝るの？　そのへんの女の子に声をかけて寝るの？」

「そういうこともたまにはある」

「それともお金で女の子を買うの？」

「それもある」

「もし私があなたと寝てあげるからお金ほしいって言ったら寝る？」

「たぶん寝ない」と私は答えた。「年が離れすぎている。あまり年が離れた女の子と寝るとどうも落ちつかないんだ」

「私はべつよ」

「そうかもしれない。でも僕としてはこれ以上トラブルのたねを増やしたくないんだ。できることならそっと静かに暮したい」

「祖父は最初に寝る男は三十五歳以上がいちばんいいって言ってるの。性欲が一定量以上にたまると頭脳の明晰《めいせき》さが損なわれるんですって」

「その話は君のおじいさんから聞いたよ」

「ほんとうなのかしら？」

「僕は生物学者じゃないからよくわからない」と私は言った。「それに性欲の量は人によってずいぶん違うからそんなに簡単に断言はできないと思うね」

「あなたは多い方かしら？」

「まあ普通じゃないかな」と私は少し考えてから答えた。

「私には自分の性欲のことがまだよくわからないの」とその太った娘は言った。「だからいろいろとたしかめてみたいのよ」

私が何と答えればいいか迷っているうちに我々はエレベーターの前に出た。エレベーターは訓練された犬のように扉《とびら》を開けて私が乗るのをじっと待っていた。

「じゃあ、また今度ね」と彼女は言った。

私が乗るとエレベーターの扉が音もなく閉まった。私はステンレス・スティールの壁にもたれてため息をついた。

6 世界の終り ——影——

彼女がテーブルの上に最初の古い夢を置いたとき、それが古い夢そのものであることを僕《ぼく》はしばらく認識することができなかった。僕は長いあいだじっと眺《なが》めてから顔をあげて、となりに立った彼女の顔を見た。彼女は何も言わずにテーブルの上の〈古い夢〉を見下ろしていた。それは〈古い夢〉という名にはおよそふさわしくない物体であるように僕には思えた。僕は〈古い夢〉という言葉の響きから古い文書か、そうでなければもっと漠然《ばくぜん》としてとりとめのない形状の何かを予想していたのだ。

「それが古い夢なのよ」と彼女は言った。彼女の口調には僕に対して説明するというよりは自分に対して何かを確認するといったようなぼんやりとした行き場のない響きがこめられていた。「正確に言うと古い夢はその中に入っているの」

僕はわけのわからないままに肯《うなず》いた。

「手にとってみて」と彼女は言った。

僕はそっと手にとって、そこに古い夢の痕跡《こんせき》のようなものが認められないかと目で追ってみた。しかしどれだけ注意深く眺めまわしてみても、そこには何ひとつとして手がかりらしきものは見あたらなかった。それはただの動物の頭骨だった。大きな動物ではない。骨の表面は長いあいだ陽光にさらされていたかのように乾ききっており、色褪《いろあ》せて本来の色を失っていた。前方に長く突きだした顎《あご》は何かを語りかけようとしたところで急に凍りついてしまったかのように軽く開かれたまま固定し、ふたつの小さな眼窩《がんか》はその中身をどこかで失ったまま奥に広がる虚無の部屋へとつづいていた。

頭骨は不自然なほど軽く、おかげで物体としての存在感はあらかた失われているようだった。僕はそこにどのような種類の生命の残像をも感じとることができなかった。そこからはあらゆる肉と記憶とぬくもりが奪い去られていた。額の中央にはざらりとした感触の小さなくぼみがひとつあった。そのくぼみに指をあててしばらく観察してみたあとで、それはおそらく角《つの》をもがれたあとであろうと僕は推測した。

「これは街にいる一角獣の頭骨だね？」と僕は彼女に訊《き》いてみた。

彼女は肯いた。「古い夢はその中にしみこんで閉じこめられているの」と彼女は静かに言った。

「僕はここから古い夢を読みとるわけなんだね？」

「それが夢読みの仕事なの」と彼女は言った。

「読みとったものをどうすればいいんだい？」

「どうもしないのよ。あなたはただそれを読みとるだけでいいの」

「どうもよくわからないな」と僕は言った。「僕がここから古い夢を読みとるというのはわかったよ。しかしそれ以上何もしなくていいというのがよくわからないんだ。それじゃ仕事の意味が何もないような気がする。仕事には何かしらその目的といったものがあるはずだ。たとえばそれを何かに書きうつすとか、ある順序に従って整理し分類するとかね」

彼女は首を振った。「その意味がどこにあるのかは私にもうまく説明することはできないわ。古い夢を読みつづけていれば、あなたにもその意味が自然にわかってくるんじゃないかしら。でもいずれにせよその意味というのはあなたの仕事そのものにはあまり関係がないのよ」

僕は頭骨をテーブルの上に戻《もど》し、遠くからもう一度眺めてみた。無を思わせる深い沈黙が頭骨をすっぽりと包んでいた。しかしあるいはその沈黙は外部からやってくるものではなく、頭骨の中から煙のように湧《わ》きだしているのかもしれなかった。どちらにしても不思議な種類の沈黙だった。それはまるで頭骨を地球の中心までしっかりと結びつけているかのように僕には感じられた。頭骨はじっと黙したまま実体のない視線を虚空《こくう》の一点に向けていた。

眺めれば眺めるほど、僕にはその頭骨が何かを語りたがっているように思えてならなかった。まわりにはどことなく哀《かな》しげな空気さえ漂っているようだったが、僕にはそこにこめられた哀しみを自分に対してうまく表現することはできなかった。正確な言葉が失われてしまっているのだ。

「読むことにするよ」と僕は言って、もう一度テーブルの上の頭骨を手にとり、手の中で重みを測ってみた。「いずれにせよ、そうする以外に僕には選びようもなさそうだからね」

彼女はほんの少しだけ微笑《ほほえ》んで僕の手から頭骨を受けとって、表面につもったほこりを二枚の布で丁寧に拭《ふ》きとり、その白さを増した頭骨をテーブルの上に戻した。

「じゃあ古い夢の読み方をあなたに説明するわ」と彼女は言った。「でももちろん私は真似《まね》をするだけで、実際に読むことはできないの。読むことができるのはあなただけ。よく見ていてね。まずこういう風に頭骨を正面に向け、両手の指をこめかみのあたりにそっと置くの」

彼女は頭骨の側頭部に指をあて、たしかめるように僕の方を見た。

「そして骨の額をじっと見るの。力を入れてにらむんじゃなくて、そっとやさしく見るの。でも目を離しちゃだめよ。どんなに眩《まぶ》しくても目をそらせてはだめ」

「眩しい？」

「ええ、そう。じっと見ていると頭骨が光と熱を発しはじめるから、あなたはその光を指先で静かにさぐっていけばいいの。そうすればあなたは古い夢を読みとることができるはずよ」

僕は頭の中で彼女の説明してくれた手順をもう一度繰りかえしてみた。彼女の言う光がどのような光でどのような感触なのかはもちろん想像がつかなかったが、一応の手順はのみこむことができた。頭骨にあてられた彼女の細い指をしばらく眺めているうちに、僕は以前どこかでその頭骨を見たことがあるという強い既視感のようなものに襲われた。骨の洗いざらしにされたような白さと額のくぼみが、最初に彼女の顔を見たときと同じような奇妙な心の揺れを僕にもたらした。しかしそれが正しい記憶の断片なのか、あるいは時や場所の一瞬の歪《ゆが》みがもたらす錯覚なのか、僕には判断することができなかった。

「どうかしたの？」と彼女が訊《たず》ねた。

僕は首を振った。「どうもしないよ。少し考えごとをしてたんだ。たぶん君の今の説明で手順は一応のみこめたと思う。あとは実際にやってみるしかないな」

「まず食事を済ませてしまいましょう」と彼女は言った。「作業にかかるとそんな暇はなくなっちゃうと思うから」

彼女は奥にある小さな台所から鍋《なべ》を持ってきて、ストーヴの上であたためた。玉葱《たまねぎ》やじゃが芋の入った野菜の煮こみだった。やがて鍋があたたまって気持の良い音を立てはじめると彼女は中身を皿《さら》に移し、くるみの入ったパンと一緒にテーブルに運んだ。我々は向いあって、口をきかずに食事を口にはこんだ。料理そのものは質素だったし、調味料の味も僕のこれまで味わったことのないものばかりだったが、決してまずくはなかったし、食べ終えると体があたたかくなったような気がした。それから熱い茶が出た。薬草で作ったような苦みのある緑色の茶だった。

夢読みは彼女が口で説明してくれたほど楽な作業ではなかった。光の筋はあまりにも細かく、どれだけ神経を指先に集中させてもその迷路のような混乱をうまく辿《たど》っていくことはできなかった。それでも僕は古い夢の存在を指先にはっきりと感じとることができた。それはざわめきのようでもあり、とりとめもなく流れていく映像の羅列《られつ》のようでもあった。しかし僕の指はそれをまだ明確なメッセージとして把握することはできなかった。それがたしかに存在しているということを感じとるだけだ。

僕がやっとふたつぶんの夢を読み終えたとき、時刻は既に十時をまわっていた。僕はもう夢を解き放ってしまった頭骨を彼女に返し、眼鏡を外して鈍くなってしまった眼球をゆっくりと指でほぐした。

「疲れたでしょう？」と彼女は僕に訊ねる。

「少しね」と僕は答えた。「目がうまく慣れないんだ。じっと見ていると古い夢の光を目が吸いこんで、頭の奥の方が痛くなってくるんだ。たいした痛みじゃないけれどね。目がにじんでじっとものを見ていることができなくなってしまうんだ」

「最初はみんなそうなの」と彼女は言った。「はじめのうちは目が慣れなくて、うまく読みとれないの。でもそのうちに慣れるから心配することはないわ。しばらくはゆっくりとやりましょう」

「その方がいいみたいだ」と僕は言った。

古い夢を書庫に戻してしまうと、彼女は帰り仕度をはじめた。ストーヴのふたを開けて赤く燃える石炭を小さなシャベルでとりだし、砂をはったバケツの中に埋めた。

「疲れを心の中に入れちゃだめよ」と彼女は言った。「いつもお母さんが言っていたわ。疲れは体を支配するかもしれないけれど、心は自分のものにしておきなさいってね」

「そのとおりだ」と僕は言った。

「でも本当のことを言うと、私には心がどういうものなのかがよくわからないの。それが正確に何を意味し、どんな風に使えばいいかということがね。ただことばとして覚えているだけよ」

「心は使うものじゃないよ」と僕は言った。「心というものはただそこにあるものなんだ。風と同じさ。君はその動きを感じるだけでいいんだよ」

彼女はストーヴのふたを閉め、琺瑯《ほうろう》のポットとカップを奥に運んで洗い、洗い終ると粗い布地の青いコートに身をつつんだ。ひきちぎられた空の切れはしが長い時間をかけてその本来の記憶を失《な》くしてしまったようなくすんだ青だ。しかし彼女は何かを考えこんだまましばらく火の消えたストーヴの前に立っていた。

「あなたは他《ほか》の土地からここにやってきたの？」と彼女はふと思いだしたように僕に訊ねた。

「そうだよ」と僕は言った。

「そこはどんな土地だったのかしら？」

「何も覚えてないんだ」と僕は言った。「悪いけれど僕には何ひとつとして思いだせない。影をとられたときに古い世界の記憶も一緒にどこかに行っちゃったみたいだ。でもそれはとにかくずっと遠い場所だよ」

「でもあなたには心のことがわかるのね？」

「わかると思う」

「私の母も心を持っていたわ」と彼女は言った。「でも母は私が七つのときに消えてしまったの。それはきっと母があなたと同じように心というものを持っていたせいね」

「消えた？」

「ええ、消えたのよ。でもその話はやめましょう。ここでは消えた人の話をするのは不吉なことなのよ。あなたの住んでいた街の話をして。何かひとつくらいは思いだせるでしょ？」

「僕に思いだせることはふたつしかない」と僕は言った。「僕の住んでいた街は壁に囲まれてはいなかったし、我々はみんな影をひきずって歩いていた」

そう、我々は影をひきずって歩いていた。この街にやってきたとき、僕は門番に自分の影を預けなければならなかった。

「それを身につけたまま街に入ることはできんよ」と門番は言った。「影を捨てるか、中に入るのをあきらめるか、どちらかだ」

僕は影を捨てた。

門番は僕を門のそばにある空地に立たせた。午後三時の太陽が僕の影をしっかりと地面に捉《とら》えていた。

「じっとしてるんだ」と門番は僕に言った。そしてポケットからナイフをとりだして鋭い刃先を影と地面のすきまにもぐりこませ、しばらく左右に振ってなじませてから、影を要領よく地面からむしりとった。

影は抵抗するかのようにほんの少しだけ身を震わせたが、結局地面からひきはがされて力を失くし、ベンチにしゃがみこんだ。体からひきはなされた影は思ったよりずっとみすぼらしく、疲れきっているように見えた。

門番はナイフの刃を収めた。僕と門番は二人でしばらく本体を離れた影の姿を眺めていた。

「どうだね、離れちまうと奇妙なもんだろう？」と彼は言った。「影なんて何の役にも立ちゃしないんだ。ただ重いだけさ」

「悪いとは思うけれど、君と少しのあいだ別れなくちゃいけないみたいだ」と僕は影のそばに寄って言った。「こんなつもりはなかったんだけれど、なりゆき上仕方なかったんだ。少しのあいだ我慢してここに一人でいてくれないか?」

「少しのあいだっていつまでだい?」と影が訊いた。

わからない、と僕は言った。

「君はこの先後悔することになるんじゃないかな?」と小さな声で影は言った。「くわしい事情はわからないけれど、人と影が離れるなんて、なんだかおかしいじゃないか。これは間違ったことだし、ここは間違った場所であるように俺《おれ》には思えるね。人は影なしでは生きていけないし、影は人なしでは存在しないものだよ。それなのに俺たちはふたつにわかれたまま存在し生きている。こんなのってどこか間違っているんだよ。君はそうは思わないのか?」

「たしかに不自然なことは認めるよ」と僕は言った。「でもこの場所は何もかもがはじめから不自然なんだ。不自然な場所ではその不自然さにあわせていくしか仕方ないんだよ」

影は首を振った。「それは理屈だよ。しかし俺には理屈以前にわかるんだ。ここの空気は俺にはあわないよ。ここの空気は他の場所の空気とは違うんだ。ここの空気は俺にも君にも良い影響を与えない。君は俺を捨てたりするべきじゃなかったんだ。俺たちはこれまで二人一緒に結構うまくやってきたじゃないか？　どうして俺を捨てたりしたんだい？」

いずれにせよ、それはもう手遅れだった。僕《ぼく》の体から影は既にひきはがされてしまったのだ。

「そのうちに落ちついたところで君をひきとりに来るよ」と僕は言った。「これはたぶん一時的なことだし、いつまでもは続かない。また二人で一緒になれるさ」

影は小さくため息をつき、それから力を失って焦点の定まらない目で僕を見あげた。午後三時の太陽が我々二人を照らしていた。僕には影がなく、影には本体がなかった。

「それは君の希望的な推測にすぎないんじゃないかな」と影は言った。「そううまくは事は運ぶまい。俺にはどうも嫌《いや》な予感がするんだ。チャンスをみつけてここを逃げだし、二人でもとの世界に戻ろう」

「もとの場所には戻れない。戻り方がわからないんだ。君にだってやはりわからないだろう？」

「今はね。でも俺はこの命にかけてもその戻り方をみつけるよ。君とときどき会って話がしたい。会いに来てくれるね？」

僕は肯《うなず》いて影の肩に手を置き、それから門番のところに行った。門番は僕と影が話しているあいだ、広場に落ちている石を拾ってあつめ、邪魔にならない場所に放《ほう》りなげていた。

僕がそばによると門番は手についた白い土をシャツの裾《すそ》で拭《ぬぐ》いおとし、大きな手を僕の背中においた。それが親密さの表現なのかあるいはその大きな力強い手を僕に認識させるためなのか、僕にはどちらとも決めかねた。

「あんたの影は俺がちゃんと大事に預っといてやるよ」と門番は言った。「食事も三度三度ちゃんと与えるし、一日一度は外に出して散歩もさせる。だから安心しな。あんたが心配するようなことは何もないよ」

「ときどき会うことはできますか?」

「そうだな」と門番は言った。「いつでも自由にというわけにはいかんが、会えんわけじゃない。時期が合い、事情が許し、俺の気が向けば会える」

「じゃあもし僕が影を返してもらいたいと思ったときはどうすればいいんですか?」

「あんたはどうもまだここの仕組がよくわかっていないようだな」と門番は僕の背中に手をあてたまま言った。「この街では誰《だれ》も影を持つことはできないし、一度この街に入ったものは二度と外にでることはできない。したがってあんたの今の質問はまったく意味をなさないということになる」

そのようにして僕は自分の影を失ったのだ。

図書館を出ると、僕は彼女に家《うち》まで送ろうと言った。

「私を送ってくれる必要なんてないのよ」と彼女は言った。「べつに夜は怖くないし、あなたの家とは方角が違うわ」

「送りたいんだよ」と僕は言った。「気持がたかぶっているみたいで、部屋に戻ってもすぐには眠れそうもないからね」

我々は二人で並んで旧橋を南にわたった。冷ややかさを残した初春の風が中洲《なかす》の柳の枝を揺らし、妙に直截的《ちょくせつてき》な月の光が足もとの丸石をつややかに光らせていた。大気は湿り気をふくんで、どんよりと重たげに地表をさすらっていた。彼女は束ねていた紐《ひも》をといた髪を手でひとつにまとめ、前にまわしてコートの中に入れた。

「君の髪はとても綺麗《きれい》だな」と僕は言った。

「ありがとう」と彼女は言った。

「前にも髪をほめられたことはある？」

「いいえ、ないわ。あなたがはじめてよ」と彼女は言った。

「ほめられるとどんな気がする?」

「わからないわ」と彼女は言ってコートのポケットに両手をつっこんだまま僕の顔を見た。「あなたが私の髪をほめたというのはわかるわ。でもほんとうはそれだけではないのね。私の髪があなたの中に何かべつのものを作りだして、あなたはそのことについて何かを言っているのね?」

「違うよ。僕は君の髪の話をしているんだ」

彼女は空中に何かを探し求めるように小さく微笑んだ。「ごめんなさい。あなたのしゃべり方にうまく慣れることができないだけなの」

「かまわないよ。そのうちに慣れる」と僕は言った。

彼女の家は職工地区にあった。職工地区は工場地区の南西部の一郭にあるさびれた場所だ。工場地区自体がほとんど見捨てられてしまったような淋《さび》しい場所なのだ。かつては美しい水をたたえ荷船やランチが往《ゆ》き来《き》した大運河も今はその水門を閉ざし、ところどころでは水が干あがって底が露出していた。白くこわばった泥《どろ》が、巨大な古代生物のしわだらけの死体のように浮き上がっている。河岸には荷を積み下ろすための広い石段がついていたが、今はもう使うものもなく、丈の高い雑草が石のすきまにしっかりと根を下ろしていた。古い瓶《びん》や錆《さ》びた機械の部品が泥の上に首を出し、そのとなりでは平甲板の木造船がゆっくりと朽ち果てていた。

運河に沿って、見捨てられた人気《ひとけ》のない工場がつづいていた。門は閉ざされ、窓のガラスは消え失《う》せ、壁にはつたが絡《から》みつき、非常階段の手すりは錆びこぼれ、いたるところに雑草が茂っていた。

工場の並びを抜けると職工住宅だった。五階建ての古びた建てものだ。かつては金持のための優雅なアパートメントだったのだが、時代が変り、そこを細かく区切って貧しい職工たちが住みつくようになったのだ、と彼女は言った。しかしその職工たちも、今はもう職工ではない。彼らの働いていた工場の殆《ほと》んどは閉鎖されてしまったのだ。彼らの技術はもう何の役にも立たず、街の要求する細々《こまごま》としたものを必要に応じて作っているだけだ。彼女の父親もそんな職工の一人だった。

最後の運河にかかった手すりのない短かい石橋を渡ったところが彼女の住む棟《むね》のある地区だった。棟と棟のあいだには中世の城の攻防戦を思わせる梯子《はしご》のような渡り廊下がついていた。

時刻は真夜中に近くほとんどの窓の灯《ひ》は消えていた。彼女は僕の手をひいて、まるで頭上から人々を狙《ねら》う巨大な鳥の目を避けるかのように、その迷路のような通路を足ばやに通り抜けた。そしてひとつの棟の前で立ちどまり、僕にさよならと言った。

「おやすみ」と僕は言った。

そして僕は一人で西の丘の斜面を上り、自分の部屋に戻った。

7

ハードボイルド・ワンダーランド

——頭骨、ローレン・バコール、図書館——

タクシーに乗ってアパートに戻《もど》った。外に出るともう日はすっかり暮れていて、街は仕事を終えた人々でいっぱいだった。おまけに小雨まで降っていたから、タクシーをつかまえるのにずいぶん時間がかかった。

それでなくても私の場合はタクシーをつかまえるのに手間がかかる。というのは私は危険を避けるために、やってきた空車を最低二台はやりすごすことにしているからだ。記号士たちは偽《にせ》のタクシーを何台か持っていて、それで仕事を終えたばかりの計算士を拾い、そのままどこかに連れ去ってしまうことがときどきあるという話だった。それはもちろんただの噂《うわさ》かもしれない。私も私のまわりの誰《だれ》も実際にそんな目にあったことは一度もない。しかし用心するに越したことはないのだ。

だからいつもは地下鉄やバスを使うようにしているのだが、私はそのときとても疲れていて眠かったし、雨も降っていたし、夕方すぎのラッシュアワーの電車やバスに乗ることを思うとぞっとしたので、時間をかけてもタクシーを拾った。タクシーの中で思わず何度か眠りこみそうになったが、必死になってそれをこらえた。部屋に帰ればベッドの上で好きなだけ眠れるのだ。今ここで眠りこんでしまうことはできない。ここで眠るのはあまりにも危険すぎる。

それで私はタクシーのカー・ラジオの野球中継に神経を集中した。プロ野球のことはよくわからないので、便宜的に現在攻撃している方のチームを応援し、守備についている方のチームを憎むことにした。私の応援しているチームの方が三対一で負けていた。ツーアウト二塁からヒットが出たのだが、走者があわてて二三塁間でつまずいて転び、結局スリーアウトになって点が入らなかった。解説者はひどい話だと言ったが、私もそう思った。誰だってあわてて転ぶことくらいはあるにしても、野球の試合中に二三塁間で転ぶべきではないのだ。それでがっくりしたせいか、ピッチャーは相手のトップバッターにつまらないストレート・ボールを投げて、レフト・スタンドにホームランを打ちこまれ、四対一になった。

タクシーが私のアパートの前についたときも、得点は四対一のままだった。私は料金を払い、帽子の箱とぼんやりとかすんだ頭を抱えてタクシーを下りた。雨はもうほとんどあがりかけていた。

郵便受けには郵便物はひとつも入っていなかった。留守番電話にもメッセージは入っていなかった。誰も私には用事がないみたいだった。結構。私も誰にも用事はないのだ。私は冷蔵庫から氷をとりだし、大きなグラスに大量のウィスキー・オン・ザ・ロックを作り、少しだけソーダを加えた。そして服を脱いでベッドに潜りこみ、ベッドの背もたれにもたれてちびちびとそれを飲んだ。今すぐにも意識を失ってしまいそうだったけれど、一日の終りの甘美な儀式を欠かすわけにはいかない。私はベッドにもぐりこんでから眠りにつくまでのささやかなひとときが何よりも好きなのだ。何か飲み物をもってベッドにもぐりこみ、音楽を聞いたり本を読んだりするのだ。美しい夕暮やきれいな空気が好きなのと同じように、私はそういった時間が好きだった。

ウィスキーを半分ばかり飲んだところで電話のベルが鳴った。電話はベッドの足もとから二メートルほど離れた丸テーブルの上に載っていた。せっかくもぐりこんだベッドを離れてわざわざ歩いていくつもりはまったくなかったから、私はそのまま電話のベルが鳴りつづけるのをぼんやりと眺《なが》めていた。ベルは十三回か十四回鳴ったが、私は気にしなかった。昔の漫画映画だとベルが鳴るたびに電話機がビリビリと震えるところだが、じっさいにはもちろんそんなことは起らない。電話機はテーブルの上にじっとうずくまったまま鳴りつづけていた。私はウィスキーを飲みながら、それを見ていた。

電話機のとなりには財布とナイフとおみやげにもらってきた帽子の箱が置いてあった。今日のうちにそれを開けて中身をたしかめてみた方がいいのではないだろうかと私はふと思った。冷蔵庫に入れなくてはならないものかもしれないし、生きものかもしれないし、あるいはすごく大事なものかもしれないのだ。しかし私はそうするには余りにも疲れはてていた。だいいち、もしそうだとしたら相手の方からその旨《むね》をきちんと指示するのが一応の筋というものだ。私は電話のベルが鳴り終えるのを待ってからウィスキーの残りをひとくちで飲み干し、枕《まくら》もとのライトを消して目を閉じた。目を閉じると待ちかまえていたように黒い巨大な網のような眠りが空から降りかかってきた。眠りにおちながら、何がどうなろうと知るものかと私は思った。

目覚めたとき、あたりは薄暗かった。時計は六時十五分をさしていたが、それが朝なのか夕方なのか私には判断できなかった。私はズボンをはいてドアの外に出て、となりの部屋のドアの前を見てみた。ドアの前には朝刊が置いてあったので、朝だということがわかった。新聞をとっていると、こういうときにとても便利である。私も新聞をとるべきなのかもしれない。

結局十時間ほど眠ったわけだった。体はまだ休息を求めていたし、どうせ今日一日することは何もなかったから、そのままもうひと眠りしてもよかったのだけれど、やはり思いなおして起きることにした。新しい手つかずの太陽とともに目覚めることの心地良さは何ものにもかえがたい。私はシャワーを浴びて丁寧に体を洗い髭《ひげ》を剃《そ》った。そして約二十分いつもどおりの体操をしてから、ありあわせの朝食をとった。冷蔵庫の中身はあらかた空っぽになっていたので、補充する必要があった。私は台所のテーブルに座って、オレンジ・ジュースを飲みながら、鉛筆でメモ用紙に買物のリストを書きあげた。リストは一枚では足りなくて、二枚になった。いずれにしてもまだスーパーマーケットは開いていないから、昼食をとりに外出するついでに買物をすることにした。

風呂場《ふろば》のかごに入った汚れものを洗濯機《せんたくき》に放《ほう》りこみ、流しでテニス・シューズをごしごしと洗っている途中で、老人からもらった謎《なぞ》のプレゼントのことをふと思いだした。私はテニス・シューズの洗濯を右半分で放りだしてキッチン・タオルで手を拭《ふ》き、ベッドルームに戻って帽子の紙箱を手にとってみた。あいかわらず箱はそのかさのわりに軽かった。それはどことなく嫌《いや》なかんじのする軽さだった。必要以上に軽いのだ。

何かが私の頭の中でひっかかっていた。これはいわば職業的な勘のようなもので、具体的な根拠があるわけではない。

私はぐるりと部屋を見まわしてみた。部屋は奇妙にしんとしていた。まるで音抜きをされたような具合だったが、咳払《せきばら》いをしてみるとちゃんと咳払いの音がした。ナイフの刃を出して、背中の部分でテーブルを叩《たた》いてみたが、これもちゃんとコンコンという音がした。一度音抜きを経験するとどうやらしばらくは静けさに対して疑ぐり深くなる傾向があるようだった。それで私はヴェランダの窓を開けた。ヴェランダの窓を開けると、車の音や鳥のさえずりが聞こえてきたので、私はほっとした。進化だろうがなんだろうが、やはり世界は様々な音に充《み》ちているべきなのだ。

それから私は中身を傷つけぬように注意しながらナイフでガムテープを切った。箱のいちばん上には新聞紙がくしゃくしゃに丸められてつまっていた。新聞を二、三枚広げて読んでみたが、べつに何の特徴もない三週間前の毎日新聞だったので、台所からビニールのごみ袋をもってきて、その中に丸めて捨てた。新聞は全部で二週間ぶんくらい詰まっていた。どれも毎日新聞だった。新聞をどけてしまうと、下にはポリエチレンだか発泡《はっぽう》スチロールだかの、子供の小指ほどの大きさのふにゃふにゃとした詰めものがでてきた。私はそれを両手ですくって、かたっぱしからごみ袋に放りこんだ。

いったい何が入っているのかはわからないけれど、やけに手間のかかるプレゼントだった。そのポリエチレンだか発泡スチロールだかを半分くらい取り去ってしまうと、あとにまた新聞紙の包みがでてきた。私はいささかうんざりしたので台所に戻って冷蔵庫からコカコーラの缶《かん》を持ってきて、ベッドに腰をかけてゆっくりとそれを飲んだ。そして何ということもなくナイフの刃で爪《つめ》の先を削った。ヴェランダに胸の黒い鳥がやってきて、いつものようにカツカツという音をたててテーブルの上にまいておいたパン屑《くず》をついばんでいた。平和な朝だった。

やがて私は気をとりなおしてテーブルにむかい、箱の中から新聞紙に包まれた物体をそっとひっぱりだした。新聞紙の上にはガムテープがぐるぐるとまきつけられていて、それは何かしら現代美術のオブジェを思わせた。西瓜《すいか》を細長くしたような形状で、やはり重さというほどの重さはなかった。私は箱とナイフをテーブルから下ろし、広々としたテーブルの上でガムテープと新聞紙を丁寧にはぎとった。その下から現われたのは動物の頭骨だった。

やれやれ、と私は思った。いったいなんだってあの老人は私が頭骨をもらって喜ぶなんて思いついたのだろう？　誰かに動物の頭骨をプレゼントするなんて、どう考えてもまともな神経ではない。

頭骨の形は馬に似ていたが、馬よりはずっとサイズが小さかった。いずれにせよ私の生物学の知識からすればその頭骨はひづめがはえていて、顔が細長くて、草を食べて、それほど大きくないという類《たぐ》いの哺乳《ほにゅう》動物の肩の上に存在していたことはまず間違いなさそうだった。私はそういう種類の動物をいくつか思い浮かべてみた。鹿《しか》・山羊《やぎ》・羊・かもしか・となかい・ロバ……他《ほか》にまだいくつかあるかもしれないが、私にはそれ以上そういった類いの動物の名を思いだせなかった。

とりあえず私はその頭骨をＴＶの上に置くことにした。あまりぱっとする眺めではなかったが、他に置く場所も思いつけなかった。アーネスト・ヘミングウェイならきっとそれを暖炉の上に大鹿の頭と並べて置くところだろうが、私の家には当然のことながら暖炉なんてなかった。暖炉どころかサイドボードもなく、下駄箱《げたばこ》すらないのだ。だからＴＶの上以外に、そのよくわからない獣の頭骨を置くべき場所がないのだ。

帽子箱の底に残った詰めものをごみ袋にあけていると、底の方にやはり新聞紙にくるまれた細長いものがあった。開けてみると、それは老人が頭骨を叩《たた》くのに使っていた例のステンレス・スティールの火箸《ひばし》だった。私はそれを手にとってしばらく眺めてみた。火箸は頭骨とは逆にずっしりと重く、まるでフルトヴェングラーがベルリン・フィルを指揮するのに使う象牙《ぞうげ》のタクトのような威圧感があった。

私はことのなりゆきとしてそれを持ってTVの前に立ち、獣の頭骨の額の部分を軽く叩いてみた。くうんという大型犬の鼻息に似た音がした。私としてはコオン、とかカツン、といったタイプの硬質な音を予想していたので、それはいささか意外といえば意外だったが、べつにだからといってとりたてて文句をつける筋合もなかった。とにかく現実問題としてそういう音がするのだからあれこれと言ってもはじまらない。とやかく言って音が変るというものでもないし、音が変ったからそれで状況がどう変るというものでもないのだ。

頭骨を眺めたり叩いたりするのに飽きると、私はTVの前を離れてベッドに腰を下ろし、電話機を膝《ひざ》の上にのせて仕事の日程をたしかめるために『組織《システム》』のオフィシャル・エージェントの番号をまわした。私の担当者が出て、私の仕事は四日後に一件予定されているがそれで問題はないか、と言った。ない、と私は言った。私はあとあとの問題を避けるために彼に余程シャフリング使用の正当性を確認してみようかとも思ったが、話が長くなりそうなのでやめた。書類も正式なものだし、報酬もきちんとしている。それに老人は秘密を守るためにエージェントを通さなかったと言ったのだ。何もそれ以上話をややこしくする必要はない。

それに加えて私はその私の担当者が個人的にあまり好きではなかった。三十前後の背の高いやせた男で、自分がなんでも承知しているようなタイプだ。そんな人間と面倒な話をしなければならない状況に自分を追いこむようなことはできることなら避けたい。

事務的な打ちあわせだけを簡単に済ませると私は電話を切り、居間のソファーに座って缶ビールを開け、ヴィデオ・テープでハンフリー・ボガートの『キー・ラーゴ』を観《み》た。私は『キー・ラーゴ』のローレン・バコールが大好きだった。『三つ数えろ』のバコールももちろん良いが、『キー・ラーゴ』の彼女には何かしら他の作品には見られない特殊な要素が加わっているように私には思える。それがいったい何であるのかをたしかめるために私は何度も『キー・ラーゴ』を観ているのだが、正確な答はまだ出ていない。それはあるいは人間存在を単純化するために必要な寓話性《ぐうわせい》のようなものなのかもしれない。しかし私にははっきりとしたことは言えない。

じっとTVを観ていると、どうしても自然にその上に置いた動物の頭骨の方に目がいった。それで私はいつもほど画面に神経を集中することができず、ハリケーンがやってきたあたりでテープを停《と》めて映画のつづきを観るのをあきらめ、あとはビールを飲みながらぼんやりとTVの上の頭骨を眺めた。じっと眺めているとその頭骨には何かしら見覚えがあるような気がした。でもそれがどのような種類の見覚えなのかはまったく思いだせなかった。私はひきだしからTシャツを出して頭骨の上にすっぽりとかぶせ、そして『キー・ラーゴ』のつづきを観た。それでやっと私はローレン・バコールに神経を集中させることができた。

十一時になるとアパートを出て、駅の近くのスーパーマーケットで食料品を手あたり次第に買いこみ、それから酒屋に寄って赤ワインと炭酸水とオレンジ・ジュースを買った。クリーニング屋で上着を一枚とシーツ二枚を受けとり、文具店でボールペンと封筒とレターペーパーを買い、雑貨屋でいちばんめの細かい砥石《といし》を買った。本屋に寄って雑誌を二冊買い、電気屋で電球とカセット・テープを買い、写真店でポラロイド・カメラ用のフィルムを買った。ついでにレコード店にも寄って何枚かレコードを買った。おかげで私の小型車の後部座席は買物袋でいっぱいになった。たぶん私は生まれつき買物が好きなのだろう。私はたまに街に出るたびに、十一月のリスみたいにこまごまとしたものを山ほど買いあつめてしまうのだ。

私の乗っている車にしたって純粋に買物用に買った車なのだ。その車を買ったときもあまりにも買物が多すぎて持ちきれなくなり、それで車を買ってしまったのだ。私が買物袋を抱えたまま、たまたま目についた中古車ディーラーの中に入ると、そこには実にいろんな種類の車が並んでいた。私は車が好きでもないし、くわしくもないので、「何でもいいからそれほど大きくないのをひとつほしい」と言った。

私の相手をした中年の男は車種を決めるためにカタログをひっぱりだしてきていろいろと見せてくれたが、私はカタログなんて見たくはなかったから、彼に自分が欲しいのは純粋な買物用の車なのだと説明した。だから高速道路も走らないし、女の子を乗せてドライヴにもいかないし、家族旅行もしない。高性能のエンジンもいらないし、エアコンもカー・ステレオもルーフ・ウィンドウも高性能タイヤもいらない。小まわりがきいて、排気ガスが少なくて、うるさくなくて、故障が少なくて、信頼性の高い、性能の良い小型車が欲しいと言った。色はダークブルーなら申しぶんない。

彼が勧めてくれたのは黄色い小型の国産車だった。色はあまり気に入らなかったが、乗ってみると性能は悪くなく、小まわりもよくきいた。デザインがさっぱりしていて余分な装備が何ひとつついていないところも私の好みにあっていたし、旧型モデルだったので値段も安かった。

「車というのは本来こういうもんなんです」とその中年のセールスマンは言った。「はっきり言って、みんな頭がどうかしてるんです」

私もそう思う、と私は言った。

私はそのようにして買物専用の車を手に入れた。買物以外の目的に車を使うことはまずない。

買物をすませてしまうと手近なレストランの駐車場に車を入れ、ビールと海老《えび》のサラダとオニオン・リングを注文して一人で黙々と食べた。海老は冷えすぎていて、オニオン・リングは少しふやけていた。レストランの中をぐるりと見まわしてみたが、ウェイトレスをつかまえて苦情を言ったり床に皿《さら》を叩きつけている客の姿は見あたらなかったので、私も文句を言わずに全部食べることにした。期待をするから失望が生じるのだ。

レストランの窓からは高速道路が見えた。道路の上には様々な色とスタイルの車が走っていた。私は車を眺めながら昨日仕事をした奇妙な老人と太った孫娘のことを思いかえした。しかしどう好意的に考えても彼らは私の理解をはるかに超えた異常な世界に住んでいるように私には思えた。あの馬鹿気《ばかげ》たエレベーターやクローゼットの奥にある巨大な穴ややみくろや音抜き、何もかもが異常だった。おまけに帰りのおみやげに動物の頭骨までくれたのだ。

私は食後のコーヒーを待っているあいだ退屈しのぎに太った娘の体の細部をひとつひとつ思いかえしてみた。四角いイヤリングやピンクのスーツやハイヒール、それにふくらはぎや首の肉のつき具合や顔の造作や、そんなことだ。私はそんなひとつひとつを比較的はっきりと思いだすことができたが、それらを集合させた全体像ということになるとイメージは意外にぼんやりとしていた。おそらくそれは私が最近太った女と寝たことがないせいだろうと思った。だから私には太った女の体つきというものをうまく思い浮かべることができないのだ。私が太った女と最後に寝たのはもう二年近くも前のことだ。

しかし、老人が言ったように同じ太っているといっても、世間には様々な種類の太り方がある。私は一度——たしか連合赤軍事件の起った年のことだ——腰と太腿《ふともも》が異様といってもいいくらい太い女の子と寝たことがあった。彼女は銀行員で、いつも窓口で顔をあわせているうちに親しく口をきくようになり、一緒に酒を飲みにいってそのついでに寝たのだ。私は彼女と寝てみて、そのときはじめて彼女の下半身が人並外れて太いことに気づいた。というのは彼女はいつもカウンターの向うに座っていたから、下半身にはまったく目が届かなかったのである。学生時代にずっと卓球をしていたせいよ、と彼女は説明したが、そのあたりの因果関係は私にはよくわからない。卓球をして下半身だけが太るというような話を聞いたことは他にないからだ。

でも彼女の太り方はとてもチャーミングだった。腰骨の上に耳をあてると、晴れた午後に春の野原に寝転んでいるようなかんじがした。太腿は干した布団《ふとん》のようにやわらかく、そのままふわりとしたカーブを描いて静かに性器にまで届いていた。私がその太り方をほめると――私は何か気に入ったことがあるとすぐに口に出してほめる方なのだ――彼女は「そうかしら」とだけ言った。あまり私のことばを信用していない風だった。

もちろん全体がむらなく太った女と寝たこともある。全身が筋肉というがっしりした女とも寝たことがある。はじめの方はエレクトーンの教師で、あとの方はフリーのスタイリストだった。そんな風に太り方にもいろんな特徴があるのだ。

このようにたくさんの数の女と寝れば寝るほど、人間はどうも学術的になっていく傾向があるみたいだ。性交自体の喜びはそれにつれて少しずつ減退していく。性欲そのものにはもちろん学術性はない。しかし性欲がしかるべき水路をたどるとそこに性交という滝が生じ、その結果としてある種の学術性をたたえた滝つぼへと辿《たど》りつくのだ。そしてそのうちに、ちょうどパブロフの犬みたいに、性欲から直接滝つぼへという意識回路が生まれることになる。でもそれは結局、私が年をとりつつあるというだけのことなのかもしれない。

私は太った娘の裸体について考えることをやめ、勘定を払ってレストランを出た。それから近所の図書館まで行き、リファレンスのデスクに座った髪の長いやせた女の子に「哺乳類《ほにゅうるい》の頭蓋骨《ずがいこつ》に関する資料はあるでしょうか？」とたずねてみた。彼女は文庫本を読みふけっていたが、顔をあげて私を見た。

「失礼？」と彼女は言った。

「哺乳類の／頭蓋骨に関する／資料」と私はきちんと文節を切って繰りかえした。

「ほにゅうるいのずがいこつ」と唄《うた》でも唄うように女の子は言った。そういう風に言うと、まるで詩の題みたいに聞こえた。詩の朗読の前に詩人がその題を聴衆に告げるときの、あのかんじだった。どんな相談が来ても、彼女はそんな風に反復するのだろうか、と私はちょっと考えてみた。

にんぎょうげきのれきし、とか

たいきょくけんにゅうもん、とかいう風に？

そんな題の詩がほんとうにあったらとても楽しいだろうと私は思った。

彼女はしばらく下唇《したくちびる》をかんで考えこんでいたが、「ちょっとお待ち下さい。調べてみます」と言って、くるりとうしろを向き、コンピューターのキイボードに『ほにゅうるい』という単語をうちこんだ。二十ばかりの書名がスクリーンにあらわれた。彼女はライトペンを使ってそのうちの三分の二ばかりを消した。そしてそれをメモリーしてから、こんどは『こっかく』という単語をうった。七つか八つの書名が出てきて、彼女はそのうちの二つだけを残し、前のメモリーぶんの下にそれを並べた。図書館も昔に比べれば変ったものだ。貸出しカードが袋に入って本のうしろについていた時代が夢のようだ。私は子供の頃《ころ》貸出しカードに並んだスタンプの日付けを見るのが大好きだったのだ。

私は彼女が慣れた手つきでキイボードを操作しているあいだずっと彼女のほっそりとした背中と長い髪を見ていた。彼女に好意を抱いていいものかどうか、私はかなり迷った。彼女は美人だったし、親切だったし、頭も良さそうだったし、詩の題のようなしゃべり方をした。好意を抱いてはいけないという理由は何ひとつとしてないように思えた。

彼女はコピーのスウィッチを押してモニターTVのスクリーン・コピーをとり、それを私にわたしてくれた。

「この九冊の中から選んで下さい」と彼女は言った。

1　ホニユウルイガイセツ
2　ズセツ・ホニユウルイ
3　ホニユウルイノコッカク

4　ホニュウルイノレキシ
5　ホニュウルイトシテノワタシ
6　ホニュウルイノカイボウ
7　ホニュウルイノノウ
8　ドウブツノコッカク
9　ホネハカタル

とあった。

私のカードでは三冊まで借りることができる。私は2・3・8を選んだ。『哺乳類としての私』とか『骨は語る』というのも面白《おもしろ》そうではあったが、今回の問題には直接的な関係はなさそうなので、それを借りるのはまたの機会にゆずることにした。

「申しわけありませんが『図説・哺乳類』は禁帯出ですので貸出しはできません」と彼女はボールペンでこめかみを掻《か》きながら言った。

「ねえ」と私は言った。「これはすごく大事なことなんだ。必ず明日の午前中に返しにくるし、君には迷惑はかけないから、なんとか一日だけ貸してもらえないかな？」

「でも図説シリーズは人気があるし、禁帯出の本を貸したのがわかったら、上の人に私がすごく叱《しか》られるのよ」

「たった一日だけだよ。そんなのわかりゃしないさ」

彼女はどうしたものかしばらく迷っていた。迷いながら舌の先を下側の歯の裏につけていた。とても可愛《かわい》いピンク色の舌だった。

「オーケー、いいわ。でもほんとに今度だけよ。それから明日の朝の九時半までに持ってきてね」

「ありがとう」と私は言った。

「どういたしまして」と彼女は言った。

「ところで君に個人的に何かお礼がしたいんだけれど、何がいいかな?」

「向いに『サーティーワン・アイスクリーム』があるから、それを買ってきてくれる? コーンのベースのダブルで、下がピスタチオ、上がコーヒーラム。大丈夫、覚えた?」

「コーンのベースのダブル、上がコーヒーラムで下がピスタチオ」と私は確認した。

そして私は図書館を出て『サーティーワン・アイスクリーム』に向い、彼女はまだ奥に私の本をとりにいった。私がアイスクリームを買って戻《もど》ってくると、彼女はまだ戻っていなかったので、私は左手にアイスクリームを持ったままじっとデスクの前で待っていた。時折ベンチで新聞を読んでいる老人たちが、物珍らしそうに私の顔と私の持っているアイスクリームとをかわりばんこに見ていた。幸いアイスクリームはとても固かったので、溶け出すまでにはまだ間があった。ただアイスクリームを食べないでじっと手に持っているというのは、見捨てられた銅像みたいで奇妙に居心地《いごこち》の悪いものだった。

デスクの上には彼女の読みかけの文庫本が眠りこんだ小型ウサギみたいな格好でつっぷしていた。『時の旅人』というH・G・ウエルズの伝記の㊦の方だった。それは図書館の本ではなく、彼女自身の本であるようだった。そのとなりには鉛筆が三本きれいに削られて並んでいた。それからペーパー・クリップが七個か八個ちらばっていた。どうしてこんなにいたるところにペーパー・クリップがあるのか、私には理解できなかった。

あるいは何かの加減でとつぜんペーパー・クリップが世の中にはびこりだしたのかもしれない。あるいはそれは単なる偶然で、私の方が必要以上に気にしすぎているのかもしれない。でも、それは何かしら不自然で、おさまりが悪かった。クリップはまるできちんと計画されたみたいに、私の行く先々に、目につきやすいようにちらばっているのだ。何かが私の頭にひっかかっていた。ここのところ、いろんなものが頭にひっかかりすぎる。獣の頭骨やペーパー・クリップや、そういうものだ。そこにはある種のつながりがあるように感じられたが、それでは獣の頭骨とペーパー・クリップのあいだにどういう関連性があるかということになると、私にも皆目見当がつかなかった。

やがて髪の長い女の子が三冊の本を抱えて戻ってきた。彼女は私に本をわたしてそのかわりに私からアイスクリームをうけとり、表から見えないようにカウンターの中で下を向いて食べはじめた。上からのぞきこむと、彼女の首筋は無防備でとても綺麗《きれい》だった。

「どうもありがとう」と彼女は言った。

「こちらこそ」と私は言った。「ところでこのペーパー・クリップは何に使うの？」

「ぺーぱあくりっぷ」と彼女は唄うように繰りかえした。「ペーパー・クリップは紙をまとめるのに使うのよ。知ってるでしょ？　どこにでもあるし、みんな使ってるわ」

たしかにそのとおりだった。私は礼を言って本を抱え、図書館の外に出た。ペーパー・クリップなんてどこにでもある。千円だせば一生使うぶんくらいのペーパー・クリップが買える。私は文房具屋に寄って千円ぶんのペーパー・クリップを買った。そして家に帰った。

私は部屋に戻ると食料品を冷蔵庫にしまった。肉と魚はきちんとビニール・ラップに包み、冷凍するべきものは冷凍した。パンとコーヒー豆も冷凍した。豆腐は水をはったボウルに入れた。ビールを冷蔵庫にしまい、野菜は古いものを前の方に出した。洋服はたんすに吊《つる》し、洗剤を台所の棚《たな》に並べた。それから私はＴＶの上の頭骨のとなりに、ペーパー・クリップをばらまいてみた。

奇妙なとりあわせだった。羽根枕《はねまくら》と氷かきとか、インクびんとレタスとかいったくらいに奇妙なとりあわせだった。私はヴェランダに出て遠くからそれを眺《なが》めてみたが、その印象はかわらなかった。共通点なんてどこにもなかった。しかしどこかに、必ず私の知らない――あるいは思いだせない――秘密のトンネルがあるはずなのだ。

私はベッドに腰をかけて、長いあいだＴＶの上をにらんでいた。でも何も思い浮かばなかった。時間だけがどんどん過ぎていった。救急車が一台と右翼の宣伝カーが一台近所をとおりすぎていった。ウィスキーが飲みたくなったが、我慢することにした。しばらくは素面《しらふ》で頭を働かさねばならないのだ。しばらくして右翼の宣伝カーが同じ道を戻ってきた。たぶん道を間違えたのだろう。このあたりの道路は曲りくねっていてわかりにくいのだ。

私はあきらめて立ちあがり、台所の机に座って図書館で借りた本のページを繰ってみた。草食性の中型哺乳類の種類をまず調べ、それからその骨格をひとつひとつあたってみることにした。草食性の中型哺乳類の数は私が予想していたよりずっと多かった。鹿《しか》の種類だけでも三十はくだらなかった。

TVの上から獣の頭骨を持ってきて台所のテーブルの上に置き、それと見比べながら、ひとつひとつ本のさし絵をあたってみた。一時間二十分かけて九十三種類の動物の頭蓋骨をあたってみたが、どれひとつとしてテーブルの上の頭蓋骨にあてはまるものはなかった。ここでも私はいきどまりだった。私は三冊の本を閉じて机の隅《すみ》につみあげ、腕を上にあげてのびをした。どうしようもない。

あきらめてベッドにねそべってジョン・フォードの『静かなる男』のヴィデオ・テープを観《み》ていると、入口のベルが鳴った。ドアの魚眼レンズをのぞくと、東京ガスの制服を着た中年の男が立っていた。防犯鎖をつけたままドアを開けると、私は用件を訊《たず》ねた。

「ガス洩《も》れの定期点検です」と男は言った。

「ちょっと待って」と私は返事をしベッドルームに戻り、机の上のナイフをズボンのポケットに入れてからドアを開けた。ガス洩れの定期点検は先月来たばかりなのだ。男の態度もどことなく不自然だった。

でも私はわざと無関心なふりを装って『静かなる男』を観つづけていた。男はまず血圧計のような器械を使って風呂《ふろ》のガスを点検し、それから台所にまわった。台所のテーブルの上には獣の頭骨を置いたままだった。私がTVのヴォリュームをあげたましのび足で台所にいってみると、案の定男は黒いビニールのバッグに頭骨をしまいこもうとしているところだった。私はナイフの刃を開けてから台所にとびこみ、男のうしろにまわってはがいじめにしてナイフを鼻のすぐ下につきつけた。男はあわててビニール・バッグをテーブルの上に放《ほう》り投げた。

「悪気はなかったんです」と男は声をふるわせて弁解した。「これを見ていたら急に欲しくなったんでついバッグの中に入れちゃったんです。出来心です。許して下さい」

「許さない」と私は言った。ガスの点検員が台所のテーブルの上にある動物の骨を見ているうちに出来心で欲しくなるなんていう話は聞いたことがない。「本当のことを言わなければ喉《のど》を切って殺す」と私は言った。それは私の耳にはまるっきりの嘘《うそ》に聞こえたが、男はそうは感じなかったようだった。

「すみません、本当のことを言います。許して下さい」と男は言った。「本当は金をもらってこれを盗んでくるようにって言われたんです。道を歩いていたら二人づれの男が寄ってきて、アルバイトをしないかって五万円くれたんです。うまく持ってくればあと五万やるからって。私だってそんなことやりたくなかったんだけれど、一人の方はすごい大男で断るとひどい目にあいそうだったんです。それで嫌《いや》だけど仕方なくやったんですよ。お願いです。殺さないで下さい。高校生の娘が二人いるんです」

「二人とも高校生？」と私はちょっと気になって質問してみた。

「ええ、一年生と三年生です」と男は言った。

「ふうん」と私は言った。「どこの高校？」

「上が都立の志村高校で、下が四谷《よつや》の雙葉《ふたば》です」と男は言った。とりあわせが不自然なぶんだけリアリティーがあった。それで私は男の話を信用することにした。

念のために首筋にナイフをあてたままズボンの尻《しり》ポケットから財布を抜きとって中身をしらべてみた。現金が六万七千円入っていて、そのうちの五万円はぱりぱりの新札だった。金の他《ほか》には東京ガスの社員証と家族のカラー写真が入っていた。娘は二人とも正月用の晴着を着ていた。二人ともとくに美人というわけではなかった。二人とも同じような背格好だったので、どちらが志村でどちらが雙葉なのか判断できなかった。それから巣鴨《すがも》・信濃町《しなのまち》間の国電の定期券も入っていた。見たところとくに害もなさそうだったので、私はナイフをおろし、男をはなしてやった。

「もう行っていいよ」と私は言って、財布をかえしてやった。

「ありがとうございます」と男は言った。「でも私はこれからどうなるんでしょう？　金はもらったのに品物は持ってかえれなかったとなると？」

どうなるかは私にもわからない、と私は言った。記号士たち——たぶん相手は記号士にちがいない——はそれぞれの局面によってでたらめな行動をとる。彼らは行動パターンを読まれないために、わざとそうしているのだ。彼らはこの男の両目をナイフでえぐりとるかもしれないし、あるいはあと五万円与えてどうも御苦労さまと言うかもしれない。それは誰《だれ》にもわからないのだ。

「それで一人は大男なんだね？」と私は男に訊《き》いた。

「そうです、一人はすごい大男です。で、もう一人はちびです。一メートル五十やっとくらい。ちびの方が良い服を着ています。でもどちらも見るからにおっかない連中です」

私は彼に駐車場から裏口に出る方法を教えてやった。私のアパートの裏口は狭い路地になっているのだが、外からはわかりにくい。うまくいけばその二人組にみつからずに帰れるかもしれない。

「どうもありがとうございます」と男は救われたように言った。「会社にもこのことは内緒にしていただけますか？」

何も言わない、と私は言った。そして男を外に放りだし、ドアの鍵《かぎ》をしめ、チェーンをかけた。それから台所の椅子《いす》に座って刃を戻したナイフをテーブルに置き、ビニール・バッグから頭骨を出した。ひとつだけわかったことがあった。記号士たちがこの頭骨を狙《ねら》っているのだ。ということはこの頭骨が彼らにとって何か大きな意味を有しているということになる。

今のところ私と彼らの立場は互角だった。私は頭骨を持っているがその意味を知らない。彼らはその意味を知っている——あるいは漠然《ばくぜん》と推測している——が頭骨を持っていない。フィフティー・フィフティーだった。私が今ここでとるべき行動の選択《せんたく》肢《し》はふたつあった。ひとつは『組織《システム》』に連絡し事情を説明し、私を記号士から保護してもらうか頭骨をどこかに持っていってもらうこと。もうひとつはあの太った娘に連絡をとって頭骨の意味を説明してもらうことだった。しかし『組織《システム》』を今この状況にひきこむことに対して私はどうも気が進まなかった。おそらくそうすれば私は面倒な査問にかけられることになるかもしれない。私は大きな組織というのがどうも苦手なのだ。融通がきかないし、手間と時間がかかりすぎる。頭の悪い人間が多すぎる。

太った娘と連絡をとるというのも現実的に不可能な話だった。私はその事務所の電話番号を知らないのだ。直接にビルに出向くという手もあったが、今アパートを出るのは危険だし、それにあの警戒の厳重なビルがアポイントメントなしで私を簡単に中にとおしてくれるとも思えなかった。

それで結局私は何もしないことにした。

私はステンレス・スティールの火箸《ひばし》を手にとってもう一度その頭骨のてっぺんを軽く叩《たた》いてみた。前と同じくうんという音がした。まるでその名前のわからない何かしらの動物が生きてうなっているようなどことなく哀《かな》しげな音だった。どうしてそんな奇妙な音がするのか、私はその頭骨を手にとってじっくりと観察してみた。そしてもう一度火箸で軽く叩いてみた。くうんという同じ音がしたが、よく注意してみるとその音は頭骨のどこか一カ所から出てくるようだった。

私は何度もそれを叩いて、やっとその正確な位置をさぐりあてることができた。そのくうんという音は頭骨の額にあいた直径二センチほどの浅いくぼみから聞こえてくるのだ。私は指の腹でくぼみの中をそっとなでまわしてみた。普通の骨とはちがう少しざらりとした感触があった。まるで何かが暴力的にもぎとられたような、そんなかんじだった。何か――たとえば角のような……。

角？

もしそれがほんとうに角だとすれば、私が手にしているのは一角獣の頭骨ということになる。私はもう一度『図説・哺乳類』のページを繰って、額に一本だけ角のはえた哺乳類をさがしてみた。でもどれだけ探しても、そんな動物はいなかった。犀《さい》だけがそれにかろうじて該当したが、大きさと形状からして、それは犀の頭骨ではありえなかった。

私は仕方なく、冷蔵庫から氷をだしてオールド・クロウのオン・ザ・ロックを飲んだ。もう日も暮れかけていたし、ウィスキーを飲んでもよさそうな気がした。それから缶詰《かんづめ》のアスパラガスを食べた。私は白いアスパラガスが大好きなのだ。アスパラガスを全部食べてしまうと、カキのくんせいを食パンにはさんで食べた。そして二杯めのウィスキーを飲んだ。

私は便宜的に、その頭骨のかつての持ち主を一角獣であると考えることにした。そう考えないとものごとが前に進まないのだ。

私は一角獣の頭骨を手に入れた

やれやれ、と私は思った。どうしてこんなに妙なことばかり起るんだろう？　私が何をしたというのだ？　私はただの現実的で個人的な計算士なのだ。とりたてて野心もないし、欲もない。家族もいないし、友だちも恋人もいない。なるべく沢山貯金をして、計算士の仕事を引退したらチェロかギリシャ語でも習ってのんびりと老後を送りたいと思っているだけの男なのだ。いったいどんな理由で一角獣とか音抜きとか、そんなわけのわからないものに関《かか》わらなくてはならないのだ？

私は二杯めのオン・ザ・ロックを飲み干してから、ベッドルームに行って電話帳を調べ、図書館に電話をかけて、「リファレンスの係の方を」と言った。十秒後に例の髪の長い女の子が出てきた。

「『図説・哺乳類』」と私は言った。

「アイスクリームどうもありがとう」と彼女が言った。

「どういたしまして」と私は言った。「ところでもうひとつ頼みがあるんだけどいいかな？」

「たのみ？」と彼女は言った。「頼みの種類によるわね」

「一角獣について調べてほしいんだけれど」

「いっかくじゅう?」と彼女は繰りかえした。

「頼めないかな?」と私は言った。

しばらく沈黙がつづいた。たぶん下唇《したくちびる》をかんでいるんだろうと私は想像した。

「一角獣について、私が何を調べればいいの?」

「ぜんぶ」と私は言った。

「ねえ、もう今は四時五十分で、閉館間際《まぎわ》のすごおく忙しいときなのよ。そんなことできないわ。どうして明日の開館いちばんに来ないの? そうすれば一角獣だろうが三角獣だろうが、なんだって好きに調べられるじゃない」

「とても急いでるし、とても大事なことなんだ」

「ふうん」と彼女は言った。「どの程度大事なことなの?」

「進化にかかわることなんだ」と私は言った。

「しんか?」と彼女は繰りかえした。さすがに少しは驚いたみたいだった。たぶん私のことを純粋な狂人か狂ったように見える純粋な人間のどちらかだと思っているのだろうと私は推測した。私は彼女がどちらかと言えばあとの方を選んでくれることを祈った。そうすれば少しは私に対して人間的な興味を抱いてくれるかもしれない。しばらく無音の振子のような沈黙がつづいた。

「進化って、何万年もかけて進行するあの進化のことでしょ？　よくわからないんだけど、それがそんなに急を要することなの？　一日くらい待てるんじゃないかしら」

「何万年かかる進化もあるし、三時間しかかからない進化もあるんだよ。電話で簡単に説明できるようなことじゃない。でも信じてほしいんだけど、これはとても大事なことなんだ。人間の新しい進化にかかわることなんだ」

「『2001年宇宙の旅』みたいに？」

「そのとおり」と私は言った。『2001年』なら私もヴィデオで何度か観ている。

「ねえ、私があなたのことをどう考えているかわかる？」

「質《たち》の良い気違いか質の悪い気違いか、どちらか決めかねているんじゃないかな？　そんな気がするけれど」

「だいたいあたっているわね」と彼女は言った。

「自分で言うのもなんだけど、それほど質は悪くないよ」と私は言った。「ほんとうのことを言うと気違いですらない。まあ多少偏屈で頑迷《がんめい》で自己過信のきらいはあるけれど、気違いではない。これまで誰かに嫌《きら》われたことはあっても気違いと言われたことはない」

「ふうん」と彼女は言った。「まあ話し方もちゃんとしてはいるわね。それほど悪い人でもなさそうだし、アイスクリームももらったことだし。いいわ、今日の六時半に図書館の近くの喫茶店で待ちあわせましょう。そこで本をあなたに渡すわ。それでいいでしょう？」

「ところが話はそう簡単じゃないんだ。ひとくちでは言えないいろんな事情があって、今家をあけるわけにはいかないんだ。悪いけれど」

「ということは」と言って、彼女は爪先《つめさき》で前歯をコツコツと叩いた。少くともそんな音がした。「あなたは私に、あなたの家までその本を持ってきてほしいと要求しているのかしら？　よく理解できないんだけれど」

「ありていに言うとそういうことになるね」と私は言った。「もちろん要求してるんじゃなくてお願いしているわけだけどね」

「好意にすがっているわけね？」

「そのとおり」と私は言った。「本当にいろんな事情があってね」

長い沈黙がつづいた。しかしそれが音抜きのせいでないことは、閉館を知らせる『アニー・ローリー』のメロディーが図書館内に流れていることでわかった。彼女が黙っているだけなのだ。

「私はもう五年図書館につとめているけれど、あなたくらいあつかましい人ってそんなにはいないわよ」と彼女は言った。「家まで本を配達しろなんていう人はね。それも初対面でよ。自分でもずいぶんあつかましいと思わない？」

「実にそう思うよ。でも今はどうしようもないんだ。八方ふさがりでね。とにかく君の好意にすがるしかないんだ」

「やれやれ」と彼女は言った。「あなたの家に行く道順を教えていただけるかしら？」

私は喜んで道順を教えた。

8

世界の終り

——大佐——

「君が影をとり戻《もど》す可能性はおそらくもうあるまいね」と大佐はコーヒーをすりながら言った。他人に対して命令を下すことを長年の習慣としてきた人々のおおかたがそうであるように、彼も背筋をまっすぐにのばし、きちんと顎《あご》を引いてしゃべった。しかし彼には尊大なところや押しつけがましいところはなかった。長い軍隊生活が彼に与えたものはまっすぐな姿勢と規則正しい生活と膨大な量の思い出だけだった。大佐は僕《ぼく》の隣人としてはまず理想的といってもいい人物だった。親切でもの静かで、チエスがうまかった。

「たしかに門番のいうとおりだよ」と老大佐はつづけた。「原理的にも現実的にも、君が自分の影をとり戻せる可能性というのはまずない。この街にいるかぎり君は影を持つことはできんし、君は二度とこの街を出ることはできん。この街は軍隊で言うところの片道穴なんだ。入ることはできるが、出ることはできない。あの壁が街をとり囲んでおる限りね」

「僕は自分が永久に影を失うことになるなんて思わなかったんです」と僕は言った。「ほんの一時的な措置だと思ったんです。誰《だれ》もそんなことは教えてくれませんでしたしね」

「この街では誰も何も教えてはくれんよ」と大佐は言った。「街は街独自のやり方で動いていく。誰が何を知っていて何をしらないかなんて、街には関係のないことなんだ。まあ気の毒だとは思うがね」

「影はこれからいったいどうなるのですか？」

「どうにもならないよ。ただあそこにいるだけだ。死ぬまでずっとね。それ以来影に会ったかね？」

「会っていません。何度か会いにはいったんですが、門番が会わせてくれないんです。保安上の理由とかでね」

「まあそれも仕方あるまいね」と老人は首を振りながら言った。「影の保管は門番の役目で、彼はその責任の全部を負っておる。私にもなんともしてあげられんよ。門番はあのとおり気むずかしくて気性の荒い男だから他人の言うことも殆《ほと》んど聞かん。奴《やつ》の気が変るのを気長に待つしか手はあるまいね」

「そうしますよ」と僕は言った。「でも彼はいったい何を心配しているのですか？」

大佐はコーヒーを全部飲んでしまうとカップを皿《さら》に戻し、ポケットからハンカチを出して口もとを拭《ぬぐ》った。大佐の着ている服と同じようにハンカチもよく使いこまれた古いものだったが、手入れは行きとどいていて清潔だった。

「君と君の影がくっついてしまうことを心配しているんだよ。そうなるとまたはじめからやりなおしということになるからね」

そう言うと、彼は注意を再びチェス盤に戻した。そのチェスは僕の知っているチェスとは駒《こま》の種類と動き方が少しずつ違っていたので、ゲームはだいたいいつも老人が勝った。

「猿《さる》が僧正をとるが、かまわんかね？」

「どうぞ」と僕は言った。それから僕は壁を動かして猿の退路を塞《ふさ》いだ。

老人は何度か肯《うなず》いて、また盤面をじっと睨《にら》んだ。勝負の趨勢《すうせい》はもう殆んどきまっており老人の勝利は確定したようなものだったが、彼はそれでもかさにかかって攻めたてることはせず、熟考に熟考をかさねた。彼にとってゲームとは他人を負かすことではなく自分自身の能力に挑《いど》むことなのだ。

「影と別れる、影を死なせるというのはつらいものだ」と老人は言って、騎士を斜行させ壁と王のあいだを巧妙にブロックした。僕の王はそれで実質的には丸裸になった。チェックメイトまであと三手というところだ。

「つらさというのはみんな同じさ。私の場合だってそうだった。それも何も知らない子供のうちにひきはがされて、つきあいのないままに影を死なせてしまうならともかく、年をとってからだとこたえるもんだよ。私が影を死なせたのは六十五の年だものな。その年になればいろいろと思い出もある」

「影はひきはがされたあとどのくらい生きるものなのですか？」

「影にもよるね」と老人は言った。「元気な影もいれば、そうでないのもいる。しかしひきはがされた影はこの街ではそれほど長くは生きられん。ここの土地柄《とちがら》は影にはあわんのだよ。冬は長くつらい。春を二度見ることのできる影はまずいないね」

僕はしばらく盤面を眺《なが》めていたが、結局あきらめた。

「五手稼《かせ》げるよ」と大佐は言った。「やってみる価値はあるんじゃないかね。五手あれば相手のミスを期待できる。勝負というのはけりがついてみるまではわからんものだよ」

「やってみましょう」と僕は言った。

僕が考えているあいだ、老人は窓際《まどぎわ》に行って厚いカーテンを指で小さく開け、その細いすきまから外の景色を眺めていた。

「ここのしばらくが君にとってはいちばんつらい時期なんだ。歯と同じさ。古い歯はなくなったが、新しい歯はまだはえてこない。私の意味することはわかるかね？」

「影はひきはがされたがまだ死んでいないということですね？」

「そういうことさ」と老人は言って肯いた。「私にも覚えがあるよ。以前のものとこれからのもののバランスがうまくとれないんだ。だから迷う。しかし新しい歯が揃《そろ》えば、古い歯のことは忘れる」

「心が消えるということですか？」

老人はそれには答えなかった。

「いろいろ質問ばかりしてすみません」と僕は言った。「しかし僕はこの街について殆んど何も知らないし、面喰《めんくら》うことばかりなんです。街がどういう機構で動いているのか、どうしてあんな高い壁があるのか、何故《なぜ》毎日獣が出入りするのか、古い夢とは何なのか、どれひとつとして僕には理解できない。そして質問することができる相手はあなた一人しかいないんです」

「私だってものごとのなりたちを何から何まで把握《はあく》しておるというわけではない」と

老人は静かに言った。「また口では説明できないこともあるし、説明してはならん筋合のこともある。しかし君は何も心配することはない。街はある意味では公平だ。君にとって必要なもの、君の知らねばならんものを、街はこれからひとつひとつ君の前に提示していくはずだ。君はそれをやはりひとつひとつ自分の手で学びとっていかねばならんのだ。いいかね、ここは完全な街なのだ。完全というのは何もかもがあるということだ。しかしそれを有効に理解できなければ、そこには何もない。完全な無だ。そのことをよく覚えておきなさい。他人から教えられたことはそこで終ってしまうが、自分の手で学びとったものは君の身につく。そして君を助ける。目を開き、耳を澄まし、頭を働かせ、街の提示するものの意味を読みとるんだよ。心があるのなら、心があるうちにそれを働かせなさい。私が君に教えることができるのはそれくらいしかない」

彼女が住む職工地区がかつての輝きを闇《やみ》の中に失った場所であるとするなら、街の南西部にひろがる官舎地区は、乾いた光の中でたえまなくその色を失いつづける場所だ。春がもたらした潤《うるお》いを夏が溶かし、冬の季節風が風化させてしまったのだ。「西の丘」と呼ばれる緩やかな広い斜面に沿って、二階建ての白い官舎がずらりと立ち並んでいる。もともとひとつの棟《むね》には三家族が住めるように設計され、まん中に飛び出るように付いた玄関ホールだけが共有部分になっていた。下見貼《したみば》りになった杉材《すぎざい》にも窓枠《まどわく》にも狭いポーチにも窓の手すりにも、白いペンキが塗られている。見わたす限り何もかもが白だ。西の丘の斜面にはあらゆる種類の白が揃っている。塗りなおされたばかりの不自然なくらい輝かしい白、太陽の光に長いあいださらされて黄ばんだ白、雨まじりの風にすべてを奪いとられたような虚無の白、そんな様々な白が、丘をめぐる砂利道沿いにどこまでもつづいていた。官舎には垣根《かきね》はない。狭いポーチの足もとに一メートルほどの幅の細長い花壇があるだけだ。花壇はとても丁寧に手入れされていて、春にはクロッカスやパンジーやマリゴールドの花が咲き、秋にはコスモスが咲いた。花が咲くと、建物はよけいに廃墟《はいきょ》みたいに見えた。

この地区は、一昔前にはおそらく瀟洒《しょうしゃ》といってもさしつかえないくらいの街並であったのだろう。丘をぶらぶらと散歩すると、そういった過去の面影《おもかげ》がそこかしこにうかがえた。通りには子供たちが遊び、ピアノの音が聞こえ、温かい夕食の匂《にお》いが漂っていたはずだ。僕はいくつかの透明な扉《とびら》を通り抜けるようにそんな記憶を肌《はだ》に感じることができた。

官舎という名前のとおり、かつては官吏たちがこの地区の住人であった。それほど地位の高い官吏ではなく、かといって下級職員でもない中級の地位に就いている人々だった。人々がそのささやかな生活を守り抜こうとしている場所だったのだ。しかしそこにはもう彼らの姿はない。彼らがどこに行ったのかは僕にはわからない。そのあとにやってきたのは退役した軍人たちだった。彼らは影を捨て、日あたりの良い壁にはりついた虫の抜《ぬ》け殻《がら》のように、強い季節風の吹きぬける西の丘の上で、それぞれのひっそりとした生を送りつづけていた。彼らにはもう守るべきものは殆《ほと》んど何もなかった。ひとつひとつの棟には六人から九人の老軍人が住んでいた。

僕が門番から住居として指示されたのはそんな官舎の一室だった。僕の住む官舎には大佐が一人と少佐と中尉《ちゆうい》が二人ずつ、そして軍曹《ぐんそう》が一人住んでいた。軍曹が料理を作り雑用をし、大佐が様々な判断を下した。軍隊と同じだ。老人たちはみんな戦争の準備や遂行やあとかたづけや革命や反革命に休む暇もなく追われているうちに家庭を持つ機会を失ってしまった孤独な人々である。

彼らは朝早く目覚めると習慣的に素速く食事を済ませ、誰に命令されるともなくそれぞれの仕事にとりかかるのである。あるものは建物の古びたペンキをへらのようなもので削り落とし、あるものは前庭の雑草を抜き、あるものは家具の修理を引き受け、あるものは荷車を引いて丘の下に配給食料を取りに行った。老人たちはそのような朝の労働を終えると、あとは陽《ひ》だまりに集って思い出話に耽《ふけ》った。

僕が与えられたのは東に面した二階の一室だった。手前の丘にさえぎられて見晴しはあまり良くないが、それでも端の方に川と時計塔が見えた。長く使われていなかった部屋らしく壁の漆喰《しっくい》にはいたるところに暗いしみがつき、窓枠には白くほこりがつもっていた。古いベッドと小さな食卓と椅子《いす》がふたつあった。窓にはかび臭い厚いカーテンがかかっていた。床の木はかなり痛んでいて、歩くたびに軋《きし》みを立てた。

朝になると隣室の大佐がやってきて二人で朝食をとり、午後には暗くカーテンを閉ざした部屋でチェスをした。晴れた午後にはチェスをする以外に時間を過す方法はなかった。

「こんなよく晴れた日にカーテンを閉ざして暗い部屋にとじこもらねばならんというのは、君のような若い人間にとってはきっとつらいことなのだろうな」と大佐は言った。

「そうですね」

「まあ私にとっちゃチェス相手ができてありがたいがね。ここの連中はゲームになんてほとんど興味を持っておらんからな。いまだにチェスなんかをやりたがるのは私くらいのものだ」

「あなたはどうして影を捨てたのですか？」

老人はカーテンのすきまからさしこむ陽光に染まった自分の指を見つめていたが、やがて窓際を離れ、テーブルの僕の向いに戻った。

「そうだな」と彼は言った。「おそらくあまりにも長くこの街を守りつづけてきたからだろうな。この街を捨てて出ていけば、私の人生の意味というものがなくなってしまうような気がしたんだろうね。まあ今となってはそんなものはどうでもいいことだが」

「影を捨てたことで後悔したことはありますか？」

「後悔はしない」と言って老人は首を何度か横に振った。「後悔したことは一度もないよ。何故《なぜ》なら後悔するべきことがないからだ」

僕は壁で猿をつぶし、王が動くことのできるスペースを広げた。

「上手《うま》い手だ」と老人は言った。「壁で角《つの》を防げるし、王も自由になった。しかしそれと同時に私の騎士も活躍できるようにもなったな」

老人がじっくりと次の手を考えているあいだに僕は湯をわかし、新しいコーヒーをいれた。数多くの午後がこのように過ぎ去っていくのだ、と僕は思った。高い壁に囲まれたこの街の中で、僕に選びとることのできるものは殆んど何もないのだ。

9

ハードボイルド・ワンダーランド

――食欲、失意、レニングラード――

彼女を待つあいだに、私は簡単な夕食を作った。梅干しをすりばちですりつぶして、それでサラダ・ドレッシングを作り、鰯《いわし》と油あげと山芋のフライをいくつか作り、セロリと牛肉の煮物を用意した。出来は悪くなかった。時間があまったので私は缶《かん》ビールを飲みながら、みょうがのおひたしを作り、いんげんのごま和《あ》えを作った。それからベッドに寝転んで、ロベール・カサドシュがモーツァルトのコンチェルトを弾いた古いレコードを聴いた。モーツァルトの音楽は古い録音で聴いた方がよく心になじむような気がする。でももちろんそういうのも偏見かもしれない。

時間はもう七時を過ぎ、窓の外はすっかり暗くなっていたが、それでもまだ彼女はあらわれなかった。結局私は二十三番と二十四番のピアノ・コンチェルトを全部聴いてしまった。たぶん彼女は思いなおして、私のところに来るのをやめてしまったのかもしれなかった。もしそうだとしても、そのことで彼女を責めることはできなかった。どう考えてみても、来ない方がまともなのだ。

しかし私があきらめて次のレコードを探しているときに、ドアのベルが鳴った。魚眼レンズをのぞくと、廊下に本を抱えた図書館のリファレンスの女の子が立っていた。私は鎖をかけたままドアを開き、廊下に他《ほか》に誰《だれ》かの姿がないか訊《き》いてみた。

「誰もいないわよ」と彼女は言った。

私は鎖を外してドアを開け、彼女を中に入れた。彼女が中に入ると私はすぐにドアを閉め、鍵《かぎ》をかけた。

「すごくいい匂《にお》いするわねえ」と彼女が鼻をくんくんさせながら言った。「台所のぞいていいかしら?」

「どうぞ。でもアパートの入口あたりに変な人いなかった? 道路工事をやっているとか、駐車中の車に人が乗っていたとか?」

「ぜんぜん」と彼女は言ってキッチンのテーブルに持ってきた二冊の本をひょいと置き、レンジの上の鍋《なべ》のふたをひとつずつあけてまわった。「これあなたがぜんぶ作ったの?」

「そうだよ」と私は言った。「腹が減ってるんなら御馳走《ごちそう》するよ。たいした料理でもないけどさ」

「そんなことないわ。私こういうの大好き」

私はテーブルに料理を並べ、彼女がそれを片端からたいらげていくのを、感心して眺《なが》めていた。これくらい熱心に食べてくれれば料理の作りがいもあるというものだ。私は大きなグラスにオールド・クロウのオン・ザ・ロックを作り、厚あげを強火でさっと焼いておろししょうがをかけ、それをさかなにウィスキーを飲んだ。彼女は何も言わずに黙々と食べていた。私は酒をすすめてみたが、彼女は要らないと言った。

「その厚あげ、ちょっとくれる？」と彼女は言った。私は半分残った厚あげを彼女の方に押しやって、ウィスキーだけを飲んだ。

「もしよかったら御飯と梅干しがあるし、みそ汁《しる》もすぐに作れるけど」と私は念のためにたずねてみた。

「そういうの最高だわ」と彼女は言った。

私はかつおぶしで簡単にだしをとってわかめとねぎのみそ汁を作り、ごはんと梅干しを添えて出した。彼女はあっという間にそれをたいらげてしまった。テーブルの上が梅干しのたねだけを残してきれいさっぱりかたづいてしまうと、彼女はやっと満足したようにため息をついた。

「ごちそうさま。おいしかった」と彼女は言った。

彼女のようなほっそりとした美人がそんなにガツガツと食事をするのを見たのははじめてだった。しかしそれはまあ見事といえば見事な食べっぷりであった。彼女がすっかり食べ終ったあとでも、私はなかば感心し、なかばあきれて、彼女の顔をぼんやり眺めていた。

「ねえ、いつもそんなにいっぱい食べるの？」と私は思いきって質問してみた。

「ええ、そうよ。いつもこれくらい」と彼女は平気な顔をして言った。

「でもまるで太ってないみたいだけれど」

「胃拡張なの」と彼女は言った。「だからいくら食べても太らないことになってるの」

「ふうん」と私はうなった。「ずいぶん食費がかかりそうだなあ」実際彼女は私の翌日の昼食のぶんまで一人で食べてしまったのだ。

「そりゃすごいわよ」と彼女は言った。「外食するときはふつう二軒つづけてはしごするのよ。まずラーメンとギョーザかなんかで軽くウォーミング・アップしてから、ちゃんとしたごはんを食べるの。お給料のほとんどは食費に消えちゃうんじゃないかしら」

私はもう一度彼女に酒をすすめた。ビールを欲しいと彼女は言った。私はビールを冷蔵庫から出し、ためしにフランクフルト・ソーセージを両手にいっぱいフライパンで炒《いた》めてみた。まさかとは思ったが、私が二本食べた他はぜんぶ彼女がたいらげた。重機関銃で納屋《なや》をなぎ倒すような、すさまじい勢いの食欲だった。私が一週間ぶんとして買いこんできた食料は目に見えて減っていった。私はそのフランクフルト・ソーセージで、おいしいザワークラウト・ソーセージを作るつもりだったのだ。

私ができあいのポテト・サラダにわかめとツナをまぜたものを出すと、彼女はそれも二本めのビールとともにぺろりとたいらげた。

「ねえ、私とても幸せよ」と彼女は私に言った。私はほとんど何も食べずに、オールド・クロウのオン・ザ・ロックを三杯飲んでいた。彼女の食べる姿に見とれていて、まるで食欲なんてわかなかったのだ。

「よかったらデザートにチョコレート・ケーキもあるけれど」と私は言ってみた。彼女はもちろんそれを食べた。見ているだけで、喉《のど》のすぐ下まで食べ物が押しあがってくるような気分になった。私は料理を作るのは好きだけれど、どちらかといえば少食といってもいい方なのだ。

たぶんそのせいだと思うけれど、私のペニスはうまく勃起《ぼっき》しなかった。神経が胃の方に集中してしまっているのだ。しかるべきときにペニスが勃起しなかったことなんて東京オリンピックの年以来はじめてのことだった。私はこれまでそういった種類の肉体能力については自分でも絶対的と表現してもさしつかえない程度の自信を持って生きてきたから、それは私にとっては少なからざるショックだった。

「ねえ、大丈夫よ、気にしないでいいのよ、たいしたことじゃないんだもの」と彼女は言ってくれた。髪の長い胃拡張の、図書館のリファレンス係の女の子だ。我々はデザートのあとでウィスキーとビールを飲みながらレコードを二枚か三枚聴き、それからベッドにもぐりこんだのだ。これまでにけっこういろんな女の子と寝てきたが、図書館員と寝るのははじめてだった。そしてまたそれほど簡単に女の子と性的関係に入ることができたのもはじめてだった。たぶんそれは私が夕食をごちそうしたせいだと思う。でも結局、さっきも言ったように、私のペニスはまったく勃起しなかった。胃がイルカのおなかみたいに膨んでいるような気がして、どうしても下腹部に力が入らないのだ。

彼女は裸の体をぴったりと私のわきにつけ、中指で私の胸のまん中を十センチくらい何度も上下させた。「こういうのって、誰にでもたまにはあることなんだから、必要以上に悩んじゃ駄目《だめ》よ」

しかし彼女が慰めてくれればくれるほど、私のペニスが勃起しなかったという事実がより明確な現実感を伴って私の心にのしかかってきた。私は昔何かの本でペニスは勃起しているときより勃起していないときの方が美的だという趣旨の文章を読んだことを思いだしたが、それもたいした慰めにはならなかった。

「この前女の子と寝たのはいつ？」と彼女が訊いた。

私は記憶の箱のふたを開けて、その中をしばらくもそもそとまさぐってみた。「二週間前だな、たしか」と私は言った。

「そのときはうまくいったのね？」

「もちろん」と私は言った。ここのところ毎日のように誰かに性生活についての質問をされているような気がする。あるいはそういうのが世間で今はやっているのかもしれない。

「誰とやったの？」

「コールガール。電話して呼ぶんだ」

「そういう種類の女の人と寝ることについてそのとき何か、そうねえ、罪悪感のようなものは感じなかった？」

「女の人じゃない」と私は訂正した。「女の子、二十か二十一だよ。罪悪感なんてべつにないよ。さっぱりしててあとくされもないしさ。それにはじめてコールガールと寝たわけでもない」

「そのあとマスターベーションした？」

「しない」と私は言った。そのあと私はとても仕事が忙しくて、今日までクリーニングに出したままの大事な上着をとりに行く暇もなかったのだ。マスターベーションなんてするわけがない。

私がそう言うと彼女は納得がいったように肯《うなず》いた。「きっとそのせいよ」と彼女が言った。

「マスターベーションしなかったせいで？」

「まさか、馬鹿《ばか》ねえ」と彼女は言った。「仕事のせいよ。仕事がすごく忙しかったんでしょ？」

「そうだな、おとといは二十六時間くらい眠れなかった」

「どんな仕事？」

「コンピューター関係」と私は答えた。仕事を訊かれたとき、私はいつもそう答えることにしている。だいたいのラインとしては嘘《うそ》じゃないし、世間の大抵の人はコンピューター・ビジネスについてそれほど深い専門知識を持っているわけではないので、それ以上つっこんだ質問をされずに済む。

「きっと長時間頭脳労働したせいで、すごくストレスがたまって、それで一時的に駄目になっちゃったのね。よくあることよ」

「ふうん」と私は言った。たぶんそうなのかもしれない。疲れているうえに、この二日ばかり何だか不自然なことがいっぱいあって多少ナーヴァスになっているところに、すさまじい暴力的とでもいえそうな食欲を目《ま》のあたりに見せつけられたせいで、私は一時的にインポテントになってしまったのかもしれない。ありそうな話だった。

でもそれだけで簡単に説明がつくほど問題の根は浅くないのではないかという気もした。それ以外にたぶん何かしらの要素があるのだ。私はこれまで同じように疲れて同じようにナーヴァスになっているときにも、かなり満足のいく程度の性能力を発揮してきたのだ。それはたぶん彼女の有しているある種の特殊性に起因しているのだ。

特殊性。

胃拡張・長い髪・図書館……。

「ねえ、私のおなかに耳をつけてみて」と彼女は言った。そして毛布を足もとまでまくった。

彼女はとてもすべすべとした綺麗《きれい》な身体《からだ》をしていた。すらりとして、余分な肉は一片たりとも付着していない。乳房もまずまずの大きさだった。私は言われたとおり、乳房とへそのあいだの画用紙みたいにぺったりとした部分に耳をつけてみた。あれだけ食べ物を詰めこんだのにもかかわらず腹がぜんぜん膨んでいないというのはまさに奇蹟《きせき》というほかはなかった。まるであらゆるものを貪欲《どんよく》に呑《の》み込んでいくハーポ・マルクスのコートみたいだ。肌《はだ》は薄くやわらかく、あたたかかった。

「ねえ、何か聴こえる？」と彼女が私に言った。

私は息を止めて耳を澄ませてみた。ゆっくりとした心臓の鼓動の他には、音らしいものは何も聴こえなかった。静かな森の中に寝転んで、遠くの方から聞こえてくる樵《きこり》の斧《おの》の音に耳を澄ませているようなかんじがした。

「何も聴こえないよ」と私は言った。

「胃の音って聴こえないのかしら？」と彼女は言った。「胃が食物を消化する音」

「くわしいことはわからないけれど、たぶん殆《ほと》んど音は立てないと思うな。胃液で溶かすだけだからさ。多少の蠕動《ぜんどう》運動はもちろんあるにしても、それほどの音はしないはずだよ」

「でも、私、自分の胃がいま一所懸命働いているのがすごくはっきり感じとれるのよ。もう少し耳を澄ませてみて」

私はそのままの姿勢で耳に神経を集中し、彼女の下腹部と、その先の方にふっくらと盛りあがっている陰毛をぼんやりと眺めていた。でも胃の活動音らしきものはまったく聴こえなかった。きちんとした間隔をおいて心音が聴こえてくるだけだった。『眼下の敵』にこういうシーンがあったような気がした。私が耳を澄ませているその下で、彼女の巨大な胃がクルト・ユルゲンスの乗ったUボートみたいにひっそりと消化活動を行なっているのだ。

私はあきらめて顔を彼女の身体から放し、枕《まくら》にもたれて彼女の肩に手をまわした。彼女の髪の匂いがした。

「トニック・ウォーターある？」と彼女が訊いた。

「冷蔵庫」と私は言った。

「ウォッカ・トニックが飲みたいんだけど、いいかしら？」

「もちろん」

「あなたも何か飲む？」

「同じものでいいよ」

彼女が全裸でベッドを出て、キッチンでウォッカ・トニックを作っているあいだに、私は『ティーチ・ミー・トゥナイト』の入ったジョニー・マティスのレコードをプレイヤーに載せ、ベッドに戻《もど》って小さな声で合唱した。私と私のやわらかなペニスとジョニー・マティスと。

「空は大きな黒板で《ザ・スカイ・ザ・ブラックボード》――」と唄《うた》っていると、彼女が二杯の飲み物を一角獣についての本の上にトレイがわりにのせて戻ってきた。我々はジョニー・マティスを聴きながら濃いウォッカ・トニックをちびちびと飲んだ。

「あなたいくつ？」と彼女が訊いた。

「三十五」と私は言った。間違えようのない簡潔な事実というのはこの世で最も好ましいことのひとつだ。「ずっと前に離婚して今は独り。子供なし。恋人なし」

「私は二十九。あと五カ月で三十よ」

私はあらためて彼女の顔を見た。とてもそんな歳《とし》には見えない。せいぜい二十二か二十三というところだ。お尻《しり》もちゃんと上にあがっているし、しわひとつない。私は女性の年齢を判断することについての能力を急激に失いつつあるような気がした。

「若く見えるけど、本当に二十九よ」と彼女は言った。「ところであなた本当は野球選手か何かじゃないの？」

私は驚いて飲みかけていたウォッカ・トニックを思わず胸の上にこぼしそうになった。

「まさか」と私は言った。「野球なんてもう十五年もやったことないよ。どうしてそんなこと考えついたんだ？」

「TVであなたの顔を見たことがあるような気がしたのよ。私はTVといっても野球中継かニュースくらいしか観《み》ないし。じゃあニュースかしら？」

「ニュースにも出たことないよ」

「コマーシャルは？」

「ぜんぜん」と私は言った。

「じゃあきっとあなたにそっくりな人だったのね……。でもあなたとにかくコンピューター関係者には見えないわよ」と彼女は言った。「進化がどうのこうのとか、一角獣とか、かと思えばポケットにはとびだしナイフが入ってるし」

彼女は床に落ちている私のズボンを指さした。たしかに尻ポケットからはナイフがのぞいていた。

「生物学関係のデータ処理をしてるんだ。一種のバイオテクノロジーで、企業利益がからんでいるものだからね。それで用心をしてるんだ。最近はデータの奪いあいも物騒になってきたもんでね」

「ふうん」と彼女は今ひとつ納得しかねるような顔つきで言った。

「君だってコンピューターを操作しているけれど、とてもコンピューター関係者には見えないぜ」と私は言った。

彼女は指の先でしばらくコツコツと前歯を叩《たた》いていた。「だって私の場合は、ほら、完全な実務レベルだもの。末端を処理しているだけ。蔵書のタイトルを項目べつにインプットして、リファレンスのために呼びだしたり、利用状況を調べたり、その程度のことね。もちろん計算もできるけど……。大学を出てから二年間コンピューター操作専門の学校にかよったの」

「君が図書館で使ってるのはどんなコンピューター？」

彼女はコンピューターの型番を教えてくれた。最新型の中級オフィス・コンピューターだが、性能は見かけよりずっと優れていて、使い方次第ではかなり高度な計算をすることもできる。私も一度だけ使ったことがある。

私が目を閉じてコンピューターのことを考えているあいだに、彼女が新しいウォッカ・トニックをふたつ作って持ってきた。それで我々はまた二人並んで枕にもたれ、二杯めのウォッカ・トニックをすすった。レコードが終るとフル・オートマティックのプレイヤーの針が戻り、ジョニー・マティスのLPをもう一度頭から演奏しなおした。それで私はまた「空は大きな黒板で《ザ・スカイ・ザ・ブラックボード》――」と口ずさむことになった。

「ねえ、私たち似合いだと思わない？」と彼女が私に言った。彼女のウォッカ・トニックのグラスの底がときどき私のわき腹に触れてひやりとした。

「似合い？」と私はききかえした。

「だってあなたは三十五だし、私は二十九だし、ちょうどいい歳だと思わない？」

「ちょうどいい歳？」と私は繰りかえした。彼女のオウム型反復がすっかり私の方に移ってしまったようだった。

「これくらいの歳になれば、お互いちゃんといろんなことも心得てるし、どちらもひとり身だし、私たち二人でけっこううまくやれるんじゃないかしら。私はあなたの生活に干渉しないし、私は私なりにやるし……私のこと嫌《きら》い？」

「そんなことないさ、もちろん」と私は言った。「君は胃拡張だし、こちらはインポテントだし、似合いかもしれない」

彼女は笑って手をのばし、私のやわらかいペニスをそっとつかんだ。ウォッカ・トニックのグラスを持っていた方の手だったので、とびあがりそうなくらい冷たかった。

「あなたのはすぐになおるわ」と彼女は私の耳もとで囁《ささや》いた。「ちゃんとなおしてあげる。でもべつに急いでなおさなくてもいいのよ。私の生活は性欲よりはむしろ食欲を中心にまわっているようなものだから、それはそれでかまわないの。セックスというのは、私にとってはよくできたデザート程度のものなの。あればあるにこしたことないけれど、なくてもそれはそれでべつにかまわないの。それ以外のことがある程度満足できればね」

「デザート」と私はまた反復した。

「デザート」と彼女も繰りかえした。「でもそのことについてはまた今度きちんと教えてあげる。その前に一角獣の話をしましょう。そもそもはそれが私を呼んだ本来の目的だったんでしょう？」

私は肯いて空になったふたつのグラスを手にとって床に置いた。彼女は私のペニスから手をどかし、枕もとの二冊の本を取った。一冊はバートランド・クーパーの『動物たちの考古学』で、もう一冊はボルヘスの『幻獣辞典』だった。

「ここに来る前に私はこの本をぱらぱらと読んでみたの。簡単に言うと、こちらの方は」（と言って、彼女は『幻獣辞典』を手にとった）「一角獣という動物を竜《りゅう》や人魚のような空想の産物として捉《とら》えたものであり、それからこちらの方は」（と言って『動物たちの考古学』の方を手にとった）「一角獣が存在しなかったとは限らないという立場から、実証的にアプローチしたものなの。でもどちらも一角獣そのものについての記述は残念ながらあまり多くはないの。竜や小鬼なんかについての記述に比べるとちょっと意外なほど少ないわね。たぶん一角獣という存在がすごくひっそりとしているせいじゃないかと私は思うんだけど……。申しわけないけど、うちの図書館で私が手に入れることができたのはこれだけなの」

「それで十分だよ。一角獣についての概略がわかればいいんだ。ありがとう」

彼女はその二冊の本を私の方にさしだした。

「もしよかったら君が今その本を簡単にかいつまんで読んでくれないかな」と私は言った。「耳から入ってきた方がアウトラインをつかみやすいんだ」

彼女は肯いて、まず『幻獣辞典』を手にとって、はじめの方のページを開けた。

「われわれは宇宙の意味について無知なように、竜の意味についても無知である」と彼女は読みあげた。「これがこの本の序文ね」

「なるほど」と私は言った。

それから彼女はずっとうしろの方のしおりをはさんであったページを開いた。

「まず最初に知っておかなければならないのは一角獣にはふたつの種類があるということなの。まずひとつはギリシャに端を発する西欧版の一角獣であり、もうひとつは中国の一角獣なの。そのふたつでは姿かたちも違えば、人々の捉え方もぜんぜん違うのよ。たとえばギリシャ人は一角獣をこんな風に描写しているの。

『これは胴体は馬に似ているが、頭は雄鹿《おじか》、足は象、尾は猪《いのしし》に近い。太いうなり声をあげ、一本の黒い角が額のまん中から三フィート突き出している。この動物を生け捕りにするのは不可能だといわれている』

それに比べて中国の一角獣はこんな具合。

『これは鹿の体をしていて、牛の尾と馬の蹄《ひづめ》を持つ。額に突き出している短かい角は肉でできている。皮は背で五色の色が混じりあい、腹は褐色《かっしょく》か黄色である』

ね、ずいぶん違うでしょ？」

「そうだね」と私は言った。

「姿かたちだけではなく、その性格や意味あいも、東洋と西洋ではがらりと違うの。西洋人の見た一角獣はひどく獰猛《どうもう》で攻撃的ね。なにしろ三フィートっていうから、一メートル近い角があるわけだものね。またレオナルド・ダ・ヴィンチによれば一角獣の捕えかたはひとつしかなくて、それはその情欲を利用することなの。若い乙女を一角獣の前に置くと、それは情欲が強すぎるために攻撃することを忘れて少女の膝《ひざ》に頭を載せ、それで捕えられてしまうのね。この角が意味することはわかるでしょ？」

「わかると思う」

「それに比べると中国の一角獣は縁起の良い聖なる動物なの。これは竜、鳳凰《ほうおう》、亀《かめ》と並ぶ四種の瑞獣《ずいじゅう》のひとつであり、三六五種の地上動物のうちではいちばん上の位にあるの。性格はきわめて穏かで、歩くときはどんな小さな生きものをも踏みつけないようにするし、生きた草は食べず、枯れ草しか食べないの。寿命は約一千年で、この一角獣の出現は聖王の誕生を意味する。たとえば孔子《こうし》の母が彼を身籠《みごも》ったときに一角獣を目にしているのね。

『七十年後、とある狩人《かりゅうど》たちが一頭の麒麟《きりん》を殺したところ、その角には孔子の母が結びつけておいた飾り紐《ひも》がまだついていた。孔子はその一角獣をみに赴き、そして涙を流した。なぜならこの無垢《むく》の神秘な獣の死が何を予言するのか感じとったし、その飾り紐には彼の過去があったからだ』

どう、面白《おもしろ》いでしょ？　十三世紀になっても一角獣は中国の歴史に登場してくるのよ。ジンギス汗の軍隊がインド侵入を計画して送り込んだ斥候《せっこう》遠征隊が砂漠《さばく》のまん中で一角獣に出会うの。この一角獣は馬のような頭で、額に角が一本あって、からだの毛は緑色で、鹿に似ていて、人間のことばをしゃべるのよ。そしてこう言ったの。お前たちの主人が国に帰るべきときが来たってね。

『ジンギス汗の中国人の大臣のひとりが相談を受け、その動物は麒麟の一種で《角瑞》というものだと彼に説明した。〈四百年の間、大勢の軍隊が西方の地で戦ってきた〉と彼は言った。〈流血を忌《い》み嫌《きら》う天は、角瑞をとおして警告を与えているのです。後生ですから帝国をお救い下さい。中庸こそ際限なき喜びを与えるのです〉皇帝は戦いの計画を思いとどまった』

東洋と西洋では同じ一角獣といってもこれだけ違うのね。東洋では平和と静謐《せいひつ》を意味するものが、西洋では攻撃性とか情欲とかを象徴することになるんだもの。でもいずれにせよ、一角獣が架空の動物であり、それが架空であればこそ様々な特殊な意味を賦与《ふよ》されたということには変りはないと思うわ」

「一角の獣はほんとうに存在しないの？」

「イルカの一種にイッカクというのがいるけれど、正確に言うとこれは角ではなくて、上顎《うわあご》の門歯の一本が頭のてっぺんで成長したものなの。長さは約二・五メートルで、まっすぐで、角にはねじ模様がドリルみたいに刻みこまれているのよ。でもこれは特殊な水生動物だし、中世の人々の目に触れることはあまりなかったでしょうね。哺乳類《ほにゅうるい》でいうと、中新世にあらわれては次々に消えていった様々な動物の中には一角に似たものがいなくはないわね。たとえば──」

と言って彼女は『動物たちの考古学』を手にとって、前から三分の二あたりのところを開いた。

「これは中新世――約二千万年前――に北アメリカ大陸に存在したとされる二種の反《はん》芻《すう》動物なの。右側がシンテトケラスで、左側がクラニオケラス。どちらも三角だけれど、独立した一角を持っていることはたしかね」

私は本を受けとって、そこにある図版を見た。シンテトケラスは小型の馬と鹿を一緒にしたような動物で、額に牛のような二本の角を持ち、鼻先にY字形に先端がわかれた長い角を持っていた。クラニオケラスはシンテトケラスに比べるとやや丸顔で、額に二本の鹿のような角を持ち、それとはべつにうしろに向けて突きだして、そのまま上に湾曲した長く鋭い一本の角を持っていた。どちらの動物もどことなくグロテスクな感じがあった。

「でもこういった奇数角の動物たちは結局ほとんど全部が姿を消してしまったの」と彼女は言って、私の手から本を取った。

「哺乳類という分野に限っていうと、単角あるいは奇数角を有する動物はきわめて稀《まれ》な存在であり、進化の流れにてらしあわせてみると、それは一種の奇形であり、言い方をかえれば進化上の孤児といってもいいくらいなの。哺乳類に限らなくても、たとえば恐竜のことを考えても、三つの角を持った巨大恐竜がいたけれど、それはまったくの例外的な存在だったわけね。というのは角というのはきわめて集中的な武器であって、三本というのは必要ないわけ。たとえばフォークのことを考えればよくわかるんだけれど、三本の角があるとそれだけ抵抗が増えて突きさすのに手間がかかるのね。それからそのうちの一本が何か固いものにぶちあたると、力学上三本とも相手の体につきささらないという可能性も生じるわけ。

それから、これは複数の敵を相手にする場合のことなんだけれど、角をぶすりと誰《だれ》かにつきたててそれをひっこ抜き、次の誰かに向うのに三本の角ではやりにくいのね」

「抵抗が大きいから時間がかかる」と私は言った。

「そのとおり」と言って彼女は私の胸に三本の指を突き立てた。「これが多角獣の欠点。命題その一。多角獣よりは二角獣あるいは一角獣の方が機能的である。次に一角獣の欠点ね。いや、その前に二角であることの必然性を簡単に説明しておいた方がいいかもしれないわね。二角であることの有利な点は、まず動物の体が左右対称にできていることとね。あらゆる動物は左右のバランスをとることによって、つまり力を二分割することによって、その行動パターンを規定しているの。鼻だって穴はふたつあいてるし、口だって左右対称だから実質的にはちゃんとふたつにわかれて機能しているわけ。おへそはひとつだけど、あれは一種の退化器官だしね」

「ペニスは？」と私は訊《たず》ねた。

「ペニスとヴァギナは、これはあわせて一組なの。ロールパンとソーセージみたいにね」

「なるほど」と私は言った。なるほど。

「いちばん大事なのは眼《め》ね。攻撃も防御もこの眼をコントロール・タワーとして行われるから、その眼に密着して角がはえているというのがいちばん合理的なわけよ。いい例が犀《さい》ね。犀は原理的には一角獣だけれど、ひどい近眼なの。犀の近眼はそれが単角であることに起因しているの。いわば片輪のようなものね。でもそういった欠点にもかかわらず犀が生きのびているのは、それが草食獣であって、硬い甲板に覆《おお》われているからなの。だから防御の必要がほとんどないのね。そういった意味では犀は体型的に見ても三角恐竜によく似ていると言えるの。でも一角獣は絵で見るかぎり確実にその系列にはないわね。甲板に覆われてもいないし、とても……なんていうか……」

「無防備」と私は言った。

「そう。防御に関しては鹿と同じくらいね。そのうえに近眼ときたら、これは致命的よ。たとえ嗅覚《きゆうかく》や聴覚が発達していたとしても、退路をふさがれたら手も足も出ないわね。だから一角獣を襲うのは高性能の散弾銃で飛べないあひるを撃つのと同じようなものなのよ。――それから一角であることのもうひとつの欠点は、その損傷が致命的だという点にあるのね。要するにスペア・タイヤなしでサハラ砂漠を横断するようなものなのよ。意味はわかる?」

「わかる」

「もうひとつの単角の欠点は、力を入れにくいという点にあるの。これは奥歯と前歯を比較すると理解しやすいわね。奥歯の方が前歯に比べて力を入れやすいでしょ?これはさっきもいった力のバランスの問題なの。末端が重くてそこに力が入れば入るほど総体は安定するのね。どう?　これで一角獣が相当な欠陥商品であることがわかったでしょ?」

「よくわかった」と私は言った。「君はとても説明が上手《うま》いよ」

彼女はにっこりと笑って、私の胸に指を這《は》わせた。「でもね、それだけじゃないの。理論的に考えると、一角獣が絶滅をまぬがれて生存していける可能性がひとつだけあるの。これがいちばん重要なポイントなんだけれど、あなたにはそれがなんだかわかる?」

私は胸の上で手を組んで、一分か二分考えこんだ。でも結論はひとつしかなかった。

「天敵がいないこと」と私は言った。

「あたり」と言って、彼女は私の唇《くちびる》にキスした。

「じゃあ、天敵がいない状況をひとつ設定してみて」と彼女は言った。

「まずその場所が隔絶されていることだね。他の動物が侵入できないこと」と私は言った。「たとえばコナン・ドイルの『失われた世界』みたいに土地が高く隆起しているか、あるいは深く陥没していること。あるいは外輪山のようにまわりを高い壁で囲まれていること」

「素晴しい」と彼女は言って、人さし指で私の心臓の上をぱちんとはじいた。「実はそういった状況の中で、一角獣の頭骨が発見された記録があるのよ」

私は思わずつばを呑《の》みこんだ。私は知らず知らずのうちに事態の核心《ハート》に近づきつつあるのだ。

「一九一七年のロシア戦線でそれは発見されたの。一九一七年の九月」

「十月革命の前月で、第一次世界大戦。ケレンスキー内閣」と私は言った。「ボルシェヴィキが行動を起しはじめる直前だ」

「ウクライナの戦線で一人のロシア軍の兵士が塹壕《ざんごう》を掘っている最中にそれをみつけたの。彼はただの牛か大鹿の頭骨だと思ってそれをそのへんに放《ほう》りだしておいた。そのまま事が済めば、そんなものは歴史の闇《やみ》から闇へと葬《ほうむ》られたはずなのだけれど、たまたまその部隊を指揮していた大尉《たいい》が、ペトログラード大学の生物学の大学院生だったのね。彼はその頭骨を拾いあげて営舎に持ちかえり、じっくりと調べてみたの。そしてそれが彼がこれまでに見たことのない種類の動物の頭骨であることを発見したの。彼はすぐにそれをペトログラード大学の生物学の主任教授に連絡し、調査スタッフがやってくるのを待ったんだけれど、彼らはとうとうやってこなかったの。なにしろ当時のロシアはものすごく混乱していて、食糧や弾薬や薬品もろくに前線に送れないありさまだし、あちこちでストライキが勃発《ぼっぱつ》しているし、とても学術調査隊が前線にたどりつけるような状態じゃなかったのね。それにもし仮にそこに彼らが辿《たど》りつけたとしても、実地調査をしている暇はほとんどなかったと思うわ。というのはロシア軍は敗退につぐ敗退をつづけていて、前線はずるずると後退していたから、そこはすぐにドイツ軍の占領地域になっちゃったのよ」

「それで、その大尉はどうなったんだい？」

「その年の十一月に、彼は電柱に吊《つる》されたの。ウクライナからモスクワに向けて、電信線をつなぐ電柱がずっと連なっていて、ブルジョワジー出身の将校の多くは、そこに吊されたのね。本人は政治性のかけらもないただの生物学専攻の学生だったんだけれど」

私はロシアの平原に並んだ電柱に将校が一人ずつ吊されている様を思い浮かべてみた。

「でも彼はボルシェヴィキが軍の実権を握る直前に、信用のできる後方移送の傷病兵にその頭骨をわたして、もしペトログラード大学のさる教授にそれを届けてくれたなら、かなりの額の謝礼をやると約束したのよ。でもその兵隊が軍の病院を退院して、頭骨を手にペトログラード大学を訪れることができたのは翌年の二月で、そのとき大学は一時的に閉鎖されていたの。学生は革命に明け暮れていたし、教授の多くは追放されたり亡命したりで、とても大学を開けていられるような状態にはなかったのよ。仕方ないので彼は後日金にしようと思って、その頭骨の入った箱をペトログラードで馬具屋をやっていた義兄にあずけ、自分はペトログラードから三百キロばかり離れた故郷の村に戻《もど》ったの。でもこの男は、どんな理由からかはわからないけれど、二度とペトログラードに戻ることはできず、結局その頭骨は忘れさられたまま長いあいだその馬具屋の倉庫で眠りつづけることになったのね。

頭骨が次に陽《ひ》の目を見たのは一九三五年のことだったの。ペトログラードはレニングラードと名前がかわり、レーニンは死に、トロツキーは追放され、スターリンが実権を握っていた。レニングラードではもう馬に乗る人なんてほとんどいなかったので、馬具屋の主人は店を半分売り払って、残った部分でホッケーの用品を売る小さな店をはじめることにしたのよ」

「ホッケー？」と私は言った。「一九三〇年代のソヴィエトでホッケーが流行《はや》ってたの？」

「私は知らないわよ。ここにそう書いてあるだけ。でもレニングラードは革命後もわりにモダンな土地柄《とちがら》だったから、みんなホッケーくらいやってたんじゃないかしら」

「そんなものかな」と私は言った。

「とにかく、それで倉庫を整理しているうちに、彼は一九一八年に義弟が置いていった箱をみつけて開いてみたの。そうするといちばん上にそのペトログラード大学の某教授あての手紙が入っていて、その手紙には『かくかくしかじかの人物がこの品を持参するので相応の謝礼をやってほしい』と書いてあったの。もちろんこの馬具屋は大学――つまり今のレニングラード大学ね――にこの箱を持っていって、その教授に面会を求めたの。でも教授はユダヤ人だったので、トロツキーの失脚と同時にシベリア送りになっていたのね。でもまあ馬具屋としては謝礼をもらう相手もいなくなってしまったわけだし、かといってわけのわからない動物の頭骨を後生大事に抱えていても一銭の得にもならないわけだから、べつの生物学の教授をみつけて事の経緯を話し、雀《すずめ》の涙ほどの謝礼をもらってその頭骨を大学に置いて帰ってきたのよ」

「しかしまあいずれにせよ、十八年かけて頭骨はやっと大学にたどりついたわけだ」

と私は言った。

「さて」と彼女は言った。「その教授は頭骨を隅《すみ》から隅まで調べあげて、結局十八年前に若い大尉が考えたのと同じ結論――つまりこの頭骨は現存するいかなる動物の頭骨にも該当しないし、かつて存在したと想定されているいかなる動物の頭骨にも該当しないという結論に達したの。この頭骨の形状は鹿にもっとも近く、顎《あご》の形態から草食性の有蹄類《ゆうているい》と類推されたが、鹿よりはいくぶん頬《ほお》がふくらんだような顔つきであったらしい。しかし鹿とのいちばん大きな違いはなんといっても、それが額のまん中に単角を有していたことなの。要するに一角獣ね」

「角がついていたということ？　その頭骨に？」

「ええ、そう、角がついていたの。もちろんきちんとした角じゃなくて、角の残りね。長さが約三センチのところで角はぽっきりと折れていたが、その残った部分から推定するとそれは長さ約二十センチ程度の、レイヨウの角によく似た直線的な角であったらしい――とあるわね。基部の直径は、えーと、約二センチ」

「二センチ」と私は繰りかえした。私が老人からもらった頭骨のくぼみもちょうど直径二センチだった。

「ペロフ教授――というのがその教授の名前なんだけど――は何人かの助手と大学院生をつれてウクライナに出向き、かつて若い大尉の部隊が塹壕を掘ったあたりを一カ月かけて実地調査したの。残念ながらそれと同じ頭骨を掘りあてることはできなかったけれど、それとはべつにその地域についていろいろと興味ぶかい事実が明らかになったの。その地域は一般にヴルタフィル台地と呼ばれているところで、小高い丘のようになっていて、のっぺりとした平原の多いウクライナ西部では、数少ない天然の軍事上の要所となっているの。おかげで第一次大戦ではドイツ軍・オーストリア軍とロシア軍がここを巡って一メートル刻みの激しい白兵戦を繰りかえしたし、第二次大戦では台地の姿がかわってしまうくらいに両軍の砲撃を受けることになるんだけど、まあそれはあとの話で、そのときヴルタフィル台地がペロフ教授の興味を引いたのは、その台地から発掘された各種の動物の骨がその一帯の動物の分布状況とはかなり大幅にちがっていたという点にあるの。それで彼はその台地が、古代においては今のような台地の形をしておらず、いわば外輪山のような格好をしていて、その中に特殊な生命体系が存在していたという仮説をたてたの。つまりあなたの言う『失われた世界』ね」

「外輪山?」

「そう、まわりを険しい壁に囲まれた円形の台地。その壁が何万年という歳月を経て崩れ落ち、ごくあたりまえのなだらかな丘になったのね。そしてその中に進化の落し子たる一角獣が天敵もなくひっそりと棲息《せいそく》していたというわけ。台地には豊富な湧《わ》き水《みず》もあったし、土地も肥沃《ひよく》だったから、この仮説は理論的には成立し得るわけ。それで教授は計六十三項目にわたる動植物・地質学上の例証をあげ、一角獣の頭骨も添えて、『ヴルタフィル台地における生命体系についての考察』という題の論文をソヴィエト科学アカデミーに提出したわけ。これが一九三六年の八月のことなの」

「たぶん評判が悪かったことだろうね」と私は言った。

「そうね、ほとんど相手にもされなかったみたいね。それから具合の悪いことに、その当時モスクワ大学とレニングラード大学のあいだでは科学アカデミーの実権をめぐる争いがあって、レニングラード側はかなり旗色が悪く、そういったいわば『非弁証法的』な研究は徹底して冷や飯を食わされていたのね。でもその一角獣の頭骨の存在だけは誰にも無視することはできなかった。というのはなにしろ、仮説とはべつにちゃんとまぎれもない現物がそこに存在しているわけだものね。それで何人もの専門学者が一年がかりでその頭骨を調査したのだけれど、彼らとしても、それが作りものではなくて、まぎれもない単角動物の頭骨であるという結論を出さざるを得なかったの。結局科学アカデミー委員会は、それは進化とは無縁の単なる奇形鹿の頭骨であり、研究の対象には値いしないということで、頭骨をレニングラード大学のペロフ教授のもとに送りかえしたの。それでおしまい。

ペロフ教授はそのあとも、風向きが変って自分の研究成果が認められる時節が到来するのを待ちつづけたんだけど、一九四一年に独ソ戦争が始まると、その希望も消え、結局一九四三年に失意のうちに亡《な》くなってしまったの。頭骨の方もレニングラードの攻防戦の最中に行方不明になってしまった。なにしろレニングラード大学はドイツ軍の砲撃とソヴィエト軍の爆撃とであとかたもなく破壊されて、頭骨どころではなくなってしまったのよ。そのようにして一角獣の存在を証明できる唯一《ゆいいつ》の証拠は消滅してしまったわけ」

「じゃあ何ひとつとして確かなことはわからないわけだ」

「写真の他《ほか》にはね」

「写真？」と私は言った。

「そう、頭骨の写真。ペロフ教授は百枚近くの頭骨の写真を撮っていたの。そしてその一部は戦災を逃がれて、今もレニングラード大学の資料館に保存されているというわけ。ほら、これがその写真」

私は彼女から本を受けとって、彼女の指さす写真に目をやった。かなり不鮮明な写真だったが、頭骨のおおよその形状はつかめた。頭骨は白い布をかぶせたテーブルの上に置かれ、そのとなりには大きさを示すために腕時計が並べられていた。そして額のまん中には白い丸が描きこまれ、角の位置を示していた。それは間違いなく私が老人から受けとったのと同じ種類の頭骨だった。角の基部が残っているかいないかだけの違いで、あとは何から何までがそっくり同じように見えた。私はTVの上の頭骨に目をやった。Tシャツをすっぽりとかぶせられた頭骨は、遠くから見るとまるで眠っている猫《ねこ》のように見えた。私は彼女にその頭骨を私が持っていることを言おうかどうしようか迷ったが、結局は言わないことにした。秘密というのはそれを知っている人間が少ないからこそ秘密なのだ。

「その頭骨はほんとうに戦争で破壊されちゃったんだろうか?」と私は言った。

「さあ、どうでしょう」と小指の先で前髪をいじりながら彼女は言った。「その本によるとレニングラード戦は街の一区画一区画をローラーで順番につぶしていくような激しい戦闘だったし、大学のあたりは中でもいちばん被害の大きかった地区らしいから、頭骨は破壊されちゃったと見る方が妥当なんでしょうね。もちろんペロフ教授が戦闘の始まる前にそっと持ちだしてどこかに隠しちゃったのかもしれないし、ドイツ軍が戦利品としてどこかに持っていっちゃったのかもしれないし……でもいずれにせよ、それ以来その頭骨を目にした人間は一人もいないのよ」

私はもう一度その写真を見てからぱたんと本を閉じ、枕《まくら》もとに置いた。そしていま私のもとにある頭骨がはたしてレニングラード大学に保存されていたのと同じものなのか、あるいはべつの場所で掘りだされたべつの一角獣の頭骨なのか、しばらく考えてみた。いちばん簡単なのは老人に直接訊《き》いてみることだった。あなたはどこでこの頭骨を手に入れたのか、そして何故《なぜ》私にプレゼントしてくれたのか、と。どうせシャフリング済みのデータを持っていくときにもう一度老人に会わなくてはならないのだし、そのときに訊《たず》ねてみればいいのだ。それまでは何を思いわずらってみてもはじまらない。

天井を見ながらぼんやりとものを考えていると、彼女が私の胸に頭をのせ、体をぴたりとわきにつけた。私は彼女の体に手をまわして抱いた。一角獣の問題が一段落すると、私の気分も少し楽になったようだったが、ペニスの状態は好転しなかった。しかし彼女の方は私のペニスが勃起してもしなくてもどちらでもかまわないといった様子で、私のおなかの上に指先でわけのわからない図形をごそごそと描いていた。

10 世界の終り ——壁——

僕《ぼく》が曇った午後に門番小屋まで下りたとき、僕の影はちょうど門番を手伝って荷車の修理をしているところだった。彼らはその荷車を広場のまん中に持ちだして古くなった床板と側板をはずし、それを新しいものにつけかえていた。門番が新しい板に慣れた手つきでかんなをかけ、影がそれを金槌《かなづち》で打ちつけていた。影の様子は僕と別れたときとほとんど変化していないようだった。体の具合はとくに悪くはなさそうだが、どことなく動作がぎこちなく、目もとには不機嫌《ふきげん》そうなしわが浮かんでいる。

僕が近づいていくと、二人は仕事の手を休めて顔をあげた。

「何か用かね？」と門番が訊《き》いた。

「ええ、ちょっと話があるんです」と僕は言った。

「もう少しで仕事が一段落するから中で待っていてくれ」と門番は削りかけの板を見

下ろしながら言った。影は僕の顔をもう一度ちらりと見たが、すぐに自分の仕事に戻《もど》った。影は僕に対して腹を立てているように思えた。

僕は門番小屋に入り、テーブルの前に腰をかけて門番がやってくるのを待った。テーブルの上はいつものようにちらかっていた。門番がテーブルの上をかたづけるのは、その上で刃物を研ぐときに限られているのだ。汚れた皿《さら》やカップやパイプやコーヒーの粉や木の削りかすがとりとめもなくかさなりあっている。壁の棚《たな》に並んだ刃物だけが見事なくらい綺麗《きれい》に配列されている。

門番は長いあいだ戻ってこなかった。僕は椅子《いす》の背もたれに腕をかけて、ぼんやりと天井を眺《なが》めながら時間をつぶした。この街にはいやというほど時間が余っているのだ。人はごく自然にそれぞれの時間のつぶし方を覚えていく。

外ではかんなをかける音と金槌で釘《くぎ》を打ちつける音がずっとつづいていた。

やがてドアが開いたが、中に入ってきたのは門番ではなく僕の影だった。

「ゆっくり話している暇がない」と影は僕のそばを通り過ぎながら言った。「倉庫に釘をとりにきただけなんだ」

彼は奥のドアを開け、その右手にある倉庫から釘の箱をとった。

「いいかい、よく聞いてくれ」と影は箱の中の釘の長さを調べながら言った。「まずこの街の地図を作るんだ。それも他人に聞くんじゃなくて君が自分の足と目でひとつひとつたしかめた地図だ。目についたものはそこにひとつ残らず描《か》きこんでくれ。どんな小さなことでもだ」

「時間がかかるぜ」と僕は言った。

「秋が終るまでに俺《おれ》に渡してくれりゃいい」と影は早口で言った。「それから文章の説明もほしい。とくにくわしく調べてほしいのは壁のかたち、東の森、川の入口と出口、それだけだ。いいね」

それだけを言ってしまうと影は僕の顔も見ずに扉《とびら》を開けて出ていった。影が行ってしまうと、僕は彼の言ったことをゆっくりと復唱してみた。壁のかたち、東の森、川の入口と出口。地図を作るというのはたしかに悪くない思いつきだった。街のおおよそのなりたち方を把握《はあく》できるし、余った時間を有効に利用することもできる。それに何よりも嬉《うれ》しいのは影がまだ僕を信頼してくれているということだった。

少しあとで門番がやってきた。彼は小屋に入るとまずタオルで汗を拭《ふ》き、それから手の汚れを拭《ぬぐ》った。そして僕の向いにどすんと腰を下ろした。

「さて、何の用かね？」

「影に会いに来たんです」と僕は言った。

門番は何度か肯《うなず》いてからパイプに煙草《たばこ》を詰め、マッチを擦って火をつけた。

「今はまだ駄目《だめ》だ」と門番は言った。「気の毒だが、まだ早すぎる。今の季節はまだ影の力が強いからな。もっと日が短かくなるまで待ちなって。悪いようにはせんよ」

彼はそういうとマッチの軸を指でふたつに折ってテーブルの上の皿の中に捨てた。

「これはあんたのためでもあるんだぜ。今中途半端《はんぱ》に影に情を移したら、あとあと面倒になる。俺はそういう例をいくつも見てるんだ。悪いことは言わんから、もう少し我慢するんだな」

僕は黙って肯いた。僕が何かを言って聞くような相手ではないし、いずれにせよ僕はいちおう影と口をきくことができたのだ。あとは門番が与えてくれる機会を気長に待つしかなかった。

門番は椅子から立ちあがって流しに行き、大きな陶器のカップで水を何杯も飲んだ。

「仕事はうまくいってるかね？」

「そうですね。少しずつ慣れてます」と僕は言った。

「そりゃいい」と門番は言った。「仕事をきちんきちんとやるのがいちばんだ。仕事をきちんとできない人間がつまらんことを考えるんだ」

外では僕の影が釘を打ちつける音がまだつづいていた。

「どうだ、少し一緒に散歩しないか？」と門番が言った。「面白《おもしろ》いものを見せてやるよ」

僕は門番のあとについて外に出た。広場では僕の影が荷車の上に乗って最後の側板を打ちつけているところだった。荷車は支柱と車輪だけを残してすっかり新しくなっていた。

門番は広場をとおりぬけて、壁の望楼の下あたりに僕をつれていった。むし暑いどんよりと曇った午後だった。壁の上空には西からはりだしてきた黒い雲がかかり、いまにも雨が降りだしそうだった。門番の着たシャツは汗にぐっしょりと濡《ぬ》れて、彼の巨大な体にまつわりつき、嫌《いや》な臭《にお》いを放っていた。

「これが壁だ」と門番は言って、手のひらで馬を叩《たた》くときのように何度か壁を叩いた。「高さは七メートル、街のぐるりをとり囲んでいる。これを越せるのは鳥だけだ。出入口はこの門の他《ほか》にはない。昔は東門もあったが、今では塗りつぶされている。壁は見てのとおり煉瓦《れんが》でできているが、これは普通の煉瓦じゃない。誰《だれ》にもそれを傷つけたり壊したりすることはできないんだ。大砲にも、地震にも、嵐《あらし》にもだ」

門番はそう言うと足もとから木ぎれを拾って、ナイフでそれを削りはじめた。ナイフは面白いほどよく切れ、木片はすぐに小さな楔《くさび》にかわってしまった。

「いいかい、よく見ろよ」と門番は言った。「煉瓦と煉瓦のあいだにはめじ、というものが入っていない。その必要がないからだ。煉瓦はぴったりとくっつきあっていて、そのすきまには髪の毛一本入らない」

門番は鋭く尖《とが》った楔の先で煉瓦と煉瓦のあいだをなぞったが、楔の先はそのあいだにほんの一ミリももぐりこむことはできなかった。次に門番はその楔を捨て、ナイフの先で煉瓦の表面をかいた。鋭い嫌な音がしたが、煉瓦には傷ひとつ残らなかった。門番はナイフの刃先を調べてから、それをもとに収めてポケットに入れた。

「誰にも壁を傷つけることはできないんだ。上ることもできない。何故《なぜ》ならこの壁は完全だからだ。よく覚えておきな。ここから出ることは誰にもできない。だからつまらんことは考えんことだ」

それから門番は僕の背中にその大きな手を置いた。

「俺にもあんたの辛《つら》いのはそりゃわかるさ。でもな、これはみんなが通りすぎていくことなんだ。だからあんたも耐えなくちゃならん。しかしそのあとには救いがくる。そうなればあんたはもう何を思い悩み、苦しむこともなくなるんだ。みんな消えてしまう。束《つか》の間《ま》の気持なんてものには何の値打もないんだ。悪いことはいわんから影のことは忘れちまいな。ここは世界の終りなんだ。ここで世界は終り、もうどこへもいかん。だからあんたもうどこにもいけんのだよ」

門番はそう言って、僕の背中をもう一度叩いた。

僕はその帰りみち、旧橋のまん中あたりで橋の手すりにもたれ、川を眺めながら門番の言ったことについて考えてみた。

世界の終り。

しかしどうして僕が古い世界を捨ててこの世界の終りにやってこなくてはならなかったのか、僕にはその経緯や意味や目的をどうしても思いだすことはできなかった。何かが、何かの力が、僕をこの世界に送りこんでしまったのだ。何かしら理不尽で強い力だ。そのために僕は影と記憶を失い、そして今心を失おうとしているのだ。

僕の足もとで川の流れは心地良い音を立てていた。川には中洲《なかす》があり、そこには柳がはえていた。水面に垂れた柳の枝が川の流れのままに気持良さそうに身を揺らせていた。川の水は美しく透明で、淀《よど》みにある岩のまわりには魚の姿も見えた。川を眺めていると、僕はいつも落ちついた静かな気持になることができた。

橋からは階段で中洲に下りることができるようになっていて、柳の葉かげにベンチがひとつ置かれ、そのまわりにはいつも何頭かの獣たちが休んでいた。僕はよく中洲に下りて、ポケットに入れてきたパンをちぎって獣たちに与えたものだった。彼らは何度も迷ってからそっと首をさしだして、僕の手のひらからパン屑《くず》をとって食べた。僕の手からパン屑を食べるのはいつも老いた獣かあるいは子供に限られていた。

秋が深まるにつれ、深い湖を思わせるような彼らの目は、哀《かな》しみの色を次第に増していった。樹木は葉の色を変え、草は枯れ、長く辛い飢えの季節が迫りきていることを彼らに教えていた。そしてそれは老人が予言したように、僕にとってもおそらく長く辛い季節になるはずだった。

11

ハードボイルド・ワンダーランド

——着衣、西瓜《すいか》、混沌《こんとん》——

時計の針が九時半を指すと、彼女はベッドから立ちあがって、床に落ちた服を拾いあつめ、ゆっくりと時間をかけてそれらを身につけた。私はベッドに寝転んで片肘《かたひじ》をついたまま、目の端っこの方でそんな彼女の姿をぼんやりと眺《なが》めていた。彼女が一枚ずつ服を身にまとっていく様は、ほっそりとした冬の鳥のように滑らかで無駄《むだ》な動きがなく、しんとした静けさに充《み》ちていた。彼女はスカートのジッパーを上げ、ブラウスのボタンを上から順番にはめ、最後にベッドに腰をかけてストッキングをはいた。それから私の頰《ほお》に唇《くちびる》をつけた。服の脱ぎ方の魅力的な女の子は数多くいても、服の着方の魅力的な女の子となるとそんなにたくさんはいない。彼女がすべての服を身につけて手の甲で上に持ちあげるようにして長い髪を整えると、部屋の空気が入れかわったような気持になった。

「どうも食事をありがとう」と彼女は言った。

「どういたしまして」と私は言った。

「いつもあれくらい自分で料理を作るの?」と彼女が訊《き》いた。

「仕事があまり忙しくなければね」と私は言った。「仕事が忙しいときは作らない。適当に残りものを食べたり、外に出て食事したりするね」

彼女はキッチンの椅子《いす》に座って、バッグから煙草《たばこ》を出して火をつけた。

「私はあまり自分では料理って作らないのよ。だいたいが料理ってそれほど好きじゃないし、それに七時前に家に帰って料理をいっぱい作ってそれをひとつ残らずたいらげちゃうことを思うと、考えただけで自分でもうんざりしちゃうのよ。それじゃまるで食べるためだけに生きてるようなものだと思わない?」

そうかもしれない、と私も思った。

私が服を着ているあいだに彼女はバッグから手帳をだして、ボールペンで何かを書きつけ、それをちぎって私にくれた。

「うちの電話番号」と彼女は言った。「会いたくなるか食事が余るかしたら、電話をちょうだい。すぐに来るから」

彼女が返却ぶんの哺乳類《ほにゅうるい》に関する三冊の本を手に帰ってしまうと、部屋の中は変な具合にしんとしてしまったように感じられた。私はTVの前に立ってTシャツのカバーをとり、もう一度一角獣の頭骨を眺めた。確証というほどのものは何ひとつないのだけれど、私はそれがウクライナの戦線で薄幸の若い歩兵大尉《たいい》が掘りあてた謎《なぞ》の頭骨そのものではないかという気になりはじめていた。見れば見るほど、その頭骨には何かしらいわく因縁のようなものが漂っているような気がした。もちろん話を聞いたばかりなので、そういう気がするだけのことなのかもしれない。私はたいした意味もなくステンレス・スティールの火箸《ひばし》で、また軽く頭骨を叩《たた》いてみた。

それから私は食器とグラスをあつめて流しで洗い、キッチンのテーブルを布巾《ふきん》で拭《ふ》いた。そろそろシャッフルをはじめる時間だった。邪魔が入らないように電話を録音サービスに切りかえ、ドア・チャイムのコネクティング・コードを抜き、キッチンのライト・スタンドだけを残して家じゅうの灯《ひ》を消した。少くとも二時間のあいだ、私は一人きりであらゆる神経をシャフリングに集中しなければならないのだ。

私のシャフリングのパスワードは〈世界の終り〉である。私は〈世界の終り〉というタイトルのきわめて個人的なドラマに基づいて、洗いだし《ブレイン・ウオッシュ》の済んだ数値をコンピューター計算用に並べかえるわけだ。もちろんドラマといってもそれはよくTVでやっているような種類のドラマとはまったく違う。もっとそれは混乱しているし、明確な筋もない。ただ便宜的に「ドラマ」と呼んでいるだけのことだ。しかしいずれにせよそれがどのような内容のものなのかは私にはまったく教えられてはいない。私にわかっているのはこの〈世界の終り〉というタイトルだけなのだ。

このドラマを決定したのは『組織《システム》』の科学者連中だった。私が計算士になるためトレーニングを一年にわたってこなし、最終試験をパスしたあとで、彼らは私を二週間冷凍し、そのあいだに私の脳波の隅《すみ》から隅までを調べあげ、そこから私の意識の核ともいうべきものを抽出してそれを私のシャフリングのためのパス・ドラマと定め、そしてそれを今度は逆に私の脳の中にインプットしたのである。彼らはそのタイトルは〈世界の終り〉で、それが君のシャフリングのためのパスワードなのだ、と教えてくれた。そんなわけで、私の意識は完全な二重構造になっている。つまり全体としてのカオスとしての意識がまず存在し、その中にちょうど梅干しのタネのように、そのカオスを要約した意識の核が存在しているわけなのだ。

しかし彼らはその意識の核の内容を私に教えてはくれなかった。

「それを知ることは君には不必要なのだ」と彼らは私に説明してくれた。「何故《なぜ》なら無意識性ほど正確なものはこの世にないからだ。ある程度の年齢——我々は用心深く計算してそれを二十八歳と設定しているわけだが――に達すると人間の意識の総体というものはまず変化しない。我々が一般に意識の変革と呼称しているものは、脳全体の働きからすればとるにたらない表層的な誤差にすぎない。だからこの〈世界の終り〉という君の意識の核《コア》は、君が息をひきとるまで変ることなく正確に君の意識の核《コア》として機能するのだ。ここまではわかるね？」

「わかります」と私は言った。

「あらゆる種類の理論・分析は、いわば短かい針先で西瓜を分割しようとしているようなものだ。彼らは皮にしるしをつけることはできるが、果肉にまでは永遠に到達することはできない。だからこそ我々は皮と果肉とをはっきりと分離しておく必要があるのだ。もっとも世間には皮ばかりかじって喜んでいるような変った手合もいるがね」

「要するに」と彼らはつづけた。「我々は君のパス・ドラマを永遠に君自身の意識の表層的な揺り動かしから保護しておかなくてはならんのだ。もし我々が君に〈世界の終り〉とはこうこうこういうものだと内容を教えてしまったとする。つまり西瓜の皮をむいてやるようなものだな。そうすると君は間違いなくそれをいじりまわして改変してしまうだろう。ここはこうした方が良いとか、ここにこれをつけ加えようとしたりするんだ。そしてそんなことをしてしまえば、そのパス・ドラマとしての普遍性はあっという間に消滅して、シャフリングが成立しなくなってしまう」

「だから我々は君の西瓜にぶ厚い皮を与えたわけだ」とべつの一人が言った。「君はそれをコールして呼びだすことができる。なぜならそれは要するに君自身であるわけだからな。しかし君はそれを知ることはできない。すべてはカオスの海の中で行われる。つまり君は手ぶらでカオスの海に潜り、手ぶらでそこから出てくるわけだ。私の言っていることはわかるかな？」

「わかると思います」と私は言った。

「もうひとつの問題はこういうことだ」と彼らは言った。「人は自らの意識の核を明確に知るべきだろうか？」

「わかりません」と私は答えた。

「我々にもわからない」と彼らは言った。「これはいわば科学を超えた問題だな。ロス・アラモスで原爆を開発した科学者たちがぶちあたったのと同種の問題だ」

「たぶんロス・アラモスよりはもっと重大な問題だな」と一人が言った。「経験的に言って、そう結論せざるを得ないんだ。そんなわけで、これはある意味ではきわめて危険な実験であるとも言える」

「実験？」と私は言った。

「実験」と彼らは言った。「それ以上のことを君に教えるわけにはいかないんだ。申しわけないが」

それから彼らは私にシャッフルの方法を教えてくれた。一人きりでやること、夜中にやること、満腹状態でもなく空腹状態でもないこと。そして定められた音声パターンを三回繰りかえして聴くこと。それによって私は〈世界の終り〉というドラマをコールすることができる。しかしそれがコールされると同時に私の意識はカオスの中に沈みこむ。私はそのカオスの中で数値をシャッフルする。シャッフルが終ると〈世界の終り〉のコールも解除され、私の意識もカオスの外に出る。シャッフルは完成し、私は何ひとつ記憶していない。逆シャッフルは文字どおりその逆である。逆シャッフルするためには逆シャッフル用の音声パターンを聴くのだ。

それが私の中にインプットされたプログラムだった。いわば私は無意識のトンネルのごときものに過ぎないのだ。すべては私の中を通り抜けていくだけだ。だから私はシャッフルをやるたびに、ひどく無防備で不安定な気持になる。洗いだし《ブレイン・ウォッシュ》はべつだ。洗いだしは手間はかかるけれど、それをやっている自分に対して誇りを持つことができる。あらゆる能力をそこに集中させねばならないからだ。それに対してシャフリング作業には誇りも能力も何もない。私は利用されているにすぎない。誰《だれ》かが私の知らない私の意識を使って何かを私の知らないあいだに処理しているのだ。シャフリング作業に関しては、私は自分を計算士と呼ぶことさえできないような気がする。

しかしもちろん、私には好きな計算方式を選択する権利はない。私は洗いだしとシャフリングというふたつの方式についての免許を与えられていて、それを勝手に改変することは厳しく禁じられているのだ。それが気に入らなければ、計算士を廃業するしかない。私には計算士を廃業するつもりはない。『組織《システム》』といざこざさえおこさなければ、計算士ほど個人として自由に能力を発揮できる職は他《ほか》にないし、収入も良い。十五年働けば、あとはのんびり暮せるくらいの金をためることができる。そのために私は気の遠くなるような倍率のテストを何回にもわたって突破し、厳しいトレーニングにも耐え抜いてきたのだ。

酒の酔いはシャフリングの妨げにはならないし、どちらかといえば緊張をほぐすために適度の飲酒が示唆《しさ》されているくらいなのだが、私は私自身の主義として、シャフリングの前にはいつも体内からアルコールを抜くことにしている。とくにシャフリング方式が「凍結」されて以来もう二カ月もその作業から遠ざかっていたので、かなり注意深くそれにあたらねばならない。私は冷たいシャワーを浴び、十五分間激しい体操をし、ブラック・コーヒーを二杯飲んだ。それだけやれば大抵の酔いは消えてしまう。

それから私は金庫を開けて、転換数値をタイプした紙と小型のテープレコーダーを出して、キッチンのテーブルに並べた。そしてきちんと削った鉛筆を五本とノートを用意し、テーブルの前に座った。

まずテープをセットする。ヘッドフォンを耳にあててからテープをまわし、デジタル式のテープ・カウンターを16まで進め、次に9に戻《もど》し、再び26に進める。そしてそのまま十秒間ロックすると、カウンター・ナンバーが消え、そこから信号音が開始する。それ以外の操作が行われたときにはテープの音声は自動的に消滅することになっている。

テープをセットし終えると、私は右に新しいノートを置き、左に転換数値を置いた。これですべての準備は終った。部屋のドアとすべての侵入可能な窓にとりつけた警報装置は〈ON〉の赤ランプをつけていた。手違いはない。手をのばしてテープレコーダーのプレイ・スウィッチを押すと信号音が始まり、やがて生あたたかい混沌が音もなくやってきて、私を呑《の》みこんでいった。

〔私を〕

呑む——やがて

号音が始まり、やが

混沌——↓

12

世界の終り

——世界の終りの地図——

影と会った翌日から、僕《ぼく》は早速街の地図を作る作業にとりかかった。

僕はまず夕方に西の丘の頂上にのぼって、まわりをぐるりと見まわしてみた。しかし丘は街を一望のもとに見下ろせるほど高くはなかったし、僕の視力はすっかり低下していたから、街をとり囲む壁のかたちをはっきりと見定めることは不可能だった。街のおおよその広がり方がわかるという程度のことだ。

街は広すぎもせず狭すぎもしなかった。つまり僕の想像力や認識能力を遥《はる》かに凌駕《りょうが》するほど広くはなく、かといって簡単に全貌《ぜんぼう》を把握《はあく》できるほど狭くはないということだ。僕が西の丘の頂上で知り得た事実はそれだけだった。高い壁が街をぐるりととりまき、川がそれを南北に区切って流れ、夕暮の空が川を鈍色《にびいろ》に染めていた。やがて街に角笛の音が響き、獣たちの踏み鳴らすひづめの音が泡《あわ》のようにあたりを覆《おお》った。

結局、壁のかたちを知るためには壁に沿って歩いてみるしかなかった。しかしそれは決して楽な作業ではなかった。僕は暗く曇った日か夕方にしか外を歩くことができず、西の丘から遠く離れた場所にでかけるには相当の注意を払わねばならなかった。出かけた先で曇った空が突然晴れわたることもあれば、また逆に激しい雨が降りだすこともあった。そのために僕は毎朝大佐に空の雲ゆきを見てもらうことにした。大佐の天候に対する予想はほぼぴたりとあたった。

「天気のことくらいしか考えることはないからな」と老人はそれでも得意そうに言った。「毎日毎日雲の流れを見ておればこれくらいのことはわかるようになるさ」

しかし彼にも突然の天候の急変までは予測がつかなかったし、僕の遠出に危険がつきまとうことにはやはり変りなかった。

それに加えて壁の近くは多くの場合深い藪《やぶ》や林や岩場になっており、簡単にそのそばに寄ったり姿を見たりすることができないようになっていたからだ。人家はすべて街の中心を流れる川に沿って集まり、その地域を一歩離れると道をみつけるのさえ困難なありさまだった。わずかに通じている踏みわけ道も途中でぷつんと途切れていたり、いばらの茂みに呑《の》みこまれていたりして、そのたびに僕は苦労して迂回《うかい》するか、もと来た道をそのまま引き返さねばならなかった。

僕は最初に街の西端、つまり門番小屋のある西の門のあたりから調査をはじめ、ぐるりと時計まわりに街を巡ってみることにした。最初のうちその作業は予想していたよりずっと円滑に進んだ。門から北に向けての壁の近くには腰のあたりまでの丈の草が茂る平坦《へいたん》な野原がどこまでもつづき、障害というほどの障害もなく、草のあいだを縫うようにきれいな道がついていた。野原にはひばりによく似た鳥が巣を作っていて、彼らは草のあいだから飛び立ち、空をぐるぐるとまわって餌《えさ》を捜し、またもとの場所に戻《もど》っていった。それほど多くの数ではないけれど、獣の姿も見えた。獣たちはまるで水に浮かんでいるみたいに首と背中を草原の上にぽっかりと出して、食用になる緑の芽を捜しながら、ゆっくりと移動していた。

しばらく進んで、それから壁に沿って右に折れると南の方に崩れかけた古い兵舎が見えた。飾り気のない質素な二階建ての建物が三棟《むね》縦に並び、そこから少し離れて、官舎よりはいくぶん小ぶりな将校用のものらしい住宅が固まって建っていた。建物と建物のあいだには樹木が配され、そのまわりを低い石壁が囲っていたが、今ではすべてが高い草に覆われ、人気《ひとけ》はうかがえなかった。おそらく官舎にいる退役軍人たちもかつてはこの兵舎のどれかに住んでいたのだろう。そして何かの事情があって、彼らは西の丘の官舎に移動させられ、その結果兵舎は廃墟《はいきょ》となってしまったのだ。広い草原も当時は練兵場として使用されていたらしく、草のあいだのところどころに塹壕《ざんごう》を掘ったあとがあったり、旗竿《はたざお》を立てるための石の台があったりした。

そのままずっと東に進むと、やがて平坦な草原は終り、林がはじまった。草原の中にぽつりぽつりと灌木《かんぼく》が姿を見せはじめ、やがてそれがはっきりとした林になった。灌木の多くは株立ちで、細い幹が互いに絡《から》みあうようにして上にのび、ちょうど僕の肩から頭のあたりの高さで広く枝をはっていた。その下には様々な種類の下草が生え、ところどころにくすんだ色をした指先ほどの大きさの花が咲いていた。樹木が増えるに従って地面の起伏ははげしくなり、灌木にまじって何種類かの丈の高い樹木もあらわれるようになった。ときおり小さな鳥が啼《な》きながら枝から枝へと移るほかには物音ひとつ聞こえなかった。

細い踏みわけ道を辿《たど》っていくと、樹々《きぎ》の生え具合はだんだん密になり、頭上が高い枝に覆われるようになった。そしてそれにつれて視界が遮《さえぎ》られ、壁の姿を追いつづけることができなくなっていった。仕方なく、僕は南に折れる小径《こみち》をたどって街に出て、旧橋をわたって家に戻った。

結局、秋がやってきても、僕にはきわめて漠然《ばくぜん》とした街の輪郭しか描くことはできなかった。おおよそのところを言うと、地形は東西に長く、北の林と南の丘の部分がふっくらと南北に突きだしている。南の丘の東側の斜面はごつごつとした岩場になり、それが壁に沿って長くつづいている。街の東側には北の林に比べるとずっと荒々しく陰気な森が川をはさんで広がっていて、ここには道さえほとんどついていない。わずかに川に沿って東の門まで歩くことのできる道があり、周辺の壁の様子を見ることができた。東の門は門番の言ったようにセメントのようなものでぶ厚く塗りこめられ、誰《だれ》もそこから出入りできないようになっていた。

東の尾根を勢いよく下ってきた川は東門のわきから壁の下をくぐって我々の前に姿をあらわし、街の中央を西に向けて一直線に流れ、旧橋のあたりに美しい中洲《なかす》をいくつか作りだしている。川には三本の橋がかかっていた。東橋と旧橋と西橋だ。旧橋がいちばん古くて大きく、そして美しい。川は西橋をくぐり抜けたあたりで急に南に折れまがり、少し東に戻るような格好で南の壁に達している。壁の手前で、川は深い谷を作って西の丘の側面に切りこんでいる。

しかし川は南の壁を抜けない。川は壁の少し手前でたまりを作り、そこから石灰岩でできた水底の洞窟《どうくつ》にのみこまれていく。大佐の話してくれたところによれば壁の外に広がる見わたす限りの石灰岩の荒野の下には、そんな無数の地下水脈が網の目のようにはりめぐらされているということであった。

もちろん僕の夢読みはそのあいだも休むことなくつづけられた。僕は六時に図書館の扉《とびら》を押し、彼女と一緒に夕食をとり、それから古い夢を読んだ。僕は一晩のあいだに五つか六つの夢を読むことができるようになっていた。僕の指は入りくんだ光の筋を要領よく辿り、そのイメージや響きをより明確に感じとることができるようになっていた。夢読みの作業の意味することはまだ理解できなかったし、また古い夢というのがいったいどのような原理で成立しているのかということさえ僕にはわからなかったが、僕の作業が満足のいくものであることは彼女の反応から見てとれた。僕の目はもう頭骨の放つ光を見ても痛むことはなく、疲れ方もずっと楽になった。僕の読み終えた頭骨を、彼女はひとつずつカウンターの上に並べた。僕が翌日の夕方図書館にやってくると、そのカウンターの上の頭骨はひとつ残らずどこかに消えていた。

「あなたはすごく上達が速いわ」と彼女は言った。「予想していたよりずっと速く作業がはかどっているみたい」

「いったい頭骨はどれくらいあるんだい？」

「すごく沢山よ。千か二千。見てみる？」

彼女は僕をカウンターの奥にある書庫に入れてくれた。書庫は学校の教室のようながらんとした広い部屋で、そこには何列にも棚《たな》が並び、棚の上には白い獣の頭骨が見渡す限りに置かれていた。それは書庫というよりは墓所という方がぴたりときそうな眺《なが》めだった。死者の発するひやりとした空気が部屋を静かに覆っていた。

「やれやれ」と僕は言った。「これを全部読むにはいったい何年かかるだろうね？」

「あなたはこれを全部読む必要はないのよ」と彼女は言った。「あなたはあなたの読めるだけの古い夢を読めばいいのよ。もし残ればそれは次に来た夢読みが読むわ。古い夢はそれまで眠りつづけるのよ」

「そして君はその次の夢読みの手伝いもするのかい？」

「いいえ、私が手伝うのはあなただけよ。それは決められていることなの。一人の司書は一人の夢読みの手伝いしかできないの。だからあなたが夢読みをやめたら、私もこの図書館を去るのよ」

僕は肯《うなず》いた。理由はわからなかったが、それは僕にはごくあたりまえのことのように感じられた。我々はしばらく壁にもたれて棚に並んだ白い頭骨の列を眺めていた。

「君は南のたまりに行ってみたことあるかい？」と僕は訊《たず》ねてみた。

「ええ、あるわ。ずっと昔にね。子供の頃《ころ》に母につれられていったの。普通の人はあまりあんなところには行かないんだけれど、母はちょっと変っていたから。南のたまりがどうかしたの？」

「見てみたいんだ」

彼女は首を振った。「あそこはあなたが考えているよりずっと危険な場所なの。あなたはたまりに近づいたりするべきじゃないのよ。行く必要もないし、行ってもそれほど面白《おもしろ》いところじゃないわ。なぜあんなところに行きたがるの？」

「この土地のことを少しでもくわしく知りたいんだ。隅《すみ》から隅までね。もし君が案内してくれないんなら、僕は自分一人でいくよ」

彼女はしばらく僕の顔を見ていたが、やがてあきらめたように小さなため息をついた。

「いいわ。あなたは言っても聞くような人じゃないようだし、とにかく一人で行かせることはできないわ。でもこのことだけはよく覚えていてね。私はあのたまりがとても怖いし、二度とあんなところには行きたくないと思っているのよ。あそこにはたしかに何か不自然なものがあるのよ」

「大丈夫さ」と僕は言った。「二人で一緒に行って注意していれば、怖いことなんて何もないさ」

彼女は首を振った。「あなたは見たことがないからあのたまりの本当の怖さを知らないのよ。あそこの水は普通の水じゃないのよ。あそこにあるのは人を呼び寄せる水なのよ。嘘《うそ》じゃないわ」

「近くに寄らないように気をつける」と僕は約束し、彼女の手を握った。「遠くから眺めるだけでいい。一目見てみたいだけなんだ」

十一月の暗い午後、我々は昼食を済ませてから南のたまりに向った。川は南のたまりの少し前あたりから西の丘の西側をえぐるようにして深い谷を作りそのまわりには藪が密生して道を閉ざしていたので、我々は南の丘の裏側を東からまわりこむようにして進まなければならなかった。朝のあいだに雨が降ったせいで、地面を厚く覆った落ち葉が歩くたびに足もとで湿った音を立てた。途中で我々は向うから来る二頭の獣とすれちがった。彼らはその黄金色の首をゆっくりと左右に振りながら我々のわきを無表情にとおりすぎていった。

「食べ物が少なくなっているのよ」と彼女は言った。「冬が近づいていて、みんな必死に木の実を捜しているの。だからこんなところまで来るのね。ほんとうは獣たちはここまでは来ないものなの」

南の丘の斜面を離れたあたりからはもう獣の姿を見ることはなく、はっきりとした道もそこで終っていた。人影のない枯れた野原や荒れた廃屋の集落をつっきって西に進むうちに、たまりの水音の響きが少しずつ耳に届くようになってきた。

それは僕がこれまでに耳にしたことのあるどんな音とも違っていた。滝の音とも違うし、風のうなりとも違うし、地鳴りでもない。それは巨大な喉《のど》から吐きだされる粗いため息に似ていた。その音はある時は低くなり、ある時は高まり、またある時は断続的に途切れ、何かにむせぶように乱れもした。

「まるで誰かにむかって何かをどなっているみたいだな」と僕は言う。

彼女は僕の方を振り向いただけで何も言わず、手袋をはめた両手で藪をかきわけながら、僕の先に立って歩きつづける。

「昔よりずっと道が悪くなってるわ」と彼女は言う。「この前に来たときはこれほどひどくなかったのよ。もう引き返した方がいいかもしれない」

「でもせっかくここまで来たんだ。進めるところまで進んでみよう」

起伏の多い藪の中を水音に導かれるように十分ばかり進んだところで、突然眺望《ちょうぼう》が開けた。長い藪地はそこで終り、平坦な草原が川に沿って我々の前に広がっていた。右手には川が削りとった深い谷が見えた。谷を抜けた流れは川幅を広げながら藪を抜け、そして我々の立った草原へと至っていた。草原の入口近くにある最後のカーブを曲ったところから川は急に淀《よど》みはじめ、その色を不吉なかんじのする深い青へと変えながらゆっくりと進み、先の方でまるで小動物を呑《の》みこんだ蛇《へび》のようにふくらんで、そこに巨大なたまりを作りだしていた。僕は川沿いにそのたまりの方へと歩いていった。

「近寄っちゃだめよ」と彼女は言って、僕の腕をそっと取った。「表面だけ見ると波ひとつなくて穏かそうだけれど、下の方ではすごい渦《うず》をまいてるのよ。一度ひきずりこまれたら最後、二度と浮かびあがれないわよ」

「どれくらい深いのかな?」

「想像もつかないくらいよ。渦が錐《きり》のようになって底をえぐりつづけているの。だからどんどん深くなっていくの。言いつたえでは昔は異教徒や罪人をここに投げこんだそうだけれど……」

「投げこむとどうなるのかな?」

「投げこまれた人は二度と浮かびあがってはこない。洞窟のことは聞いたでしょ? たまりの下には洞窟が何本も口を開けていて、そこに吸いこまれて暗闇《くらやみ》の中を永遠に彷徨《さまよ》いつづけるのよ」

たまりから蒸気のように湧《わ》きあがってくる巨大な息づかいがあたりを支配していた。それは地の底から響きわたる無数の死者の苦悶《くもん》の呻《うめ》きのようでもあった。彼女は手のひらほどの大きさの木ぎれをみつけて、たまりのまん中あたりをめがけて放《ほう》り投げた。水を打った木片は五秒ばかり水面に浮かんでいたが、突然何度か小刻みに震えてから、まるで何かに足をつかまれてひきずりこまれるように水中に姿を消し、二度とは浮かびあがってこなかった。

「さっきも言ったように、底の方では強い渦がまいているのよ。これでよくわかったでしょ？」

僕たちはたまりから十メートルばかり離れた平原に腰を下ろし、ポケットに詰めて持ってきたパンをかじった。遠くから眺めている限り、あたりの風景は平和な静けさに充《み》ちていた。秋の花が野原を彩《いろど》り、木々の葉は鮮かに紅葉し、その中央に波紋ひとつない鏡のような水面のたまりがあった。たまりの向うには白い石灰岩の崖《がけ》がそそり立ち、そこに覆いかぶさるように煉瓦《れんが》の壁が黒くそびえていた。たまりの息づかいをのぞけば、あたりはひっそりとして、木の葉さえみじろぎひとつしなかった。

「何故《なぜ》あなたはそんなに地図を欲しがるの？」と彼女が訊《たず》ねた。「地図を手にしたところで、あなたは永遠にこの街を出ることはできないのよ」

そして彼女は膝《ひざ》に落ちたパン屑《くず》を払い、たまりの方に目をやった。

「あなたはこの街を出たいの？」

僕は黙って首を振る。それがノオを意味するのか、あるいは自分の心を決めかねているしるしなのか、僕にもわからない。僕にはそれさえもわからないのだ。

「わからない」と僕は言う。「僕はただこの街のことを知りたいだけなんだ。この街がどのような形をしていて、どのように成り立っていて、どこにどんな生活があるのか、僕はそれが知りたいんだ。何が僕を規定し、何が僕を揺り動かしているのかを知りたいんだ。その先に何があるのかは僕にもわからないのさ」

彼女はゆっくりと首を左右に振り、そして僕の目をのぞきこんだ。

「先はないのよ」と彼女は言う。「あなたにはわからないの？　ここは正真正銘の世界の終りなのよ。私たちは永遠にここにとどまるしかないのよ」

僕は仰向けに寝転んで空を見上げる。僕が見上げることのできる空は、いつも曇った暗い空だ。朝の雨に濡《ぬ》れた地面はひやりと湿っていたが、それでも大地の心地《ここちよ》良い香りが僕の体のまわりを覆っていた。

何羽かの冬の鳥が羽音を立てて藪から飛び立ち、壁を越えて南の空に消えていった。

鳥だけが壁を越えることができるのだ。低く垂れこめたぶ厚い雲が、すぐそこまで迫った厳しい冬を予告していた。

13

ハードボイルド・ワンダーランド

——フランクフルト、ドア、独立組織——

いつものように、私の意識は視野の隅《すみ》の方から順番に戻《もど》ってきた。まず最初に視野の右端にあるバスルームのドアと、左端にあるライト・スタンドが私の意識を捉《とら》え、やがてそれがだんだん内側へと移行して、まるで湖に氷が張るときのようにまん中で合流した。視野のちょうどまん中には目覚し時計があって、その時計の針は十一時二十六分を指していた。その目覚し時計を、私は誰《だれ》かの結婚式の記念品でもらったのだ。目覚しのブザーを止めるためには時計の左わきについている赤いボタンと右わきについている黒いボタンを同時に押さなくてはならない。そうしないとブザーは鳴りやまないのだ。これは目覚めないうちに反射的にボタンを押してブザーを止め、また眠りこんでしまうという世間によくある行動様式を防ぐための独自の機構で、たしかにこのブザーが鳴ると、私は右手と左手で同時に左右のボタンを押すためにきちんとベッドの上に起きあがって時計を膝《ひざ》の上に載せなくてはならず、そのあいだに私の意識は覚醒《かくせい》した世界に足を一歩か二歩踏み入れざるを得ないということになるのだ。何度も繰りかえすようだが、私はこの時計を誰かの結婚式の記念品にもらったのだ。誰の結婚式だったかは思いだせない。私のまわりにまだ友だちとか知りあいとかいった類《たぐ》いの人々がいささかなりとも存在した二十代の半ばあたりに、結婚式がいくつかつづいた年があって、そのどれかで、私はこの目覚し時計をもらったのだ。こんなふたつのボタンを同時に押さないことにはブザーが止まらないような面倒な時計を、自分の意志で買ったりはしない。だいたい私はすごく寝起きの良い方なのだ。

私の視野が目覚し時計のあたりで結合すると、私は反射的に時計を手にとって膝の上に載せ、両手で赤と黒のボタンを押した。それから私はブザーがはじめから鳴っていなかったことに気づいた。私は眠っていたわけでもないし、したがって目覚し時計をセットしていたわけでもなく、たまたまキッチンのテーブルに目覚し時計を置いておいたというだけの話なのだ。私はシャフリングをしていたのだ。だから目覚し時計のブザーを止める必要はないのだ。

私は目覚し時計をテーブルの上に戻し、まわりを見まわした。部屋の様子は私がシャフリングをはじめる前とまったく変化してはいなかった。警報装置の赤ランプは

〈ON〉を示し、テーブルの隅には空になったコーヒー・カップが置いてあった。灰《はい》皿《ざら》がわりに使ったガラスのコースターの上には彼女が最後に吸った煙草《たばこ》の吸殻《すいがら》が一本、まっすぐなまま残っていた。銘柄《めいがら》はマールボロ・ライトだった。口紅はついていない。考えてみれば、彼女は化粧というものをまるでしていなかった。

それから私は目の前にあるノートと鉛筆をチェックしてみた。きれいに削った五本のFの鉛筆のうち、二本は折れ、二本は根もとまで丸くなり、一本だけがまっさらなまま残っていた。右手の中指に長い時間書きものをした時のような軽いしびれが残っていた。シャフリングは完成していた。ノートにはぎっしりと十六ページにわたって細かい数値が書きこまれていた。

私はマニュアルにあるとおりに、洗いだし転換数値とシャフリング済み数値の項目ごとの数量をあわせてから、最初の方のリストを流しの中で焼き捨てた。ノートを安全箱に収め、テープレコーダーと一緒に金庫の中にしまった。そして居間のソファーに座ってため息をついた。これで作業の半分は終ったのだ。少くともあと一日は何もしないで済む。

私はグラスにウィスキーを指二本ぶん注《つ》ぎ、目をつぶって二くちで飲んだ。生あたたかいアルコールが喉《のど》をこえて食道をつたい、胃の中におさまった。やがてそのあたたかみが血管をつたって体の各部にはこばれていった。まず胸と頬《ほお》があたたかくなり、次に手があたたかくなり、最後に足があたたかくなった。私はバスルームに行って歯を磨《みが》き、水をコップに二杯飲み、小便をし、次にキッチンに行って鉛筆を削りなおし、筆皿にきちんと並べた。そして目覚し時計をベッドの枕《まくら》もとに置き、電話の自動応答装置を切ってもとに戻した。時計は十一時五十七分を指していた。明日はまだ手つかずで残っている。私は急いで服を脱ぎ、パジャマに着替えてベッドにもぐりこみ、毛布を顎《あご》の下までひっぱりあげてから枕もとのライトを消した。十二時間たっぷり眠ってやろうと私は心の中で思った。誰にも邪魔されることなく、たっぷりと十二時間眠るのだ。鳥が鳴いても、世の中の人々が電車に乗って会社にでかけても、世界のどこかで火山の大噴火があっても、イスラエルの機甲師団がどこかの中東の村を壊滅させても、とにかく眠りつづけるのだ。

それから私は計算士を引退したあとの生活について考えた。私は十分な金を貯《た》め、それと年金とをあわせてのんびりと暮し、ギリシャ語とチェロを習うのだ。車の後部座席にチェロ・ケースをのせて山に行き、一人で心ゆくまでチェロを練習しよう。うまくいけば山に別荘を買うこともできるかもしれない。ちゃんとしたキッチンのついた小綺麗《こぎれい》な山小屋。私はそこで本を読んだり、音楽を聴いたり、ヴィデオ・テープで古い映画を見たり、料理をしたりして過すのだ。料理――というところで、私は図書館のリファレンス係の髪の長い女の子のことを思いだした。彼女がそこに――その山の家に――一緒にいるのも悪くないような気がした。私が料理を作り、彼女がそれを食べるのだ。

しかし料理のことを考えているうちに、私は眠りに陥《お》ちた。空が落ちてくるみたいに、眠りはとつぜん私の上にふりかかってきた。チェロも山小屋も料理も、みんなどこかにちりぢりに消えてしまった。私だけがあとに残って、まぐろのようにぐっすりと眠った。

誰かが私の頭にドリルで穴をあけ、そこに固い紙紐《かみひも》のようなものを押しこんでいた。ずいぶん長い紐らしく、紐はあとからあとから私の頭の中に送りこまれていった。私は手を振ってその紐を払いのけようとしたが、どれだけ手で払っても、紐は私の頭の中にどんどん入りこんできた。

私は体を起して手のひらで頭の両側をさすってみたが、紐はなかった。穴もあいていない。ベルが鳴っているのだ。ベルが鳴りつづけているのだ。私は目覚し時計をつかんで膝の上に載せ、両手で赤と黒のボタンを押した。しかしそれでもベルは鳴りやまなかった。電話のベルだ。時計の針は四時十八分を指していた。外はまだ暗い——ということは朝の四時十八分だ。

私はベッドから出てキッチンまで歩いていって、受話器をつかんだ。夜中に電話のベルが鳴るたびにいつも、今度こそ電話をちゃんと寝る前にベッドルームに戻しておこうと決心するのだが、すぐにそのことを忘れてしまうのだ。それでまたむこうずねをテーブルの脚だかガス・ストーヴだかにぶっつけてしまうことになるのだ。

「もしもし」と私は言った。

受話器の向うは無音だった。電話を砂の中にすっぽり埋めてしまったような完全な無音だった。

「もしもし」と私はどなった。

しかし受話器はあいかわらずしんと静まりかえっていた。息づかいも聞こえなければ、ことりという音もしなかった。電話線をつたって私までその沈黙の中にひきずりこまれてしまいそうなほどの静けさだった。私は腹を立てて電話を切り、冷蔵庫から牛乳を出してごくごく飲み、それからまたベッドにもぐりこんだ。

次に電話のベルが鳴ったのは四時四十六分だった。私はベッドを出て同じコースを経て電話にたどりつき、受話器をとった。

「もしもし」と私は言った。

「もしもし」と女の声が言った。誰の声だかは判断できなかった。「さっきはごめんなさい。音場が乱れてるのよ。それでときどき音がすっぽり抜けちゃうのよ」と女は言った。

「音が抜ける?」

「ええ、そう」と女は言った。「音場がさっきから突然乱れはじめたの。祖父の身にきっと何かがあったのよ。ねえ、聞こえてる?」

「聞こえてる」と私は言った。私に一角獣の頭骨をくれたあの奇妙な老人の孫娘だった。ピンクのスーツを着たあの太った娘。

「祖父がずっと帰ってこないの。そして突然音場が乱れはじめたのよ。きっと何かまずいことが起ったのよ。実験室に電話をかけてみても出ないし……きっとやみくろが祖父を襲って何かひどいことをしたんだわ」

「間違いないの? おじいさんが実験に熱中して帰ってこないとかその程度のことじゃないの? この前だって一週間も君の音抜きに気づかなかったじゃないか。なにしろ何かにのめりこむといろんなことを忘れちゃいそうなタイプだからね」

「違うわ。そんなのじゃないのよ。私にはちゃんとわかるの。私と祖父のあいだには何か感じあうものがあって、お互いの身に何かが起きるとそれがわかるのよ。祖父には何かがあったのよ。とてもまずいこと。それに音声バリヤーが破られているんだもの、間違いないわ。おかげで地下の音場がすっかり乱れてしまっているの」

「なんだって？」

「音声バリヤー、やみくろを寄せつけないための特殊な音を発信する装置のこと。それが暴力的に破壊されちゃったもので、あたりの音のバランスが狂いっぱなしになっているの。絶対にやみくろが祖父を襲ったんだわ」

「何のために？」

「祖父の研究をみんなが狙《ねら》ってるのよ。やみくろとか記号士とか、そういう人たち。そういう人たちが祖父の研究を手に入れようとしていたの。彼らは祖父に取引きを申し出たんだけど、祖父がそれをはねつけたんで、それですごく腹を立ててたの。お願い、すぐここに来て。きっと悪いことが起るわ。助けて、お願い」

私はあの不気味な地下道をやみくろがわがもの顔に徘徊《はいかい》しているところを想像してみた。そんなところに今下りていくなんて、考えただけで身の毛がよだつ。

「ねえ、悪いとは思うけど僕《ぼく》の仕事は計算をすることなんだ。それ以外の作業は契約には入っていないし、僕の手にはとても負いかねるよ。もちろん僕に役に立てることがあれば喜んでなんでもやるよ。でもやみくろと闘って君のおじいさんを取りかえしたりなんてことはできない。それは警察とか『組織《システム》』のプロとか、そういう特殊な訓練を受けた人たちのやるべきことだよ」

「警察は問題外よ。あの人たちに頼むと何もかもが公表されちゃって大変なことになっちゃうわ。今祖父の研究が世間に公表されたら、世界が終ってしまうのよ」

「世界が終る？」

「お願い」と娘は言った。「早く来て私を助けて。でないととりかえしのつかないことになっちゃうわ。彼らが祖父の次に狙うのはあなたなのよ」

「どうして僕が狙われることになるんだい？　君ならともかく僕は君のおじいさんの研究のことなんか何ひとつとして知らないじゃないか？」

「あなたはキイなのよ。あなたなしには扉《とびら》は開かないの」

「なんのことだか理解できないな」と私は言った。

「くわしく電話で説明している暇はないわ。でもこれはとても重要なことなの。あなたが想像しているよりずっと重要なことなのよ。とにかく私を信じて。これはあなたにとって重要なことなの。手遅れにならないうちに手を打たないともうおしまいよ。嘘《うそ》なんかじゃないわ」

「やれやれ」と言って私は時計を見た。「とにかく君はそこを出た方がいいな。君の予想があたっているとしたらそこは危険すぎるからね」

「どこに行けばいいの？」

私は青山にあるオールナイト営業のスーパーマーケットの場所を教えた。「そこの中にあるコーヒー・スタンドで待っててくれ。五時半までには着けるから」

「私とても怖いわ。なんだかま

また音が消えた。私は何度か受話器に向ってどなってみたが、返事はなかった。沈黙が銃口から出る煙のように受話器の口からたちのぼっていた。音場が乱れているのだ。私は受話器をもとに戻し、パジャマを脱いでトレーナー・シャツと綿のズボンに着替えた。そして洗面所に行って電気かみそりで簡単に髭《ひげ》を剃《そ》り、顔を洗い、鏡に向って髪をとかした。寝不足のおかげで顔が安物のチーズケーキみたいにむくんでいた。私はただぐっすりと眠りたいのだ。ぐっすりと眠って元気になって、そしてごく普通のまともな生活を送りたいのだ。どうしてみんな私のことをそっとしておいてくれないのだ？　一角獣やらやみくろやらが、私といったいどんな関係があるというのだ？

私はトレーナーの上にナイロンのウィンドブレーカーを着こみ、ポケットに財布と小銭とナイフを入れた。そして少し迷ってから一角獣の頭骨を二枚のバスタオルでくるくると包んで火箸《ひばし》と一緒にスポーツバッグに入れ、そのわきに安全箱に入ったシャッフル済みのノートを放《ほう》り込んだ。このアパートも決して安全ではないのだ。私の部屋のドアや金庫の鍵《かぎ》を開けることなんてプロの手にかかればハンカチを一枚洗濯《せんたく》するくらいの時間しかかからない。

私は結局片方しか洗わなかったテニス・シューズを履き、スポーツバッグを抱えて部屋を出た。廊下には人影はなかった。私はエレベーターを避けて、階段を降りた。まだ夜明け前だったので、アパートの中は物音ひとつなく静まりかえっていた。地下の駐車場にも人の姿はなかった。

なんだか変だった。あまりにも静かすぎる。彼らはずっと私の頭骨を狙っていたのだから、見張りの一人くらいはいてもよさそうなはずなのに、それもいない。まるで私のことなんか忘れてしまったみたいなのだ。

私は車のドアを開け、助手席にバッグを置いて、エンジンのスウィッチを入れた。時刻は五時少し前だった。私はまわりに目を配りながら車を駐車場から出して青山に向った。道路はがらんとしていて、帰りを急ぐタクシーや、夜間輸送のトラックの他《ほか》にはほとんど車の姿もなかった。私はときどきバックミラーに目をやったが、うしろをついてくる車も見あたらなかった。

ものごとの進み具合がどうもおかしい。記号士たちのやりくちなら、私はよく知っている。彼らは何かをやるつもりなら、全力を尽してとことんやるのだ。中途半端なガス屋を買収したり、狙った相手の見張りを怠ったりすることなんて、まずありえないのだ。彼らはいつもいちばん素速くいちばん正確な方法を選んで、ためらわずにそれを実行する。彼らは一度、二年前に、五人の計算士をつかまえて、電気のこぎりで頭蓋骨《ずがいこつ》の上部をぜんぶすっぽりと切りとってしまったことがある。計算士たちの脳をとりだしてその中のデータを生きたまま読みとろうとしたのだ。その試みはうまくいかず、結局脳味噌《のうみそ》を抜かれて額から上の頭がなくなった五人の計算士の死体が東京港に浮かぶことになった。彼らはそれくらい徹底した行動をとるのだ。何かがおかしい。

スーパーマーケットの駐車場に車を入れたのは約束の時間ぎりぎりの五時二十八分だった。東の空はほんの少しだけ白んでいた。私はバッグをかかえて店の中に入った。広い店内にはほとんど人の姿はなく、レジスターでは縞模様《しまもよう》の制服を着た若い男の店員が椅子《いす》に座って売りものの週刊誌を読んでいた。年齢も職業もはっきりしない女が一人ショッピング・カートに缶詰《かんづめ》やらインスタント食品やらを山積みにして通路をうろうろしていた。私は酒類を並べてある売り場の角を曲って、コーヒー・スタンドに行った。

スタンドに並んだ一ダースばかりのストゥールの上には、彼女の姿はなかった。私はいちばん端のストゥールに座り、冷たいミルクとサンドウィッチを頼んだ。ミルクは味がよくわからないくらい冷たく、サンドウィッチはビニール・ラップしてある出来あいのもので、パンがべっとりと湿っていた。私はゆっくりと時間をかけてサンドウィッチをひとくちひとくちかじり、ちびちびとミルクを飲んだ。しばらくのあいだ私は壁にはってあるフランクフルトの観光ポスターを眺《なが》めて暇をつぶした。季節は秋で、川辺の樹々《きぎ》は紅葉し、川面《かわも》を白鳥が泳ぎ、黒いコートを着て鳥打ち帽をかぶった老人が白鳥に餌《えさ》をやっていた。古い石造りの立派な橋があり、その後方に大聖堂の塔が見えた。よく見ると、橋の両岸の入口の部分には橋桁《はしげた》を利用した石造りの小部屋のようなものがあって、小さな窓がいくつかついていた。何につかうものなのかはよくわからない。空は青く、雲は白い。川岸のベンチには沢山の人たちが座っていた。みんなコートを着こんで、多くの女性はスカーフを頭にかぶっていた。綺麗《きれい》な写真だったが、見ているだけで肌寒《はだざむ》くなってきた。フランクフルトの秋の風景が寒そうだというせいもあるが、高い尖《とが》った塔を見ていると私はいつも寒気がしてくるのだ。

それで私は反対側の壁にはってある煙草《たばこ》のポスターに目をやった。つるりとした顔の若い男が火のついたフィルターつきの煙草を指にはさんで、ぼんやりとした目つきで斜め前方を見ていた。煙草の広告モデルはどうしていつもこういう〈何も見てない・何も考えてない〉という目つきができるのだろう。

煙草のポスターではフランクフルトのポスターを見ているときほど長く暇がつぶせなかったので、私はうしろを向いて、がらんとしたマーケットの店内を見まわした。スタンドの正面には果物の缶詰が巨大な蟻塚《ありづか》みたいに高く積みあげてあった。桃の山とグレープフルーツの山とオレンジの山が三つ並んでいる。その前には試食用のテーブルが置かれていたが、まだ夜も明けたばかりなので、試食サービスは行われてはいなかった。朝の五時四十五分から果物の缶詰を試食する人はいない。テーブルのわきには〈USA・フルーツ・フェア〉というポスターがはってあった。プールの前に白いガーデン・チェアのセットがあり、そこで女の子がフルーツの盛りあわせを食べていた。金髪でブルー・アイズで脚が長くよく日焼けした美しい娘だった。フルーツの広告写真にはいつも金髪の娘がでてくる。どれだけ長く見つめていても、目を離した次の瞬間にはどんな顔だったかまるで思いだせない——というタイプの美人だ。そういうタイプの美しさが世の中には存在する。グレープフルーツと同じで、見わけがつかないのだ。

酒類の売り場はレジスターが独立していたが、そこには店員はいなかった。まともな人間は朝食前に酒を買いに来たりはしないからだ。だからそこの一郭には客の姿もなく店員の姿もなく、酒瓶《さかびん》だけが植林されたばかりの小型の針葉樹といった格好で静かに並んでいた。ありがたいことに、このコーナーにはポスターが壁一面にはってあった。数えてみるとブランディーとバーボン・ウィスキーとウォッカが一枚ずつ、スコッチ・ウィスキーと国産のウィスキーが三枚ずつ、日本酒が二枚とビールが四枚あった。どうして酒のポスターだけがこんなに数多くあるのか、私にはよくわからない。あるいはそれは酒というものがあらゆる飲食品の中でもっとも祝祭的な性格を有しているからかもしれない。

しかし暇をつぶすにはもってこいだったので、私は端から順番にそのポスターを眺めていった。それで、その十五枚のポスターを眺めて、私にわかったことは、あらゆる酒の中ではウィスキーのオン・ザ・ロックが視覚的にいちばん美しいということだった。簡単に言えば、写真うつりが良いのだ。底の広い大柄《おおがら》なグラスにかき氷を三か四つ放り込み、そこに琥珀色《こはくいろ》のとろりとしたウィスキーを注《つ》ぐ。すると氷のとけた白い水がウィスキーの琥珀色に混じる前に一瞬すらりと泳ぐのだ。これはなかなか美しいものだった。気をつけてみると、ウィスキーのポスター写真の殆《ほと》んどにはオン・

ザ・ロックがうつっていた。水割りでは印象が薄いし、ストレートでは間がもたないのだろう。

もうひとつ気づいたのは、つまみのうつっているポスターがないということだった。ポスターの中で酒を飲んでいる人間は、誰《だれ》もつまみを食べていないのだ。みんなただ、酒を飲んでいるのだ。これはたぶん、つまみがうつったりすると酒の純粋性が失われると考えられているからかもしれない。あるいはつまみが酒のイメージを固定してしまうからかもしれない。あるいはそのポスターを見る人間の注意がつまみの方にそれてしまうからかもしれない。それはなんとなくわかるような気がした。ものごとにはすべからく理由というものがあるのだ。

ポスターを眺めているうちに六時になった。が、太った娘はまだ現われなかった。何故《なぜ》彼女がこんなに遅れているのか、私にはわからなかった。彼女はできるだけ早く来てくれと私に言ったのだ。しかし考えてどうなるという問題ではなかった。私はできるだけ早くやってきたのだ。あとは彼女自身の問題である。だいたいがそもそもこれは私にはかかわりあいのない問題なのだ。

私は熱いコーヒーを注文し、砂糖もミルクも入れずにゆっくりと飲んだ。時計が六時をまわると少しずつ客の数も増えはじめた。朝食のパンや牛乳を買いに主婦がやってきたり、夜遊び帰りの学生が軽食を求めてやってきたりした。トイレット・ペーパーを買いにきた若い女もいれば、新聞を三種類買っていったサラリーマンもいた。ゴルフバッグをかついだ中年の男が二人でやってきて、ウィスキーのポケット瓶を買っていったりもした。中年といっても三十代半ばで、私と同じくらいの年だ。考えてみれば私だってやはり中年なのだ。ゴルフバッグをかついだり、道化服のようなゴルフウェアを着たりしないで済むぶん、多少若く見えるだけのことなのだ。

私はスーパーマーケットで彼女と待ちあわせたことを喜んだ。他の場所だと、こううまくは暇がつぶせない。私はスーパーマーケットという場所が大好きなのだ。

そこで六時半まで待ってから、私はあきらめて外に出て車に乗り、新宿駅まで行った。私は車を駐車場に入れ、バッグを抱えて荷物の一時預けのカウンターに行ってそれを預ってもらった。割れものが入ってるから丁寧に扱って下さいと言うと、係の男が〈割れもの注意〉というカクテル・グラスの絵入りの赤いカードを握りのところにつけてくれた。私はそのブルーのナイキのスポーツバッグがきちんとしかるべき棚《たな》に収まるのを確かめてから、受けとりをもらった。次に私はキオスクに行って封筒と切手を260円ぶん買い求め、封筒に受けとりを放り込んで封をし、切手を貼《は》り、架空の会社名義で作っておいた秘密の私書箱あてに速達で投函《とうかん》した。こうしておけば余程のことがない限り品物はみつからない。ときどき私は用心のためにこの手を使う。

封筒をポストに入れてしまうと、私は車を駐車場から出して、アパートに戻《もど》った。これでもう盗まれて困るものは何もないと思うと、気は楽になった。アパートの駐車場に車を入れ、階段を上って部屋に戻り、シャワーを浴びてからベッドにもぐりこみ、何ごともなかったようにぐっすりと眠った。

十一時に誰かがやってきた。事のなりゆきからいって誰かがやってくる頃《ころ》だと思っていたので、私はあまり驚かなかった。しかしその誰かは呼《よ》び鈴《りん》も押さずに、私の部屋の扉《とびら》に体あたりしていた。それもただ単に体あたりと言ってすませられるような生やさしい代物《しろもの》ではなく、ビルディング破砕用の鉄球を思いきりドアにぶっつけられたみたいに床がぐらぐらと揺れた。ひどい話だった。そんな力があるのなら、管理人をしめあげてマスター・キイを手に入れればいいのだ。私としてはマスター・キイであっさりと開けてもらった方がドアの修理代もかからないし、とてもたすかるのだ。それにこんなに大暴れされたら、このあとアパートだって追い出されかねない。

その誰かがドアに体あたりしているあいだに私はズボンをはき、トレーナーを頭からかぶり、ベルトの裏にナイフをかくし、便所に行って小便をした。そして念のために金庫を開けてテープレコーダーの非常スウィッチを押して、中のカセット・テープを消去してから、冷蔵庫をあけて缶ビールとポテト・サラダを出して昼食がわりに食べた。ヴェランダには非常用の梯子《はしご》が置いてあるから脱出しようとすればできたのだけれど、私はとても疲れていたので、逃げまわるのが面倒になったのだ。それに逃げまわったところで、私の直面した問題は何ひとつとして解決しない。私はある種のきわめて厄介《やっかい》な問題に直面しており――あるいは巻きこまれており――自分一人の力ではどうにもならなくなってしまっているのだ。その問題について、誰かと真剣に話しあう必要があった。

私は依頼を受けた科学者の地下実験室に行って、データ処理をした。その際に一角獣の頭骨らしきものを受けとり、家に持ちかえった。しばらくすると記号士に買収されたらしいガスの点検員がやってきて、その頭骨を盗もうとした。翌朝、依頼主の孫娘から電話があり、祖父がやみくろに襲われたのでたすけて欲しいと言ってきた。待ちあわせの場所にかけつけたが、彼女はあらわれなかった。私はふたつの重要な品物を持っているらしかった。ひとつは頭骨であり、もうひとつはシャッフル済みのデータである。私はそのふたつを新宿駅の荷物一時預り所に預けた。

わからないことだらけだった。私としては誰かから何かしらのヒントを与えてほしかった。そうしないと何が何だかわけのわからないまま、頭骨を抱えて永遠に逃げまわるということにもなりかねないのだ。

私がビールを飲み終え、ポテト・サラダを食べ終えて、ほっと一息ついた頃に、スティールのドアが爆発するような音を立てて、ばたんと内側に開き、見たこともないような巨大な男が部屋の中に入ってきた。男は派手な柄のアロハ・シャツに、ところどころに油のしみのついたカーキ色の軍隊用のズボンをはき、スキン・ダイヴィング用の足ひれくらいの大きさのある白いテニス・シューズをはいていた。頭は坊主刈《ぼうずが》りで、鼻はずんぐりとしていて、首は普通の人間の胴まわりくらいあった。瞼《まぶた》は鈍色《にびいろ》の金属のようにぶ厚く、目は白い部分がいやに目立って、とろりとしていた。それはまるで義眼のように見えたが、よく見るとときどき黒目がちらりと動いて、それで自前の目であることがわかった。身長は一九五センチはあるだろう。肩幅は広く、シーツをふたつに折ってそのまま身にまとったような巨大なアロハ・シャツも、胸のあたりでボタンがはじけとびそうなほど窮屈にはりつめていた。

大男は自分の破壊したドアを、ちょうど私が抜いたワインのコルク栓《せん》を眺めるのと同じような目つきでちらりと眺め、それから私の方を向いた。彼は私という人間に対してそれほどこみいった種類の感情は抱いていないように見えた。彼は私のことを部屋の備品か何かのように眺めていた。私だってできることならほんとうに部屋の備品になってしまいたいくらいだった。

大男が体をわきに寄せると、うしろに小さな男の姿が見えた。男の身長は一五〇センチ足らずで、やせていて、整った顔だちをしていた。ライト・ブルーのラコステのポロシャツにベージュのチノ・パンツをはき、淡い茶色の皮靴《かわぐつ》をはいていた。おおかたどこかの高級子供服店で買ってきたのだろう。腕には金色のローレックスの時計が光っていたが、もちろん子供用のローレックスというのはないので、それは必要以上に大きく見えた。『スタートレック』か何かそういうのに出てくる通信装置みたいだ。年は三十代後半か四十代のはじめといったところだった。身長があと二十センチもあれば二枚目のTV俳優として十分通用しそうに思えた。

大男は土足のままキッチンに上ってきて、テーブルの私の向い側にまわり、椅子《いす》を引いた。ちびがあとからゆっくりとやってきて、そこに座った。大男は流しに腰をかけて胸の前で普通の人間のふとももくらいはある腕をしっかりと組み、光の乏しい目を私の背中の腎臓《じんぞう》の少し上あたりに据《す》えた。私はやはり非常梯子を使ってヴェランダから逃げるべきだったのだ。ここのところ、私の判断力にはかなりのミスが目立っていた。一度ガソリン・スタンドにいってボンネットをあけて見てもらった方がいいかもしれない。

ちびは私の顔もろくに見ず、あいさつもしなかった。彼はポケットから煙草の箱とライターをとりだして、テーブルの上に並べた。煙草はベンソン＆ヘッジスで、ライターは金色のデュポンだった。そういうのを見ていると、貿易不均衡というのはおそらく外国政府がでっちあげたデマに違いないと私には思えた。彼はライターを二本の指にはさんでくるくると器用にまわした。自宅訪問サーカスみたいだったが、そんなものを注文した覚えはもちろん私にはない。

私は冷蔵庫の上を探してずっと前に酒屋でもらったバドワイザーのマーク入りの灰《はい》皿《ざら》をみつけ、ほこりを指で拭《ふ》いて男の前に置いた。男は短かく歯切れの良い音を立てて煙草に火をつけ、目を細めて煙を宙に吐きだした。彼の体の小ささにはどことなく奇妙なところがあった。顔も手も脚もまんべんなく小さいのだ。それはまるで普通の人間の体をそのまま縮小コピーしたような体型だった。おかげでベンソン＆ヘッジスは新品の色鉛筆くらいの大きさに見えた。

ちびは一言も口をきかずに、煙草の先端が燃えていくのをじっと見つめていた。ジャン・リュック・ゴダールの映画ならここで「彼は煙草が燃えていくのを眺める」という字幕が入るところだが、幸か不幸かジャン・リュック・ゴダールの映画はすっかり時代遅れになってしまっていた。煙草の先端が十分な量の灰と化してしまうと、彼は指でとんとんとそれを叩《たた》いてテーブルの上に落とした。灰皿には見向きもしなかった。

「ドアのことだけど」とよくとおるピッチの高い声でちびは言った。「あれは壊す必要があったんだ。だから壊した。おとなしく鍵をあけようとすればあけることもできたんだけれど、そういうわけだからまあ悪く思わんでほしい」

「うちの中には何もないよ。探せばわかると思うけど」と私は言った。

「探す？」と小男はびっくりしたように言った。「探す？」彼は煙草を口にくわえたまま手のひらをぽりぽりと掻《か》いた。「探すって、何を探すの？」

「さあ、何かわからないけど何かを探しにきたんじゃないの？　ドアを打ち壊して」

「あんたの言ってることはどうもよくわからんな」と男は言った。「あんたきっと誤解してるよ、何か。べつに何もほしいものないよ。あんたと話をしにきたんだ。それだけさ。何も探さないし、何もほしくない。もしコカコーラがあれば、コカコーラが飲みたいけど」

私は冷蔵庫を開けて、ウィスキーを割るために買っておいたコーラの缶をふたつ出し、グラスと一緒にテーブルにおいた。それから自分のためにエビス・ビールの缶を出した。

「彼も飲むんじゃないのかな」と私はうしろの大男を指さして言った。

ちびが指を曲げて呼ぶと大男が音もなくやってきて、テーブルの上のコーラの缶をとった。大柄なわりには驚くほど身のこなしが軽い。

「飲み終ったらあれをやって」とちびが大男に言った。それから私に向って「余興」と手短かに言った。

私はうしろを向いて大男がたったのひとくちでコーラを飲み干してしまうのを眺《なが》めた。男は飲み終えると缶をさかさにして中身が一滴も残っていないことをたしかめてから、その手のひらのあいだにはさみ、顔色ひとつ変えずにぺしゃんこに押しつぶしてしまった。くしゃくしゃという新聞紙が風に吹かれたような音がして、コカコーラの赤い缶はただの一枚の金属片に変ってしまった。

「これはまあ誰にでもできる」とちびは言った。誰にでもできるのかもしれないが、私にはできない。

大男は次にそののっぺりとした金属片を両手の指でつまみ、唇《くちびる》をほんのわずかに歪《ゆが》めただけで、きれいに縦に裂いてしまった。電話帳をふたつに裂くのは一度見たことがあるけれど、ぺしゃんこになったコーラの缶を裂くのを目にするのははじめてだった。試してみたことはないからよくわからないけれど、たぶん大変なことなのだろう。

「百円硬貨だって曲げることができるんだ。そんなことができる人間はあまりいない」と小男は言った。

私は肯《うなず》いて同意した。

「耳だってちぎりとれる」

私は肯いて同意した。

「三年前まではプロレスラーだったんだ」とちびは言った。「なかなか良い選手だったね。膝《ひざ》を痛めなきゃチャンピオン・クラスまではいっただろうね。若いし、実力もあったし、見かけのわりに足も速かった。しかし膝を痛めちゃもうだめだ。レスリングはスピードがなくちゃやっていけないものな」

男がそこで私の顔を見たので、私は肯いて同意した。

「それ以来俺《おれ》が面倒みてるんだ。なにしろ俺の従弟《いとこ》なもんでね」

「あまり中間的な体型を産出しない家系なのかな？」と私は言った。

「もう一度言ってみろ」とちびが言って、私の目をじっとのぞきこんだ。

「なんでもないよ」と私は言った。

ちびはしばらくどうしようかと迷っているようだったが、やがてあきらめて煙草《たばこ》を床に捨て、靴の底で踏んで消した。それに対しては私は文句を言わないことにした。

「あんたもっとリラックスしなきゃだめだよ。心を開いて、ゆったりとした気分になるんだ。リラックスしなきゃ腹をわった話ができないよ」とちびは言った。「まだ肩に余分な力が入ってる」

「冷蔵庫から新しいビール出していいかな？」

「いいよ、もちろん。だってあんたの部屋であんたの冷蔵庫であんたのビールじゃない？」

「僕《ぼく》のドア」と私は言った。

「ドアのことは忘れなよ。そんなこと考えるから肩に力が入るんだ。安っぽいちゃちなドアじゃないか。給料がいいんだからもう少しましなドアのついたところに引越せばいいのに」

私はドアのことはあきらめて冷蔵庫から缶ビールを出して飲んだ。ちびはグラスにコーラを注ぎ、泡《あわ》がしずまるのを待ってから半分飲んだ。

「まああまりあんたを混乱させても申しわけないからはじめに説明するけれど、我々はあんたを助けるためにやってきたんだ」

「ドアを叩き壊して？」

私がそう言うと、ちびの顔が急激に赤くなり鼻孔が固く膨んだ。

「ドアのことはもう思いだすなって言ったよな?」と彼はとても静かに言った。それから大男に向って同じ質問を繰りかえした。大男はそうだというように肯いた。とても気の短かい男であるようだった。私は気の短かい人間を相手にするのはあまり好きではない。

「我々は好意でここに来たんだ」とちびは言った。「あんたが混乱しているから、いろいろと教えにきたんだ。まあ混乱しているという言い方が悪きゃとまどっていると言いなおしてもいい。違う?」

「混乱し、とまどっている」と私は言った。「何の知識もなく、何のヒントもなく、ドアの一枚もない」

ちびはテーブルの上の金色のライターをつかむと椅子に腰を下ろしたままそれを冷蔵庫の扉《とびら》に向って投げつけた。鈍い不吉な音がして、私の冷蔵庫の扉にはっきりとしたくぼみがついた。大男が床に落ちたライターを拾ってもとに戻した。すべてがもとの状態に復し、冷蔵庫の扉についた傷だけが残った。ちびは気持をしずめるようにコーラの残りを飲んだ。私は気の短かい人間を相手にすると、その気の短かさを少しずつ試してみたくなるのだ。

「だいたいあんな下らないドアの一枚や二枚なんだっていうんだ。事態の重要さを考えてみろ。このアパートごと爆破したっていいくらいなんだ。もう二度とドアのことなんか言うな」

僕のドア、と私は心の中で言った。ドアが安っぽいかどうかなんて問題じゃない。ドアというのはひとつの象徴なのだ。

「ドアのことはいいけどね、こういうことがあるとこのアパートを追い出されかねないんだ。なにしろまともな人ばかり住んでいる静かなアパートだからね」と私は言った。

「もし誰《だれ》かがあんたに何か言って追い出そうとしたら俺のところに電話しなよ。そしたら俺が手をまわしてじっくりとそいつを締めあげてやるからさ。それでいいだろ。迷惑かけないよ」

そんなことをしたら余計に面倒なことになりそうな気がしたが、これ以上相手を刺激したくなかったので、私は黙って肯いて、またビールを飲んだ。

「余計な忠告かもしれんが、三十五を過ぎたらビールを飲む習慣はなくした方がいいぜ」とちびが言った。「ビールなんてものは学生か肉体労働者の飲むもんだ。腹も出るし、品性がない。ある程度の年になると、ワインとかブランディーとかが体に良いんだ。小便の出すぎるやつは体の代謝機能を損なう。よした方がいい。もっと高い酒を飲めよ。一本二万円くらいするワインを毎日飲んでるとさ、体が洗われるような気がするもんだぜ」

私は肯いてビールを飲んだ。余計なお世話だ。好きなだけビールを飲むために、私はプールに通ったりランニングをしたりして腹の肉をそぎおとしているのだ。

「でもまあ俺も人のことは言えない」とちびは言った。「誰にでも弱みというものはある。俺の場合は煙草と甘いものだな。とくに甘いものには目がなくてね、これは歯にも悪いし、糖尿病の原因にもなる」

私は肯いて同意した。

男は煙草をまた一本とりだして、ライターで火をつけた。

「俺はチョコレート工場の横で育ったんだよ。それでたぶん甘いもの好きになっちまったんだろうね。チョコレート工場といってもさ、森永とか明治とか、ああいう大きいのじゃなくてさ、小さな名もない町工場でさ、ほら駄菓子屋《だがしや》とかスーパーマーケットのバーゲンとかで売っているような、ああいうゴツゴツした素気ないやつを造るところなんだ。それでなにしろ、毎日毎日チョコレートの匂《にお》いがするんだな。いろんなものにチョコレートの匂いが染《し》みついちまうんだ。カーテンとか枕《まくら》とか猫《ねこ》とか、そういうあらゆるものにさ。だからチョコレートは今でも好きだよ。チョコレートの匂いをかぐと子供の頃《ころ》のこと思いだすんだ」

男はロ－レックスの文字盤にちらりと目をやった。私はもう一度ドアの話を持ちだしてみようかとも思ったが、話が長くなりそうだったのでやめた。

「さて」とちびは言った。「時間があまりないんで世間話はこれくらいにしよう。少しはリラックスした?」

「少し」と私は言った。

「さて、本題に入ろう」と小男が言った。「さっきも言ったように、俺がここに来た目的はあんたのとまどいを少しなりともときほぐすことにある。だからわからないことがあったら何なりと質問してみてくれ。答えられることは答える」

それからちびは私に向って〈さあさあ〉という風に手まねきした。「何でも訊《き》いてみて」

「まず、あんたたちが何もので、どこまで事態を把握《はあく》しているかというところを知りたいね」と私は言った。

「良い質問」と彼は言って、同意を求めるように大男の方に目をやり、大男が肯くとまた私の方に目を戻した。「いざとなれば頭が切れる。無駄にしゃべらない」

ちびは煙草の灰を灰皿に落とした。

「こう考えてもらおう。私はあんたを助けるためにここに来ている。今のところどこの組織に属しているかは関係ない。それから、我々は事態のおおよそを把握している。博士のこと、頭骨のこと、シャフリング・データのこと、だいたいは知っている。あんたの知らないことも知っている。——次の質問は？」

「昨日の午後、ガスの点検員を買収して頭骨を盗みに来た？」

「それはさっき言ったよ」と男は言った。「我々は頭骨なんて欲しくない。我々は何も欲しくない」

「じゃあ、あれは誰なんだろう？ ガス屋を買収したのは？ それともあれはまぼろしだったのだろうか？」

「そんなことは我々は知らんよ」とちびは言った。「我々の知らんことはまだ他《ほか》にもある。博士が今進めている実験のことだ。彼がやっていることは逐一把握している。しかしそれがどこに向っているかがわからん。それを知りたい」

「僕にだってわからない」と私は言った。「わからないのに迷惑ばかりかけられている」

「それはよく知ってるよ。あんたは何も知らない。利用されているだけだ」

「じゃあ僕のところに来たって得るものは何もないよ」

「ただのあいさつさ」とちびは言って、ライターの角で机をコンコンと叩いた。「存在を知らせておいた方がいいと思ってね。それからお互いに知識や見解を一応揃《そろ》えておいた方が今後なにかとやりやすい」

「想像していいかな？」

「いいとも。想像というのは鳥のように自由で、海のように広いものだ。誰にもそれをとめることはできない」

「君たちは『組織《システム》』の人間でも『工場《ファクトリー》』の人間でもない。やりくちがどちらとも違う。たぶん独立した小さな組織だ。そして新しいシェアを狙《ねら》っている。たぶん『工場《ファクトリー》』の方に食いこもうとしているんだと思うけれどね」

「ほら見ろ」とちびは従弟の大男に言った。「さっき言っただろ？　頭が切れるってさ」

大男は肯いた。

「こんな安っぽい部屋に住んでいるのが不思議なくらい頭が切れる。女房《にょうぼう》に逃げられるのが不思議なくらい頭が切れる」とちびは言った。そんなに賞《ほ》められたのは私としてもとても久しぶりのことだった。顔が赤くなる。

「あんたの推測はだいたいのところあっている」と男はつづけた。「俺たちは博士の開発した新しい方式を手に入れてこの情報戦争の中をのしあがる。それだけの準備もあるし、資金もある。そのためにはあんたという人間とそれから博士の研究を手に入れたいんだ。そうすれば俺たちは『組織《システム》』と『工場《ファクトリー》』の二極構造を根本からひっくりかえせるんだ。そこが情報戦争の良いところさ。とても平等なんだ。新しい優れたシステムを手に入れた側が勝つんだ。それも決定的に勝つ。実績も何も関係ない。それに今の状況は明らかに不自然だ。まるっきりの独占状態じゃないか。情報の陽《ひ》のあたる部分を『組織《システム》』が独占し、陰の部分を『工場《ファクトリー》』が独占している。競争というものがない。これはどう考えても自由主義経済の法則にもとっている。どう、不自然だと思わない？」

「僕には関係ないな」と私は言った。「僕のような末端は蟻《あり》のように働くだけだ。その他には何も考えない。だからもし君たちが僕を仲間に加えたいと思ってここに来たのなら――」

「あんたはわかってないようだな」とちびは舌打ちして言った。「俺たちはあんたを仲間に入れようなんて思ってない。ただあんたを手に入れたいって言っただけさ。次の質問は？」

「やみくろについて知りたい」と私は言った。

「やみくろは地下に生きるものだ。地下鉄とか下水道とか、そういうところに住みついて、都市の残りものを食べ、汚水を飲んで生きている。人間とまじわることは殆《ほと》んどない。だからやみくろの存在を知るものは少ない。人間に危害を加えることはまずないが、たまには一人で地下にまぎれこんできた人間をつかまえて肉を食べることもある。地下鉄工事で、作業員がときどき行方不明になることがあるな」

「政府は知らないの？」

「政府はもちろん知ってるよ。国家というのはそれほど馬鹿《ばか》じゃない。連中はちゃんと知ってるよ――といってもほんのトップクラスに限られているけどね」

「じゃあどうしてみんなに注意するか、駆りたてるかしないんだろう？」

「まず第一に」と男は言った。「国民に知らせると大パニックが起きる。そうだろ？　足もとにそういうわけのわからない輩《やから》がうようよしているとなると、みんな良い気はしないものな。第二に、退治するにもしようがないんだ。自衛隊だって東京じゅうの地下にもぐってやみくろを一匹残らず殺すなんてことはまずできない。暗闇《くらやみ》は奴《やつ》らのホーム・グラウンドなんだ。そんなことしたら大戦争になっちまうさ。

それから、こういうこともあるんだ。奴らは皇居の下にすごい巣を持っていてね、ひとたび何かがあると、夜中に地面を掘って地上に這《は》いあがってくるのさ。そして上にいる連中を地底にひきずりこむことだってできる。そんなことされたら日本は無茶苦茶になっちまう。そうだろ？　だから政府はやみくろと事を構えずに、そっと放《ほう》っておいているんだ。それに、奴らと手を組めば逆に巨大な力を手中に収めることになる。クーデターが起きても戦争が起きても、やみくろと手を結んでいれば絶対に負けない。たとえ核戦争になっても、奴らは生き残れるからね。しかし今のところ、誰もやみくろと手を結んではいない。なにしろ奴らはひどく疑ぐり深くて、地上の人間とは絶対に交わろうとはしないからな」

「でも記号士とやみくろが手を結んだという話を耳にしたな」と私は言った。

「そういう噂《うわさ》もあるにはある。しかしもしそういうことがあったとしても、それはごく一部のやみくろが何かの理由で一時的に記号士にとりこまれただけで、それ以上の意味はないだろうな。恒久的に記号士とやみくろが同盟を結ぶなんてことはまず考えられないな。気にするほどのこともなかろう」

「しかし博士がやみくろに誘拐《ゆうかい》されたんだぜ」

「そういう話もたしかに耳にした。しかしくわしいことは我々にもわからない。博士が姿をくらますために一芝居打ったという可能性も考えられないではない。何しろ三《み》つ巴《どもえ》四つ巴という状況だからな、何が起っても不思議はないさ」

「博士は何をしようとしていたんだろう?」

「博士は特殊な研究をしていたんだよ」と男は言って、ライターをいろんな角度から眺《なが》めた。「計算士の組織とも記号士の組織とも拮抗《きっこう》する立場から、独自の研究を押しすすめてたんだ。記号士は計算士をだし抜こうとするし、計算士は記号士を排除しようとする。博士はその間隙《かんげき》を縫って世界の仕組そのものがひっくりかえるような研究をつづけていたのさ。そしてそれにはあんたが必要だったんだな。それも計算士としてのあんたの能力ではなくて、あんたという一人の人間がね」

「僕が?」と私は驚いて言った。「どうして僕が必要なんだ? 僕には何の特殊能力もないし、とても平凡な人間だよ。世界の転覆に加担できるとはどうしても思えないんだけれどね」

「我々もその答を探っている」とちびは手の中でライターをこねくりまわしながら言った。「察しはつけているが、明確な答ではない。とにかく彼はあんたに焦点をしぼりこんで研究を進めていた。長い期間にわたって最終ステップへの準備が整えられてきたんだ。あんた自身の知らないうちにね」

「そして君たちはその最終ステップが終ってから、僕とその研究を手に入れようとしていた」

「まあそうだ」とちびは言った。「ところがだんだん雲ゆきが怪しくなってきた。『工場《ファクトリー》』が何かを嗅《か》ぎつけて動きはじめた。それで我々としても動きはじめざるを得なくなった。困ったことさ」

「『組織《システム》』はそのことを知っているのかい？」

「いや、まだ気づいてはいないだろう。もっとも博士の周辺にある程度目を光らせていることはたしかだがね」

「博士は何ものなんだろう？」

「博士は『組織《システム》』の中で何年か働いていた。もちろん働いていたといってもあんたのような実務レベルではなくて、中央研究室にいたのさ。専門は――」

「『組織《システム》』？」と私は言った。話がだんだん込みいってくる。話題の中心にいるにもかかわらず、私だけが何も知らないのだ。

「そう、だから博士はかつてのあんたの同僚ということになるね」と小男は言った。「顔をあわすようなことはまずなかっただろうけど、同じ組織の中にいたという点をとればね。もっとも組織とはいっても計算士の組織というのはあまりにも範囲が広くて複雑で、しかもおそろしいまでの秘密主義ときてるから、何がどこでどうなってるかなんて、ほんの一握りのトップにしかわからないんだ。要するに右手が何やってるのか左手にもわからないし、右目と左目が違うものを見てるって有様さ。ひとことでいえば情報が多すぎて、もう誰の手にも負いきれなくなっちまったってことだな。記号士がそれを盗みとろうとし、計算士がそれを守ろうとする。でもどちらの側が組織を拡《ひろ》げたって、もうこの情報の洪水《こうずい》を把握することなんて誰にもできやしないのさ。

それでとにかく、博士は思うところあって計算士の組織を辞めて、自分の研究に没頭することになった。彼の専門は多岐に及ぶ。大脳生理学・生物学・骨相学・心理学——と人間の意識を規定するものについての研究なら、彼はどの分野でもトップクラスで通用するだろうね。この時代には稀《まれ》なルネッサンス的天才学者といってもよかろうな」

そういう人物に対して洗いだしやシャフリングの説明をしたのかと思うと、私はなんだか自分が情けなくなってきた。

「今ある計算士の計算システムを創《つく》りあげたのは殆んど彼ひとりの功績と言っても言いすぎじゃないくらいなんだ。あんたたちは要するに、彼の創出したノウハウをつめこまれた働き蜂《ばち》のようなものなのさ」と小男は言った。「こういう表現はまずいかな?」

「いや、べつに御遠慮なく」と私は言った。

「さて、博士は辞めた。博士が辞めると、もちろん記号士の組織がスカウトに来た。ドロップアウトした計算士はだいたいが記号士になるからね。しかし博士はその誘いを断った。自分には独自にやらなければならない研究があるからと言ってね。そんな具合に、博士は計算士にとっても記号士にとっても共通の敵となってしまった。というのは、計算士組織にとって彼は秘密を知りすぎた人物だし、記号士組織にとっては敵の一員ということになるからね。連中にとっては自分の側じゃないものは即《すなわ》ち敵、ということになるんだな。博士の方もそれはよくわかっているから、やみくろの巣のすぐ近くに実験室を作った。実験室には行ったよな？」

私は肯《うなず》いた。

「実にうまい考えだよ。誰もあの実験室には近づけない。なにしろあたりにはやみくろがうようよしてるし、計算士組織も記号士組織もやみくろには勝てないものな。本人が往《ゆ》き来するときにはやみくろの嫌《いや》がる音波を出すんだ。するとモーゼが紅海をわたった時みたいに、やみくろがさっといなくなっちまうんだ。完璧《かんぺき》な防御システムだね。あの娘をべつにすれば、実験室に入れてもらえたのはあんたがはじめてだよ、たぶん。つまりそれだけあんたの存在が重要だったということになるな。どう見ても、博士の研究はいよいよ大詰をむかえていて、それを完成させるためにあんたを呼びよせたってことになる」

「ふうん」と私はうなった。生まれてこのかた自分の存在がそんなに重要な意味を持ったことなんて一度としてなかった。自分が重要な存在であるというのは、どうも奇妙なものだった。うまくなじめない。「とすると」と私は言った。「私が処理したあの博士の実験データは私を呼び寄せるための餌《えさ》であって、実質的には何の価値もないものだったということになるね。博士の目的が僕《ぼく》を呼びよせることにあったとすると」

「いや、それがそうじゃないんだ」と小男は言った。それからまたちらりと腕時計に目をやった。「あのデータは綿密に作りあげられたプログラムなんだ。時限爆弾みたいなもんさ。時間がくれば、どかんと爆発する。もちろんこれも単なる想像であって、正確なところは我々にもわからん。博士に直接訊《き》いてみないことにはわからんよ。えーと、だんだん時間が少なくなってきたんで、このあたりで話しあいをそろそろおひらきにしたいんだが、どんなものだろう？　このあとにちょっと予定があるもんでね」

「博士の孫娘はどうなった？」

「あの子がどうかしたのかい？」とちびが不思議そうに言った。「俺たちは何も知らんよ。なかなか何もかもを見張ってるというわけにもいかなくてさ。あの子に気でもあるのか？」

「ない」と私は言った。たぶんないと思う。

ちびは私の顔から目をそらさずに椅子《いす》から立ちあがり、テーブルの上のライターと煙草《たばこ》をとってズボンのポケットに入れた。「だいたいのお互いの立場はあんたにもわかってもらえたと思う。もう少し補足するとだな、俺たちは今ひとつのプランを持っている。つまりだな、俺たちは今のところ記号士よりは状況の詳しい情報を握って、レースの一歩先を走っている。しかし俺たちの組織力は『工場《ファクトリー》』に比べるとずっと弱い。彼らが本腰を入れれば、俺たちはたぶん追い抜かれ、叩《たた》き潰《つぶ》されるだろう。だからそうなる前に俺たちとしては記号士たちを牽制《けんせい》しなくちゃならん。このへんの話の筋はわかるな？」

「わかる」と私は言った。よくわかる。

「しかし俺たちの力ではそれができない。するとだ、誰《だれ》かの力を借りなければならんことになる。あんたなら誰の力を借りるね？」

「『組織《システム》』」と私は言った。

「ほら見ろ」とちびはまた大男に言った。「頭が切れるって言ったよな」それから彼はまた私の顔を見た。「しかしそれには餌がいる。餌がなきゃ誰も食いついてこない。

あんたを餌にする」

「あまり気がすすまないな」と私は言った。

「気が進む進まないの問題じゃない」と男は言った。「俺たちだって必死なんだ。そこで今度はこちらからひとつ質問があるんだが――この部屋の中で、あんたがいちばん大事にしているものは何だろう？」

「何もないよ」と私は言った。「大事なものなんか何もない。みんな安物だしね」

「それはよくわかる。しかし何かひとつくらい壊してほしくないってものはあるだろう？ いくら安物だといっても、あんたはここで生活しているわけだしさ」

「壊す？」と私はびっくりして訊いた。「壊すって、どういうこと？」

「壊すって……ただ単に壊すんだよ。あのドアみたいにさ」と言って小男はねじまがって蝶番《ちょうつがい》の吹きとんだ入口のドアを指さした。「破壊のための破壊だよ。みんなぐしゃぐしゃに潰しちゃうんだ」

「何のために？」

「ひとくちでは説明できないし、それに説明したってしなくったって、壊すことには変りないさ。だからさ、壊してほしくないものをちゃんと言いなよ。悪いようにはしないからさ」

「ヴィデオ・デッキ」と私はあきらめて言った。「モニターTV、このふたつは高いし、それに買ったばかりだから。それから戸棚《とだな》に入ってるウィスキーのストック」

「他《ほか》には？」

「皮ジャンパーと新しく作ったスリーピース・スーツ。ジャンパーはアメリカ空軍のボマー・タイプで襟《えり》に毛のついたやつ」

「他には？」

私は他に何か大事なものはないかとしばらく考えてみた。何もなかった。私は家の中に大事なものを貯《た》めこむというタイプではないのだ。

「それだけ」と私は言った。

小男は肯いた。大男も肯いた。

大男がまず戸棚と押入れをひとつひとつ開けてまわった。そして押入れの中から筋肉トレーニング用のブルワーカーをひっぱりだして、それを背中にまわし、背面押しをした。私はそれまで背面押しで完全にブルワーカーを押しきってしまう人物に出会ったことはなかったので、それがはじめての経験になった。たいしたものだ。

彼はそれから野球バットを持つような格好でブルワーカーのグリップを両手で握り、ベッドルームに行った。私は身をのりだして彼が何をするのか眺めていた。大男はモニターTVの前に立ち、ブルワーカーを肩の上にふりかざし、TVのブラウン管めがけてフル・スウィングした。ガラスの粉々になる音と、百個くらいのフラッシュが同時にたかれたような音がして、三カ月前に買ったばかりの二十七インチTVが西瓜《すいか》みたいに叩きつぶされた。

「ちょっと待って……」と私は言って立ちあがろうとしたが、小男がテーブルを平手でばんと打って、それを止めた。

大男は次にヴィデオ・デッキを持ちあげ、TVのかどにパネルの部分を何度か思い切り叩きつけた。スウィッチがいくつかはじけとび、コードがショートして白い煙が一筋、救済された魂みたいに空中に浮かんだ。ヴィデオ・デッキが破壊しつくされたことをたしかめると、男はそのスクラップと化した器械を床に放りだし、今度はポケットからフラッシュ・ナイフをひっぱりだした。ぱちんという単純明快な音とともに、鋭い刃があらわれた。それから彼は洋服だんすの扉《とびら》を開け、ふたつあわせて二十万円近くもした私のジョンソンズ・ボマー・ジャケットとブルックス・ブラザーズのスーツを綺麗《きれい》に裂いてしまった。

「そんなのってないぜ」と私は小男にどなった。「大事なものは壊さないって言ったじゃないか」

「そんなこと言わないよ」と小男は平然として答えた。「俺はあんたに、何が大事かってたずねたんだ。壊さないなんて言わない。大事なものから壊すんだよ。そんなの決まってるじゃないか」

「やれやれ」と言って私は冷蔵庫から缶《かん》ビールを出して飲んだ。そして小男と二人で、大男が私の小ぢんまりとした趣味の良い２ＬＤＫを破壊しつくしていく様を眺めていた。

14 世界の終り

――森――

やがて秋はその姿を消した。ある朝目を覚まして空を見上げると、秋はもう終っていた。空にはもうあのきっぱりとした秋の雲の影はなく、そのかわりにどんよりとした厚い雲が不吉な知らせをもたらす使者のように北の尾根の上に顔をのぞかせていた。街にとって秋は心地《ここち》良《よ》く美しい来訪者だったが、その滞在はあまりにも短かく、その出立はあまりにも唐突だった。

秋が去ってしまうとそのあとには暫定的《ざんていてき》な空白がやってきた。秋でもなく冬でもない奇妙にしんとした空白だった。獣の体を包む黄金色は徐々にその輝きを失い、まるで漂白されたような白味を増して、冬の到来の近いことを人々に告げていた。あらゆる生物とあらゆる事象が、凍りつく季節にそなえて首をすくめ、その体をこわばらせていた。冬の予感が目には見えない膜のように街を覆《おお》っていた。風の音や草木のそよぎや、夜の静けさや人々の立てる靴音《くつおと》さえもが何かしらの暗示を含んだように重くよそよそしくなり、秋にはやさしく心地良く感じられた中洲《なかす》の水音も、もう僕《ぼく》の心を慰めてはくれなかった。何もかもが自らの存在を守り維持するために殻《から》をしっかりと閉ざし、ある種の完結性を帯びはじめていた。彼らにとって冬は他《ほか》のどんな季節とも違う特殊な季節なのだ。鳥たちの声も短かく鋭くなり、ときおりの彼らの羽ばたきだけがその冷ややかな空白を揺さぶった。

「今年の冬の寒さはおそらく格別のものになるだろうな」と老大佐は言った。「雲のかたちを見ればそれがわかるんだ。ちょっとあれを見てみなさい」

老人は僕を窓際《まどぎわ》につれていって、北の尾根にかかった厚く暗い雲を指さした。

「いつも今頃《いまごろ》の季節になると、あの北の尾根に冬の雲のさきぶれがやってくる。斥候《せっこう》のようなもんだが、そのときの雲の形で我々は冬の寒さを予想することができる。のっぺりと平たい雲は温暖な冬だ。それがぶ厚くなればなるほど冬は厳しくなる。そしていちばん具合が悪いのが翼を広げた鳥のような格好をした雲だ。それが来ると、凍りつくような冬がやってくる。あの雲だ」

僕は目をすぼめるようにして北の尾根の上空を見た。ぼんやりとではあるが、老人のいう雲を認めることができた。雲は北の尾根の端から端まで達するほど左右に長く、その中央が山のように大きくふくらんでいて、たしかにそれは老人が言うように翼を広げた鳥の形をしていた。尾根を越えて飛来する不吉な灰色の巨鳥だ。

「五十年か六十年に一度の凍《い》てつく冬だ」大佐は言った。「ところで君はコートを持っておらんだろう？」

「ええ、持っていません」と僕は言った。僕の持っているのは街に入ったときに支給されたあまり厚くない綿の上着だけだった。

老人は洋服だんすを開けて、そこから濃紺の軍用コートをひっぱり出して僕に手わたした。手にとると、コートは石のように重く、粗い羊毛が肌《はだ》をちくちくと刺した。

「少々重いが、ないよりはましだ。君のためにこのあいだ手に入れておいたんだ。大きさがうまくあうといいが」

僕はコートの袖《そで》に腕を通してみた。肩幅がいくぶん広く、着慣れないとよろめいてしまうほどの重みがあったが、なんとか体にはあいそうだった。それに老人が言うように、ないよりはましなのだ。僕は礼を言った。

「君はまだ地図を描《か》いておるのかね」と老大佐は僕に訊《たず》ねた。

「ええ」と僕は言った。「まだいくつかの部分を残しているので、できれば仕上げてしまいたいんです。せっかくここまでやったもんですから」

「地図を描くのはべつにかまわんよ。それは君の勝手だし、誰《だれ》に迷惑をかけるというものでもないからな。しかし悪いことは言わんから、冬が来たら遠出をするのはやめなさい。人家の近くを離れてはならん。ことに今年のような寒さの厳しい冬はいくら注意してもしすぎるということはない。ここはさして広い土地というわけではないが、冬場には君の知らんような危険な場所もいっぱいあるんだ。地図を描きあげるのは春まで待ちなさい」

「わかりました」と僕は言った。「でも冬というのはいつから始まるのですか？」

「雪だ。雪の最初のひとひらが降るときが冬の始まりだ。そして中洲に積った雪が溶けて消えてしまうときが冬の終りだ」

我々は北の尾根の雲を見ながら、二人で朝のコーヒーを飲んだ。

「それから、これも大事なことだ」と老人は言った。「冬が始まったら、なるべく壁には近寄らんようにしなさい。そして森にもだ。冬にはそういった存在が強い力を持ちはじめる」

「森にはいったい何があるのですか？」

「何もないよ」と少し考えたあとで老人は言った。「何もない。少くとも私や君にとって必要なものはそこには何もない。我々にとっては森は不必要な場所なんだ」

「森の中には誰もいないのですか？」

老人はストーヴの扉《とびら》を開けて中のほこりを払い、そこに細い薪《まき》を何本かと石炭を入れた。

「おそらく今夜あたりからストーヴの火を入れねばならんだろう」と彼は言った。「この薪や石炭は森でとれる。それからきのこやお茶やそういった種類の食料も森でとれる。そのような意味あいでは森は我々にとって必要だ。しかしそれだけだ。それ以外には何もない」

「でもそうすると、森には石炭を掘ったり薪をあつめたり、きのこを探したりする人が生活しているということになりますね？」

「たしかにね。何人かは住んでいる。彼らは石炭や薪やきのこをとって街に供給し、我々はそのかわりに穀物や衣類を与える。そのような交換が週に一度特定の場所で特定の人間によって行われる。しかしそれ以外の交わりはない。彼らは街に寄りつかないし、我々は森には近寄らない。我々と彼らとはまったくべつの種類の存在なのだ」

「どう違うんですか？」

「あらゆる意味でだよ」と老人は言った。「おおよそ考えられ得る限りの面で、彼らと我々とは違う。しかしいいかね、彼らには興味を抱かんでほしい。彼らは危険だ。

おそらく彼らは君に何らかの悪い影響を及ぼすだろう。君はなんというか、まだ定まっておらん人間だからね。それがきちんと定まるべきところに定まるまでは無用の危険には近づかん方がよろしい。森はただの森だ。君の地図にはただ〈森〉と書いておけばいいのだ。わかったかね？」

「わかりました」

「それから冬の壁はこのうえなく危険だ。冬になると壁は一層厳しく街をしめつける。我々がきちんと間違いなくその中に囲みこまれていることを確認するんだ。壁はここで起っていることを何ひとつとして見過さない。だから君はたとえどのような形にせよ、壁とかかわりを持つべきではないし、近寄ってもならん。何度も言うようだが、君はまだ定まってはおらん人間なのだ。迷いもあり、矛盾もあり、後悔もするし、弱くもある。冬は君にとっていちばん危険な季節だ」

しかし冬がやってくる前に、僕は少しなりとも森のことを探らねばならなかった。影に地図を渡す約束の時期になっていたし、彼は僕に森を調べろと命じたのだ。森さえ調べ終えれば地図は完成する。

北の尾根の雲がゆっくりとしかし確実にその翼を広げ、街の上空にはりだしてくるにつれて、太陽の光は黄金色の輝きを急速に減じていった。空は細かい灰に覆われたようにぼんやりと曇り、光は弱々しくそこに淀《よど》んでいた。そしてそれは僕の傷つけられた目にとってはうってつけの季節だった。空がからりと晴れわたることはもうなく、吹きすさぶ風もその雲を追い払うことはできなくなっていた。

僕は川沿いの道から森に入り、道に迷うことのないように、なるべく壁伝いに歩いて森の内部を調べることにした。そうすれば森を囲む壁のかたちを地図に描きこむこともできる。

しかしそれは決して楽な探索ではなかった。途中にはまるでごっそりと地面が陥没したあとのような深く切れこんだ溝《みぞ》があり、僕の背たけよりもずっと高く繁茂した巨大な野いちごの茂みがあった。行く手を阻《はば》む湿地があり、いたるところに大きな蜘蛛《くも》がねばねばとした巣をはっていて、それが僕の顔や首や手にまとわりついた。ときおりまわりの茂みで何かがごそごそとうごめく音が聞こえることもあった。巨木の枝が頭上を覆い、森を海の底のような暗色に染めていた。樹木の根もとには大小さまざまの色とりどりのきのこが姿を見せ、それはまるで不気味な皮膚病の予兆のようにも見えた。

それでもひとたび壁を離れて森の奥に足を踏み入れると、そこには不思議なほどひっそりとした平和な世界が広がっていた。人の手の入っていない深い自然のもたらす大地の鮮やかな息づかいがあたりに充ち、それは僕の心を静かに解きほぐしてくれた。それは僕の目《み》には老大佐が忠告し警告してくれたような危険な場所とは映らなかった。そこには樹木と草と小さな生物がもたらす限りのない生命の循環があり、一個の石にもひとくれの土にも動かしがたい摂理のようなものが感じられた。

壁から離れて森の奥に進めば進むほど、僕のそのような印象はより強くなった。不吉な影は急速に薄れ、樹形や草の葉の色あいもどことなく穏かになり、鳥の声ものびやかに響くようだった。ところどころに開けた小さな草地にも、木々のあいだを縫うように流れるせせらぎにも、壁の近くの森に見られたような緊張感や暗さは感じられなかった。何故《なぜ》それほどまでの差異が風景に生じるのかは僕にはわからなかった。それは壁がその力で森の空気を乱しているからかもしれないし、あるいはただの地形上の問題かもしれなかった。

しかしどれだけ森の奥を歩くことが心地良くとも、僕はやはり完全に壁を離れることはできなかった。森の奥は深く、一度そこに迷いこめば方向を見定めることとさえ不可能だった。道もなく目じるしもない。だから僕は常に目の端に壁を捉《とら》えられる程度の距離を維持しながら注意深く森を進んだ。森が僕にとって味方なのか敵なのかを簡単に見きわめることはできなかったし、そのやすらぎと心地良さはあるいは僕をその中に誘いこむための幻影かもしれなかった。いずれにせよ、老人が指摘したように、この街にとって僕は弱く不安定な存在なのだ。どれだけ注意してもしすぎるということはない。

おそらく森の奥に本格的に足を踏み入れなかったせいだとは思うが、僕は森に住む人々の痕跡《こんせき》をひとつとして目にすることはできなかった。足跡もなければ、人が何かに手を触れたような形跡もなかった。僕は森の中で彼らに出会うことをなかば怖《おそ》れ、なかば期待していたが、何日歩きまわってみても彼らの存在を暗示するような出来事は何ひとつ起らなかった。彼らはたぶんもっと奥の方に暮しているのだろうと僕は推測した。それとも僕の姿を巧妙に避けているかだ。

三日めか四日めの探索の折に、ちょうど東の壁が南に向けて大きく方向を転じるあたりで、僕は壁際《かべぎわ》に小さな草地をみつけた。草地は折れ曲った壁にはさみこまれるようにして扇状に広がり、密生したあたりの樹木もその部分にだけは手を触れることなくささやかな空間を残していた。その一郭には壁際の風景特有の荒々しい緊張感は不思議に見受けられず、森の奥に見られたようなやすらかな静謐《せいひつ》が漂っていた。しっとりとした丈の低い草がじゅうたんのようにやわらかく地面を覆い、頭上には奇妙な形にくっきりと切りとられた空が広がっていた。草地の一方の端にはかつてここに建築物があったことを示す石の土台のあとがいくつか残っていた。土台をひとつひとつ辿《たど》ってみると、それがかなりきちんとした本格的な間取りの建物であることがわかった。少くとも間にあわせに造られた小屋ではない。三つの独立した部屋があり、キッチンと浴室と玄関のホールがあった。僕はそのあとを辿りながら、その建物が存在していた頃《ころ》の様子を想像してみた。しかし誰がどのような目的でこんな森の奥に家を造り、そしてどうして全《すべ》てをひき払ってしまったのかは、僕にはわからなかった。台所の裏側には石造りの井戸も残っていたが、井戸の中には土がつまり、上には草が茂っていた。おそらくここを引き払った誰かがそのときに井戸も埋めてしまったのだろう。何故かはわからない。

僕は井戸のわきに腰を下ろし、古びた石の枠《わく》にもたれて空を見上げた。北の尾根から吹く風がその空の断片を半円形に縁どる樹々《きぎ》の枝を細かく揺らし、ざわざわという音を立てていた。湿気をはらんだ厚い雲がその空間をゆっくりと横切っていった。僕は上着の襟《えり》を立てて、ゆったりした雲の流れを見守っていた。

建物の廃墟《はいきょ》のうしろには壁がそびえていた。森の中でこれほどまぢかに壁を目にするのははじめてのことだった。すぐ近くから見る壁は文字どおり息づいているように感じられた。東の森にぽっかりとあいた野原に座り、古井戸に背をもたせかけて風の音に耳を澄ませていると、僕は門番の言ったことばを信じることができるような気がした。もしこの世に完全なものがあるとすれば、それは壁なのだ。そしてそれはそもそもの始まりからそこに存在していたのだろう。空に雲が流れ、雨が大地に川を造りだすように。

壁はそれを一枚の地図に捉えるにはあまりにも巨大であり、その息づかいはあまりにも強烈であり、その曲線はあまりにも優美だった。そして僕はその壁の姿をスケッチブックに描き写すたびに果てのない無力感に襲われることになった。壁は眺《なが》める角度によって信じがたいほど大きく表情を変え、その正確な把握《はあく》を困難なものにしていた。

僕は目を閉じ、少しだけ眠ることにした。鋭い風の音は止《や》むことなくつづいていたが、樹木と壁が僕をその冷ややかな風からしっかりと守ってくれていた。眠る前に僕は僕の影のことを考えてみた。地図を彼に手渡すべきしおどきだった。もちろん細部は不正確だし、森の内部はほとんど空白に近いが、冬はもう目前に迫っていたし、冬が来ればそれ以上の探索をつづけることはどのみち不可能になる。僕はスケッチブックにおおまかに街のかたちとそこに存在するものの位置と形態を描き、それについて僕が知り得るかぎりの事実をメモしておいた。あとはそれをもとに影が何かを考えるはずだった。

門番が僕と影を会わせてくれるかどうか自信はなかったが、門番はもっと日が短かくなって影の力が弱くなれば会うことはできると約束したのだ。冬がすぐそこに近づいている今は、その条件は充《み》たされているはずだった。

それから僕は目を閉じたまま図書館の女の子について考えてみた。しかし彼女について考えれば考えるほど、僕の中の喪失感は深まっていった。それがどこからどのようにして生じるのか、僕には見定めることはできなかったが、純粋な喪失感であることはたしかだった。僕は彼女に関する何かを見失いつつあるのだ、と僕は思った。それも絶え間なく見失いつつあるのだ。

僕は毎日彼女と顔を合わせていたが、その事実も僕の中の空白の広がりを埋めることにはならなかった。僕が図書館の一室で古い夢を読んでいるとき、彼女はたしかに僕のとなりにいる。我々は一緒に夕食をとり、温かい飲み物を飲み、それから僕は彼女を家に送る。我々は歩きながら様々な話をする。彼女は父親や二人の妹や日々の生活について語る。

しかし彼女を家まで送りとどけて別れてしまうと、僕の喪失感は彼女と会う前よりもっと深くなっているように感じられた。僕にはそのとりとめのない欠落感をどのように処理することもできなかった。その井戸はあまりにも深く、あまりにも暗く、どれほどの土もその空白を埋めることはできないのだ。

おそらくその喪失感は僕の失われた記憶とどこかで結びついているのに違いないと僕は推測した。僕の記憶が彼女の何かを求めているのに、僕自身がそれに応《こた》えることができず、そのずれが僕の心に救いがたい空白を残していくのだろう。しかしそれは今のところ僕の手には負えない問題だった。僕自身の存在はあまりに弱く不確かなのだ。

僕は様々な込みいった思いを頭から振り払い、眠りの中に意識を沈めた。

眠りから覚めたとき、あたりの温度はおどろくほど低下していた。僕は思わず身ぶるいをし、上着をしっかりと体にあわせた。日が暮れかけているのだ。地面から立ちあがり、コートについた枯草を払っていると、雪の最初のひとひらが僕の頰《ほお》を打った。空を見あげると雲は以前よりずっと低く垂れ、その不吉な暗みを増していた。大きなぼんやりとした形の雪片がいくつか空から風にのってゆるやかに地上に舞い下りているのが見えた。冬がやってきたのだ。

僕はそこを立ち去る前にもう一度壁の姿を眺めた。壁は雪の舞う暗く淀んだ空の下で、その完璧《かんぺき》な姿を一層際立たせていた。僕が壁を見上げると、彼らが僕を見下ろしているように感じられた。彼らは目覚めたばかりの原初の生物のように僕の前に立ちはだかっていた。

お前はなぜここにいるのだと彼らは語りかけているようだった。お前は何を求めているのだ、と。

しかし僕にはその問に答えることができなかった。冷気の中での短かい眠りが僕の体からあらゆるぬくもりを奪いとり、僕の頭に奇妙な形態のぼんやりとした混合物のようなものを注《そそ》ぎこんでいた。それはまるで他人の体であり他人の頭であるように感じられた。何もかもが重く、そして漠然《ばくぜん》としていた。

僕は壁になるべく目を向けないように注意しながら森を抜け、東の門へと急いだ。道は長く、そして闇《やみ》は刻一刻と深まっていった。体からは微妙なバランスが失われていた。それで僕は途中で何度も立ちどまって息をつき、歩きつづけるための力をかきあつめ、分散した鈍い神経をひとつにまとめあげなくてはならなかった。夕暮の闇にまぎれて何かが僕の上に重くのしかかっているようにも感じられた。森の中で角笛の音を聞いたような気がしたが、いずれにせよそれはほとんど何の痕跡も残さずに僕の意識の中をすり抜けていった。

森をやっと抜けて川岸に出たとき、地表は既に深い闇に包まれていた。星も月もなく、雪まじりの風と冷ややかな水音だけがあたりを支配し、背後には風に揺れる暗い森がそびえ立っていた。それからどれほどの時間をかけて図書館に辿りつくことができたのか、僕には思いだせない。僕が覚えているのはただ川沿いの道をどこまでも歩きつづけたことだった。闇の中で柳の枝が揺れ、頭上で風がうなりをあげた。道はどれだけ歩いても終らなかった。

彼女は僕をストーヴの前に座らせ、僕の額に手をあてた。その手はひどく冷たく、そのせいで僕の頭はつららを突き立てられたように痛んだ。僕は反射的にそれを振り払おうとしたが、手は上にあがらず、無理にあげようとすると吐き気がした。

「ひどい熱だわ」と彼女は言った。「いったい今までどこで何をしていたの?」

僕はそれに対して何かを答えようとしたが、僕の意識の中からはあらゆる言葉が失われていた。彼女の言葉さえ正確には理解することができないのだ。

彼女はどこかから毛布を何枚かみつけてきて、それで僕を何重にもくるみ、ストーヴの前に寝かせてくれた。寝かせるときに彼女の髪が僕の頬に触れた。彼女を失いたくないと僕は思ったが、その思いが僕自身の意識から発したものなのかそれとも古い記憶の断片の中から浮かびあがってきたものなのかを判断することはできなかった。失われたものがあまりにも多く、僕はあまりにも疲れすぎているのだ。そんな無力感の中で、自分の意識が少しずつ失われていくのが感じられた。まるで意識だけが上昇していくのを肉体がやっとの思いでくいとめているような奇妙な分裂感が僕を襲った。そのどちらの方向に身をまかせればいいのか、僕にはわからなかった。

彼女はそのあいだずっと僕の手を握りしめていた。

「お眠りなさい」と彼女が言うのが聞こえた。それはまるで遠い闇の奥から長い時間をかけてやってきた言葉のように思えた。

15

ハードボイルド・ワンダーランド

——ウィスキー、拷問《ごうもん》、ツルゲーネフ——

大男は流し台の中で一本残らず——たったの一本も残さず——私のストックしておいたウィスキーの瓶《びん》を割った。私は近所の酒屋の主人と知りあいになって、輸入ウィスキーのバーゲンがあるたびに少しずつそれをとどけてもらい、今ではけっこうな在庫量になっていたのだ。

男はまずワイルド・ターキーを二本叩《たた》き割り、次にカティー・サークに移り、I・W・ハーパーを三本始末し、ジャック・ダニエルズ二本を砕き、フォア・ローゼズを葬《ほうむ》り、ヘイグを粉みじんにし、最後にシーヴァス・リーガルを半ダースまとめて抹殺《まっさつ》した。音もすさまじかったが、匂《にお》いもそれ以上だった。なにしろ私の約半年かけて飲むぶんのウィスキーを一度に叩き割ったのだから、並の匂いではない。部屋じゅうがウィスキーの匂いでいっぱいになった。

「ここにいるだけで酔払っちまうね」と小男は感心したように言った。

私はあきらめてテーブルに頬杖《ほおづえ》をつき、粉々になった瓶が流しの中にうずたかくつもっていく様を眺《なが》めていた。上ったものは必ず下り、形のあるものは必ず崩れさるものなのだ。瓶の割れる音にまじって、大男が発する耳ざわりな口笛が聴こえた。それは口笛というよりは、空気の裂けめの不揃《ふぞろ》いな線を歯を掃除するためのフロス糸でこすっているような音に聴こえた。曲名はわからない――というか、メロディーそのものがないのだ。フロス糸が裂けめの上の方をこすったり、まん中あたりをこすったり、下の方をこすったりしているだけだ。聴いているだけで神経が擦り減ってしまいそうだった。私は首をぐるぐるとまわしてから、ビールを喉《のど》の奥に流しこんだ。胃は外まわりの銀行員の皮かばんみたいに固くなっている。

男は意味のない破壊をつづけた。もちろんそれは彼らにとっては何かしらの意味があるのだろうが、私にとっては意味なんてない。大男はベッドをひっくりかえし、マットレスをナイフで裂き、洋服だんすの中のものをぜんぶ外に放《ほう》りだし、机のひきだしを洗いざらい床にぶちまけ、エアコンのパネルをむしりとり、ごみ箱をひっくりかえし、押入れの中身を一掃して必要に応じていろんなものを叩き壊した。作業は素速く、手際《てぎわ》がよかった。

ベッドルームと居間が廃墟《はいきょ》と化してしまうと、男はこんどはキッチンにとりかかった。私と小男は居間に移り、背中をずたずたに裂かれてひっくりかえされたままのソファーをもとどおりにして、そこに腰かけ、大男がキッチンを破壊していく様子を眺めていた。ソファーの表面が殆《ほと》んど傷つけられなかったのは実に不幸中の幸いだった。とても座り心地の良い上等のソファーで、私はそれを知りあいのカメラマンから安く買うことができた。そのカメラマンは広告写真専門の腕ききだったのだがどこか神経がおかしくなって長野県の山奥にとじこもってしまい、それで事務所にあったソファーを私に安く払い下げてくれたのだ。私は彼の神経については心から気の毒だと思ったが、それでもそのソファーを手に入れることができたのはラッキーだったと考えていた。とにかくこれで少くともソファーだけは買いなおさずに済む。

私はソファーの右端に座ってビールの缶《かん》を両手ではさみ、小男は左端で足を組んで肘《ひじ》かけにもたれかかっていた。これだけ大きな音がしても、アパートの住人は誰《だれ》一人として様子をうかがいにはこなかった。この階に住んでいるのは殆んどが独身者で、よほどの例外的な事情がないかぎり平日の昼間は殆んど誰もいなくなってしまうのだ。彼らはそんな事情を知っていて、何の気がねもなく好き放題に大きな音を立てているのだろうか？　たぶんそうなのだろう。彼らは何もかもを心得ている。彼らは粗暴そうに見えても、隅《すみ》から隅まできちんとサイズを測って行動しているのだ。

小男はときどきロ―レックスに目をやって、作業の進捗《しんちょく》ぶりをチェックし、大男は無駄《むだ》な動きをすることなく、ひとつひとつしらみつぶしに部屋を叩き壊していった。こんな風にものを捜されたら、鉛筆一本だって隠しきることはできなかったろう。しかし彼らは——最初に小男が宣言したように——何も捜してはいなかった。彼らはただ壊しているだけだった。

何のために？

たぶん彼らが何かを捜しまわったと第三者に思わせるためだろう。

第三者とは誰だ？

私は考えるのをやめてビ―ルの最後のひとくちを飲み、空になった缶を低いテ―ブルの上に載せた。大男は食器棚《しょっきだな》をあけてグラスを床に払い落とし、それから皿《さら》にとりかかった。パ―コレ―タ―もティ―ポットも塩の瓶《びん》も砂糖の瓶も小麦粉の瓶もぜんぶ割れた。米は床にばらまかれた。冷凍庫の中の冷凍食品も同じ運命をたどった。一ダ―スばかりの凍った海老《えび》と牛フィレ肉のかたまりとアイスクリ―ムと最高級のバタ―と三十センチほどの長さのあるすじこと作りだめしておいたトマト・ソ―スが、隕石《いんせき》群《ぐん》がアスファルト道路にぶつかるような音をたててばらばらとリノリウム貼《ば》りの床に落ちた。

男は次に冷蔵庫を両手で持ちあげて、前に出し、それからドアの面が下側にくるように床に倒した。ラジエーターの近くの配線が断線したらしく、細かい火花が散った。いったい修理に来た電気屋に故障の理由をなんといって説明したものか頭が痛んだ。

破壊はそれが始まったときと同じように、突然終った。「だけど」も「もし」も「しかし」も「それでも」もなく、一瞬にして破壊は完全に終息し、まのびした沈黙があたりを覆《おお》った。口笛もやみ、大男はキッチンと居間の敷居に立って、ぼんやりとした目で私を眺めていた。私の部屋を見事なスクラップにするのにどれくらいの時間がかかったのか私にはわからなかった。十五分か三十分か、そのあたりだ。十五分よりは長いし、三十分よりは短かい。しかし小男がローレックスの文字盤を眺めたときの満足そうな顔つきからすると、それはおそらく2LDKのアパートを破壊するのに要する標準的なタイムに近いものだったのだろうと私は想像した。フル・マラソン・レースのタイムからトイレット・ペーパーの一回に使用する長さに至るまで、世間には実に様々な種類の標準値が充《み》ちている。

「かたづけに時間がかかりそうだね」と小男は言った。

「まあね」と私は言った。「金もかかる」

「金なんてこの際たいした問題じゃない。これは戦争なんだ。金の計算してちゃ戦争には勝てない」

「僕《ぼく》の戦争じゃない」

「誰の戦争かなんて問題じゃないし、誰の金かも問題じゃない。戦争とはそういうものだ。まああきらめることだな」

ちびはポケットからまっ白なハンカチを出して口にあて、二、三度咳《せき》をした。そしてしばらくハンカチを点検してからもとのポケットにしまった。これは私の偏見だが、私はハンカチを持っている男をあまり信用しない。私はそのように数多くの偏見に充ちているのだ。だからあまり人に好かれない。人に好かれないとますます偏見が増える。

「俺《おれ》たちが帰ってしばらくしたら、『組織《システム》』の連中が来る。そうしたら奴《やつ》らに俺たちのことをしゃべるんだ。俺たちがあんたの部屋を襲って何かを探した。そして『頭骨はどこだ』と訊《き》かれたっていうんだ。しかし頭骨のことなんてあんたは何も知らない。わかったかね？　知らないことは教えられないし、ないものは出せないよな。たとえ拷問を受けたとしてもだ。だから俺たちは来たときと同じ手ぶらで帰っていった」

「拷問？」と私は言った。

「あんたは疑われないよ。奴らはあんたが博士のところに行ったことを知らない。それを知ってるのは今のところ俺たちだけだ。だからあんたには危害が及ばない。あんたは成績優秀な計算士だから奴らはきっとあんたの言うことを信用する。そして俺たちのことを『工場《ファクトリー》』だと思う。そして動きはじめる。ちゃんと計算してあるんだ」

「拷問？」と私は言った。「拷問って、どんな拷問？」

「あとで教えるよ、ちゃんと」と小男は言った。

「もし、僕が本部の連中に洗いざらい本当のことをぶちまけたら？」と私は訊いてみた。

「そんなことしたら、あんた奴らに消されるよ」と小男は言った。「これは嘘《うそ》やおどしじゃない。本当のことさ。あんたは『組織《システム》』に黙って博士のところに行き、禁止されているシャフリングをやった。それだけでも大変なことなのに、博士はあんたを実験に使ってるんだ。ただじゃすまない。あんたは今、自分で想像しているよりもずっと危険な立場にいるんだ。いいかい、率直に言って、あんた橋の欄干に片足で立っているようなもんなんだぜ。どっちに落ちるかはよくよく考えた方がいいね。怪我《けが》してから後悔したってはじまらないからね」

我々はソファーの端と端で互いの顔を見つめあった。

「ひとつ訊きたいんだけれど」と私は言った。「君たちに協力して『組織《システム》』に嘘をつくことのメリットはいったいどこにあるんだろう？　なにしろ僕は現実問題として計算士の『組織《システム》』に属しているわけだし、君たちのことはそれに比べて何ひとつ知らない。どうして身内に嘘をついて、他人と組まなくてはならないんだろう？」

「簡単さ」と小男は言った。「俺たちはあんたの置かれたおおよその状況を把握《はあく》しているが、あんたを生かしている。あんたの組織はあんたの置かれた状況についてまだ殆《ほと》んど何も知らない。知ったら、あんたを消すかもしれない。俺たちの方が賭《か》け率《りつ》はずっと良い。簡単だろ？」

「しかし『組織《システム》』は遅かれ早かれ状況を知るよ。それがどんな状況かはしらないけどね。『組織《システム》』はとても巨大だし、それに馬鹿《ばか》じゃないからね」

「たぶんな」と彼は言った。「しかしそれにはまだ少し時間がかかるし、うまくいけばそのあいだに我々もあんたもおのおの抱えた問題を解決することができるかもしれない。選択というのはそういうものなんだよ。たとえ一パーセントでも可能性が多い方を選ぶんだ。チェスと同じさ。チェックメイトされたら逃げる。逃げまわってるうちに相手がミスをするかもしれない。どんな強力な相手だってミスをしないとは限らないんだ。さて——」

と言って男は時計に目をやり、それから大男に向ってぱちんと指を鳴らした。小男が指を鳴らすと、大男はスウィッチを入れられたロボットのようにぴくりと顎《あご》を上げ、すばやくソファーの前までやってきた。そして私の前についたてのように立ちはだかった。いや、ついたてというよりはドライヴ・イン・シアターの大スクリーンと言った方が近いかもしれない。前が何も見えなくなった。天井のライトがその体ですっぽりと隠され、淡い色あいの影が私を包んだ。私は小学生の頃《ころ》、学校の校庭で観察した日蝕《につしよく》のことをふと思いだした。みんなでガラス板にロウソクの煤《すす》をつけ、それをフィルターがわりに太陽をのぞいたものだった。もうかれこれ四分の一世紀も昔のことだ。四分の一世紀という歳月は実に奇妙な場所に私を運んできたようだった。

「さて――」と男は繰りかえした。「これから少々不愉快な目にあってもらう。少々というか――かなり不愉快な目と言っても差支《さしつか》えないと思うんだが、これもあんた自身のためと思って我慢してもらうしかない。我々だって、べつにやりたくてやるわけじゃない。仕方なくやるんだ。ズボンを脱いでくれ」

私はあきらめてズボンを脱いだ。さからってどうなるというものでもない。

「床におりて膝《ひざ》をついて」

私は言われたとおりソファーからおりて、カーペットに膝をついた。トレーナー・

シャツとジョッキー・ショーツだけという格好で床に膝をついているのはなんだか奇妙なものだったが、それについて深く思いわずらう間もなく、大男が私のうしろにまわって両腕を私のわきの下に入れ、腰のあたりで手首をつかんだ。彼の動きはスムースで無駄《むだ》がなかった。とくに強く押さえつけられているという感触はないのだが、ためしに体を少し動かしてみようとすると、肩と手首にひきちぎられるような痛みが走った。それから彼は私の足首を自分の脚でしっかりとロックした。それで私は射的屋の棚《たな》に並んだあひるの置きものみたいにぴくりとも動けなくなってしまった。

小さな方の男はキッチンに行って、テーブルの上にあった大男のフラッシュ・ナイフをとって戻《もど》ってきた。そして七センチばかりの長さの刃をはじき出し、ポケットからライターを出して刃先をよく焼いた。ナイフそのものはコンパクトなつくりであまり凶暴な印象は与えなかったが、それがそのへんの雑貨屋で売っているようなちゃちな代物《しろもの》でないことは一目見ただけでわかった。人間の体を裂くのにはそれだけの大きさで十分なのだ。人間の体は熊《くま》とちがって桃みたいにやわらかいから、しっかりした七センチの刃があれば大抵の目的には事足りるわけだ。

刃を焼いて消毒をすませると、小さな男はしばらくじっと熱をさました。それから彼は左手を私の白いジョッキー・ショーツの腹のゴムの部分にかけ、ペニスが半分露出するあたりまでひっぱって下げた。

「少し痛いけど我慢しな」と男は言った。

テニス・ボールくらいの大きさの空気のかたまりが、胃から喉《のど》のまん中あたりまで上ってくるのが感じられた。鼻の頭に汗が浮かんでくるのがわかった。私は怯《おび》えているのだ。私はたぶん自分のペニスが傷つけられるのを怯えているのだ。ペニスが傷つけられて永遠に勃起《ぼっき》できなくなってしまうのを。

しかし男は私のペニスを傷つけたりはしなかった。彼は私のへその五センチほど下の部分を六センチばかり真横に切った。熱の残ったナイフの鋭利な刃先が、私の下腹部に軽く食いこみ、それが定規で線を引くみたいに右に走った。私は一瞬腹を引こうとしたが、大男に背中をブロックされていたせいで、ぴくりとも動けなかった。おまけに小さな男は私のペニスを左手でしっかりと握っていた。体じゅうの毛穴から冷たい汗が吹きだしてくるような気がした。一瞬間を置いてずきんという鈍い痛みがやってきた。小男がティッシュ・ペーパーで刃についた血を拭《ふ》きとってから刃を収めると、大男は私の体を離した。血が私の白いジョッキー・ショーツを赤く染めていくのが見えた。大男がバスルームから新しいタオルを持ってきてくれたので、私はそれで傷口をおさえた。

「七針でなおるよ」と小男の方が言った。「まあ少しは傷は残るけど、そこならたいして人目にもつかんだろう。気の毒だとは思うが、これも浮き世のなりゆきでね、我慢してもらうしかないな」

私はタオルを傷口から離して、切られたあとを眺めた。傷口はそれほど深くはないが、それでも淡いピンク色の肉が血にまじって見えた。

「俺たちがここを出たら『組織《システム》』の連中が来るからその傷を見せるんだ。そして頭骨のありかを言わなかったらもっと下を切るとおどかされたって言うんだ。しかしあんたは本当にそのありかを知らなかったので教えようがなかった。それで俺たちはあきらめて帰っていった。これが拷問《ごうもん》だ。俺たちが真剣になるともっとすごいのをやるけどね。でもまあ今はこの程度で十分だ。またいつかチャンスがあったらもっとすごいのをじっくり見せてやるよ」

私は下腹部をタオルでおさえたまま、黙って肯《うなず》いた。理由はうまく言えないけれど、彼らの言うとおりにした方が良いような気がした。

「ところであのかわいそうなガス屋は本当は君たちが雇ったんだろう?」と私は訊いてみた。「それで、わざと失敗するようにして、僕が用心して頭骨とデータをどこかに隠すように仕向けたんだろう?」

「頭がいいね」と小男は言って、大男の顔を見た。「頭はそういう風に働かせるもんさ。そうすれば生き残れる。うまくいけばね」

それから二人組は部屋を出ていった。彼らはドアを開ける必要もなく、閉める必要もなかった。私の部屋の蝶番《ちようつがい》が吹きとんで枠《わく》がねじれたスティール・ドアは今や全世界に向けて開かれているのだ。

私は血で汚れたパンツを脱いでごみ箱に放りこみ、水にひたしたやわらかいガーゼで傷口のまわりについた血を拭《ぬぐ》った。体を前後に曲げると傷がずきずきと痛んだ。トレーナー・シャツの裾《すそ》にも血がついていたので捨てた。それから床にちらばった衣類の中から、血がついてもあまり目立たない色のTシャツとなるべく小さな型のブリーフを選んで身につけた。それだけでもひと仕事だった。

それから私はキッチンに行って水をグラスに一杯飲み、考えごとをしながら『組《シス》織《テム》』の連中が来るのを待った。

本部の連中が三人やってきたのは三十分後だった。一人はいつも私のところに来てデータを受けとっていく生意気な連絡係の若い男だった。彼はいつもと同じようにダークスーツを着こみ、白いシャツに銀行の貸付け係みたいなネクタイをしめていた。

あとの二人はスニーカーをはいて、運送会社の作業員のような格好をしていた。とはいっても、彼らは銀行員や運送屋にはとても見えなかった。ただそういう目立たない格好をしているというだけのことなのだ。目はまわりに絶えず注意をくばり、体の筋肉はあらゆる事態に対応できるように緊張し、ひきしめられている。

彼らもやはりドアをノックすることもなく、土足のままで私の部屋に入りこんできた。作業員風の二人が部屋を隅《すみ》から隅まで点検しているあいだに、連絡係が私から事情を聴取した。彼は上着の内ポケットから黒いノートをひっぱりだして、シャープ・ペンシルで話の要点をメモした。私は二人組がやってきて、頭骨を探しまわっていったと説明し、腹の傷を見せた。相手は傷口をしばらく眺めていたが、それについては何の感想も述べなかった。

「頭骨って、いったい何ですか？」と彼が訊《たず》ねた。

「そんなことは知らない」と私は言った。「こっちが訊きたいくらいさ」

「本当に覚えがないんですね？」とその若い連絡係が抑揚のない声で言った。「これはとても大事なことだからよく思いだして下さい。あとで訂正はききませんからね。記号士たちは何の根拠もなく無駄《むだ》な行動はとらない。彼らがあなたの部屋にきて頭骨を探しまわったのなら、それはあなたの部屋に頭骨があるという根拠があったからです。ゼロからは何も生まれない。そしてその頭骨には探すだけの価値があったんです。あなたが頭骨について何のかかわりもないとは考えられないんですがね」

「そんなに頭が良いんなら、その頭骨の持つ意味を教えてくれないかな？」と私は言った。

連絡係はしばらくシャープ・ペンシルの先でこんこんと手帳のかどを叩《たた》いていた。

「これから調べあげますよ」と彼は言った。「徹底的に調べる。我々が真剣にやれば大抵のことはわかるんです。そしてもしあなたが何かを隠していたことが判明したら、これは厄介《やっかい》なことになりますよ。それでかまいませんね？」

かまわない、と私は言った。何がどうなろうと知ったことではない。未来のことなんて誰《だれ》にも予測できない。

「記号士たちが何かをたくらんでいるらしいことはうすうすわかっていたんです。奴らは動きはじめているんですよ。しかし具体的な狙《ねら》いがどこにあるのかはまだわからない。そしてそれがどこであなたに結びついたのかもわからない。頭骨の意味もわからない。しかしヒントの数が増えれば、増えるぶんだけ我々は事態の核心に近づいていきます。これだけは間違いありません」

「僕はどうすればいいのかな？」

「注意するんですね。注意しつつ休養をとる。仕事は当分キャンセルして下さい。そして何かあったら我々にすぐ連絡して下さい。電話は使えますか？」

私は受話器をとってみた。電話はちゃんと生きていた。たぶんあの二人組は意識的に電話を残していったのだろうという気がした。どうしてなのかはわからない。

「使える」と私は言った。

「いいですか」と彼は言った。「どんな小さなことでもすぐに私に連絡して下さい。自分で解決しようとは思わないこと。何かを隠そうとも思わないこと。奴らは本気です。次は腹をひっかくくらいじゃすまない」

「ひっかく？」と私は思わず口に出した。

部屋の中を点検していた作業員風の男たちが仕事を済ませてキッチンに戻ってきた。「徹底的に捜しまわってるね」と年嵩《としかさ》の方が言った。「何ひとつ見逃してないし、手順もしっかりしている。プロの仕事だよ。間違いなく記号士だな」

連絡係が肯くと、二人は部屋から出ていった。あとには私と連絡係だけが残された。

「どうして頭骨を捜すのに服まで裂いたんだろう？」と私は質問してみた。「そんなところに頭骨は隠せないよ。たとえ何の頭骨であれね」

「奴らはプロです。プロはあらゆる可能性を考える。あなたはコインロッカーに頭骨をあずけて、そのキイをどこかに隠したのかもしれない。キイならどこにでも隠すことができる」

「なるほどね」と私は言った。なるほど。

「ところで記号士たちはあなたに何か提案しませんでしたか？」

「提案？」

「つまりあなたを『工場《ファクトリー》』にひきこむための提案です。金や地位やそういうものです。あるいは逆に脅迫か」

「そういうことなら何も聞かなかったね」と私は言った。「腹を切られて頭骨のことを訊ねられただけさ」

「いいですか、よく聞いて下さい」と連絡係は言った。「もし奴らが何かそういうことを言ってあなたを誘ってもそれに乗ってはいけません。もしあなたが寝がえったら、我々は地の果てまで追いつめてもあなたを抹殺《まっさつ》します。これは嘘《うそ》じゃありません。約束します。我々には国家がついています。我々にできないことはないのです」

「気をつけるよ」と私は言った。

彼らが帰ってしまうと私はことのなりゆきをもう一度まとめてみた。しかしどれだけ要領よくまとめても、私はどこにも行きつけなかった。問題の核心は博士がいったい何をやろうとしているか、というところにあった。それがわからないことにはなんとも推理のしようがない。それにあの老人の頭の中にいったいどんな考えが渦《うず》まいているかなんて、私にはまるで見当もつかない。

ただひとつわかっていることは私がなりゆき上とはいえ『組織《システム》』を裏切ってしまったということだった。もしそのことがわかったら――遅かれ早かれわかるだろう――あの生意気な連絡係が予言したように、私はかなり厄介《やっかい》な立場に追い込まれてしまうに違いない。たとえ脅されて嘘をつかざるを得なかったとしてもだ。もしそれを認めたとしても、それでも連中は私を許さないだろう。

そんなことを考えているうちにまた傷口が痛みはじめたので、私は電話帳で近くのタクシー会社の番号を調べてタクシーを呼び、病院に行って傷の手あてをしてもらうことにした。傷口にタオルをあてて、その上からゆったりとしたズボンをはき、靴《くつ》をはいた。靴をはくために前かがみになると、体がまん中からふたつに裂けてしまいそうなほどの痛みを感じた。ほんの二ミリか三ミリばかり腹を切られただけで、人間はこれほど惨《みじ》めな存在になってしまうのだ。満足に靴もはけず、階段を上り下りすることもできないのだ。

私はエレベーターに乗って下に降り、玄関の植え込みに座ってタクシーが来るのを待った。時計は午後の一時半を指していた。二人組が部屋のドアを叩き壊してからまだ二時間半しかたっていないのだ。実に長い二時間半だった。十時間かそこらは過ぎてしまったような気がする。

買物かごを提げた主婦が、私の前を次々にとおりすぎていった。スーパーマーケットの袋の上からはねぎや大根がのぞいていた。私は彼女たちのことを少しうらやましく思った。彼女たちは冷蔵庫を叩き壊されることもなく、ナイフで腹を裂かれることもない。ねぎや大根の調理法や子供の成績のことを考えていれば、世界は平和に流れていくのだ。一角獣の頭骨を抱えこんだり、わけのわからない秘密コードや複雑なプロセスに頭をわずらわされたりする必要もない。そういうのが普通の生活なのだ。

私はキッチンの床でいま溶けつつあるはずの海老《えび》や牛肉やバターやトマト・ソースのことを考えた。おそらく今日じゅうに食べてしまわなければならないだろう。ところが私の方はまるで食欲がないときている。

郵便配達夫が赤いスーパー・カブに乗ってやってきて、玄関のわきに並んだ郵便受けに手際《てぎわ》よく郵便物をふりわけていった。眺《なが》めていると、どっさりと郵便物をつめこまれていくボックスもあれば、まるで郵便のこないボックスもあった。私のボックスには彼は手も触れなかった。見向きもしない。

郵便受けの横にはゴムの木の鉢植《はちう》えがあり、鉢の中にはアイス・キャンディーの棒や煙草《たばこ》の吸殻《すいがら》が捨てられていた。ゴムの木も私と同じように疲れているように見えた。みんながやってきて勝手に煙草の吸殻を捨てたり、葉を破ったりしていくのだ。そんなところにいつからゴムの木の鉢植えがあったのか、私にはまるで思いだせなかった。その汚れ具合からするとずいぶん以前から鉢植えはそこにあったのだろう。私は毎日その前をとおり過ぎていながら、ナイフで腹を切られて玄関でタクシーを待つ羽目になるまで、ゴムの木の存在にさえ気づかなかったのだ。

医者は私の腹の傷を見てから、どうしてこんな傷がつくことになったんだ、と訊《たず》ねた。

「女のことでね、少しもめたんです」と私は言った。そう言う以外に説明のしようがない。誰《だれ》が見たって、これは明らかにナイフの傷なのだ。

「そういう場合は、こちらとしては警察に届け出る義務があるんだがね」と医者は言った。

「警察はまずいんです」と私は言った。「僕の方も悪かったし、傷も幸い深くはないし、内々で済ませたいんですよ。お願いします」

医者はしばらくぶつぶつと文句を言っていたが、そのうちにあきらめて私をベッドに寝かせて傷口を消毒し、注射を何本か打ち、針と糸を持ちだして手際良く傷口を縫いあわせてくれた。縫合が終ると看護婦がうさん臭そうな目つきで私をにらみながら、患部にぺたんとぶ厚いガーゼを貼《は》り、ゴムのベルトのようなものを腰にまわしてそれを固定した。我ながら奇妙な格好だった。

「なるべく激しい運動はせんように」と医者は言った。「酒を飲んだり、セックスをしたり、笑いすぎたりというのも駄目《だめ》。当分は本でも読んでのんびりと暮すんだね。明日来なさい」

私は礼を言って窓口で金を払い、化膿《かのう》どめの薬をもらってアパートに帰った。そして医者に言われたとおりベッドに寝転んでツルゲーネフの『ルージン』を読んだ。本当は『春の水』を読みたかったのだが、廃墟《はいきよ》のような部屋の中から一冊の本をみつけだすのは至難の業だったし、それに考えてみれば『春の水』が『ルージン』よりとくに秀《すぐ》れた小説であるというわけでもないのだ。

腹に包帯を巻いて夕方前からベッドに寝転んでツルゲーネフの古風な小説を読んでいると、何もかもがどうでもいいような気分になってきた。この三日ばかりのあいだに起ったことは何ひとつとして私が求めたことではないのだ。すべては向うからやってきて、私はただそれに巻きこまれてしまったというだけのことなのだ。

私はキッチンに行って流しの中にうずたかく積みあげられたウィスキーの瓶《びん》の破片を注意深くどかしてみた。ほとんどの酒瓶は粉々に割れてガラスの破片がとび散っていたが、シーヴァス・リーガルの一本だけがうまい具合に下半分無傷で残り、ウィスキーがグラスに一杯ぶんくらい底にたまっていた。私はそれをグラスに注《つ》ぎ、電灯の光にすかしてみたが、ガラスの破片は見当らなかった。グラスを持ってベッドに戻《もど》り、生あたたかいウィスキーをストレートで飲みながら本のつづきを読んだ。私が『ルージン』をこの前読んだのは大学生のときで、十五年も前の話だった。十五年たって、腹に包帯を巻きつけられてこの本を読んでみると、私は以前よりは主人公のルージンに対して好意的な気持を抱けるようになっていることに気づいた。人は自らの欠点を正すことはできないのだ。人の性向というものはおおよそ二十五までに決まってしまい、そのあとはどれだけ努力したところでその本質を変更することはできない。問題は外的世界がその性向に対してどのように反応するかということにしぼられてくるのだ。ウィスキーの酔いも手伝って、私はルージンに同情した。私はドストエフスキーの小説の登場人物には殆《ほと》んど同情なんてしないのだが、ツルゲーネフの小説の人物にはすぐ同情してしまうのだ。私は「87分署」シリーズの登場人物にだって同情してしまう。たぶんそれは私自身の人間性にいろいろと欠点があるせいだろう。欠点の多い人間は同じように欠点の多い人間に対して同情的になりがちなものなのだ。ドストエフスキーの小説の登場人物の抱えている欠点はときどき欠点とは思えないことがあって、それで私は彼らの欠点に対して百パーセントの同情を注ぐことができなくなってしまうのだ。トルストイの場合はその欠点があまりにも大がかりでスタティックになってしまう傾向がある。

私は『ルージン』を読んでしまうと、その文庫本を本棚《ほんだな》の上に放《ほう》り投げ、流しの中で更なるウィスキーの残骸《ざんがい》を求めた。底の方にジャック・ダニエルズのブラック・ラベルがほんの少し残っているのをみつけてそれをグラスに注ぎ、ベッドに戻って今度はスタンダールの『赤と黒』にとりかかった。私はとにかく時代遅れの小説が好きなようだった。いったい今の時代にどれだけの若者が『赤と黒』を読むのだろう？　いずれにせよ、私は『赤と黒』を読みながら、またジュリアン・ソレルに同情することになった。ジュリアン・ソレルの場合、その欠点は十五歳までに決定されてしまったようで、その事実も私の同情心をあおった。十五歳にしてすべての人生の要因が固定されてしまうというのは、他人の目から見ても非常に気の毒なことだった。それは自らを強固な監獄に押しこめるのと同じことなのだ。壁に囲まれた世界にとじこもったまま、彼は破滅へと進みつづけるのだ。

何かが私の心を打った。

壁だ。

その世界は壁に囲まれているのだ。

私は本を閉じて残り少ないジャック・ダニエルズを喉《のど》の奥に送りこみながら、壁に囲まれた世界のことをしばらく考えた。私はその壁や門の姿を比較的簡単に思い浮かべることができた。とても高い壁で、とても大きな門だ。そしてしんとしている。そして私自身がその中にいる。しかし私の意識はとてもぼんやりとしていて、まわりの風景を見きわめることはできなかった。街全体の風景は細部まではっきりとわかるのだが、私のまわりだけがひどくぼんやりとかすんでいるのだ。そしてその不透明なヴェールの向うから誰かが私を呼んでいた。

それはまるで映画の光景のようだったので、私はこれまでに観《み》た歴史映画の中にそういうシーンがなかったかと思いかえしてみた。しかし『エル・シド』にも『ベン・ハー』にも『十戒』にも『聖衣』にも『スパルタカス』にも、そんなシーンはなかった。とすればそんな光景はおそらく私の気まぐれなでっちあげなのだろう。

おそらくその壁は私の限定された人生を暗示しているのに違いない、と私は思った。しんとしているのは音抜きの後遺症だ。あたりの風景がかすんでいるのは私の想像力が壊滅的危機に直面しているからだ。私を呼んでいるのはたぶんあのピンク色の娘だ。

その束の間《つかま》の妄想《もうそう》の安上がりな分析がすんでしまうと、私はまた本を開いた。しかし私は意識を本に集中することができなくなってしまっていた。私の人生は無だ、と私は思った。ゼロだ。何もない。私がこれまでに何を作った？　何も作っていない。誰かを幸せにしたか？　誰をも幸せにしていない。何かを持っているか？　何も持っていない。家庭もない、友だちもいない、ドアひとつない。勃起《ぼっき》もしない。仕事さえなくそうとしている。

私の人生の最終目的であるチェロとギリシャ語の平和な世界もまさに危機に直面していた。今ここで仕事を奪われたらとてもそんなことをしている経済的な余裕はなくなってしまうし、それに『組織《システム》』に地の果てまで追いまわされながらギリシャ語の不規則動詞を暗記している暇はないのだ。

私は目を閉じてインカの井戸くらい深いため息をつき、それからまた『赤と黒』に戻った。失ったものは既に失われたものだ。あれこれと考えたところでもとに戻るわけではないのだ。

気がつくと日はすっかり暮れて、ツルゲーネフ＝スタンダール的な闇《やみ》が私のまわりにたれこめていた。腹の傷の痛みはじっと横になっていたせいか、少しは楽になった。ときおり遠くで太鼓を叩いているような鈍くぼんやりとした痛みが傷口からわき腹の方に向けて走ったが、それさえやりすごしてしまえば、あとは傷のことを思いださずに時を送ることができた。時計は七時二十分を指していたが、あいかわらず食欲はない。朝の五時半にやくざなサンドウィッチをミルクで流しこみ、そのあとキッチンでポテト・サラダを食べて以来何も口にしていないのだが、食べ物のことを考えただけで胃が身を固くするのが感じられた。私は疲れていて寝不足で、その上に腹まで裂かれ、部屋の中は小人の工兵隊に爆破でもされたみたいに混乱しているのだ。食欲の入りこんでくる余地もない。

私は何年か前に世界が不要物で埋まって廃墟と化してしまう近未来のSF小説を読んだことがあるが、私の部屋の光景がまさにそれだった。床にはありとあらゆる種類の不要物が散乱している。切り裂かれたスリーピース・スーツから壊れたヴィデオ・デッキ、TV、割れた花瓶、首の部分が折れたライト・スタンド、踏みつけられたレコード、溶けたトマト・ソース、ひきちぎられたスピーカー・コード……一面にばらまかれたシャツや下着の多くは土足で踏みつけられたり、インクがかかったり、葡萄《ぶどう》のしみがついたりで、ほとんど使いものにならなくなっていた。私は三日前に食べかけていた葡萄の皿《さら》をそのままベッドサイド・テーブルに置きっ放しにしていて、それが床にばらまかれて踏みつけられてしまったのだ。ジョセフ・コンラッドとトマス・ハーディーのひそかなコレクションは花瓶の汚れた水をたっぷりとかぶっていた。グラジオラスの切り花は戦死者にささげられた弔花のように淡いベージュのカシミアのセーターの胸の上に落ちていた。セーターの袖《そで》のところにはペリカンのロイヤル・ブルーのインクのしみがゴルフ・ボールくらいの大きさに付着していた。

すべては不要品と化していた。

どこにも辿《たど》りつくことのできない不要品の山だ。微生物は死んで石油となり、大木は倒れて石炭となる。しかしここにあるすべてはどこにも行き場所を持たぬ純粋な不要物だった。壊れたヴィデオ・デッキがいったいどこに辿りつけるというのか？

私はもう一度キッチンに行って流しの中のウィスキーの瓶のかけらをひっかきまわしてみた。しかし残念ながら、ウィスキーはもう一滴も残ってはいなかった。残りのウィスキーは私の胃にのみこまれることなく流しの配管をつたい、地下の虚無へ、やみくろの支配する世界へとオルフェウスのごとく下降してしまったのだ。

流しの中をひっかきまわしているあいだに、右手の中指の先をガラスのかけらで切ってしまった。私はしばらく指の腹から血があふれでて、それがウィスキーのラベルの上にぽたぽたと落ちる様子を眺めていた。一度大きな傷を受けると、小さな傷なんてどうでもよくなってしまうのだ。指先からこぼれ落ちる血で死んだ人間はいない。フォア・ローゼズのラベルが赤く染まってしまうまで私は血が流れるままにまかせたが、いつまでたっても出血がとまらないのであきらめてティッシュ・ペーパーで傷口を拭《ぬぐ》い、指先にバンド・エイドを巻きつけた。

キッチンの床には缶《かん》ビールが砲撃戦のあとの薬莢《やっきょう》のように七個か八個転がっていた。拾ってみると、缶の表面はすっかり生ぬるくなっていたが、生ぬるいビールでもないよりはましだった。私は両手にひとつずつビールの缶を持ってベッドに戻り、『赤と黒』のつづきを読みながらちびちびとビールを飲んだ。私としてはアルコールでこの三日ばかりのあいだに体の中にたまった緊張をほぐして、そのままぐっすりと眠ってしまいたかったのだ。明日という日がどれほどのトラブルに充《み》ちたものであろうと――まず間違いなくそうだろう――私は地球がマイケル・ジャクソンみたいにくるりと一回転するくらいの時間はぐっすりと眠りたかった。新たなるトラブルは新たなる絶望感で迎えいれればいいのだ。

九時前に睡魔が私を襲った。月の裏側のように荒廃した私のささやかな部屋にも、ちゃんと眠りはやってくるのだ。私は四分の三ばかり読みあげた『赤と黒』を床に放り出し、虐殺《ぎゃくさつ》をまぬがれた読書灯のスウィッチを切り、横を向いて背中を丸めるようにして眠りについた。私は荒廃した部屋の中の、小さな胎児だった。然《しか》るべき時が来るまでは、誰《だれ》も私の眠りをさまたげることはできない。私はトラブルの衣にくるまれた絶望の王子なのだ。フォルクスワーゲン・ゴルフくらいの大きさのひきがえるがやってきて私に口づけするまで、私はこんこんと眠りつづけるのだ。

しかし私の思いに反して、眠りは二時間しかつづかなかった。夜の十一時に、ピンクのスーツを着た太った娘がやってきて、私の肩を揺すったのだ。どうやら私の眠りはひどく安い値段で競売にかけられているようだった。みんなが順番にやってきて、中古車のタイヤの具合をためすみたいに私の眠りを蹴《け》とばしていくのだ。そんなことをする権利は彼らにはないはずなのだ。私は古びてはいるが中古車ではないのだ。

「放っておいてくれ」と私は言った。

「ねえ、お願い、起きてよ。お願い」と娘は言った。

「放っておいてくれ」と私は繰りかえした。

「寝ている場合じゃないのよ」と彼女は言って、こぶしで私のわき腹をどんどんと叩《たた》いた。地獄のふたが開いたみたいに激痛が私の体を走り抜けた。

「お願い」と彼女は言った。「このままじゃ世界が終っちゃうのよ」

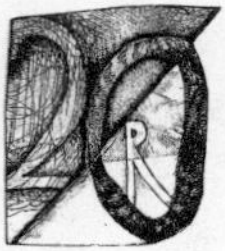

16 世界の終り
——冬の到来——

目が覚めたとき、僕《ぼく》はベッドの中にいた。ベッドにはなつかしい匂《にお》いがした。それは僕のベッドだった。部屋は僕の部屋だった。しかし何もかもが以前とは少しずつ違っているような気がした。それはまるで僕の記憶にあわせて再生された風景のように見えた。天井のしみも、漆喰《しっくい》の壁の傷も、何もかもがだ。

窓の外には雨が降っているのが見えた。氷のようにくっきりとした冬の雨が地表に降り注いでいるのだ。雨が屋根を打つ音も聞こえた。しかしその距離感はうまくつかめなかった。屋根はすぐ耳もとにあるようにも感じられたし、一キロも向うにあるようにも感じられた。

窓際《まどぎわ》には大佐の姿も見えた。その老人は窓際に持ちだした椅子《いす》に腰を下ろし、いつものように背筋をまっすぐにのばして、身動きひとつせずに外の雨を眺《なが》めていた。老人がどうしてそれほど熱心に雨を見ているのか僕には理解できなかった。雨はただの雨なのだ。それは屋根を打ち、大地を濡《ぬ》らし、川にそそぎこむだけのものなのだ。

僕は腕を持ちあげて手のひらで自分の顔にさわってみようとしたが、腕はあがらなかった。何もかもがひどく重い。声を出してそのことを老人に知らせようとしたが、声さえもでてこなかった。肺の中の空気のかたまりを押しあげることができないのだ。僕の体の機能は隅《すみ》から隅まであますところなく失われているようだった。ただ目を開けて窓と雨と老人を眺めているだけだ。いったいどのような理由でこれほどまでに僕の体が損なわれてしまうことになったのか、僕には思いだすことができなかった。思いだそうとすると頭が割れるように痛んだ。

「冬だ」と老人は言った。そして指先で窓のガラスを叩《たた》いた。「冬がやってきたんだ。これで君にも冬の怖さがよくわかっただろう」

僕は小さく肯《うなず》いた。

そうだ――冬の壁が僕を痛めつけたのだ。そして僕は――森を抜けて図書館に辿《たど》りついたのだ。僕は頬《ほお》に触れた彼女の髪の感触をふと思いだした。

「図書館の女の子が君をここまで連れてきてくれたんだ。門番に手伝ってもらってな。君は高熱にうなされていた。ひどい汗だったよ。バケツに溜《た》まるくらいの汗だ。

「一昨日のことだよ」

「おととい……」

「そうさ、君はこれでもう丸二日眠っていたんだ」と老人は言った。「もう永久に目を覚まさんのかと思ったくらいだよ。森にでも行っておったんじゃないかね？」

「すみません」と僕は言った。

老人はストーヴの上であたためていた鍋《なべ》を下におろし、それを皿《さら》にとった。そして僕の体を抱えるようにして起し、背もたれにもたせかけた。背もたれは骨の軋《きし》むような音をたてた。

「まず食べることだ」と老人は言った。「考えるのも謝まるのもそのあとだ。食欲はあるかね？」

ない、と僕は言った。空気を吸い込むのさえ億劫《おっくう》なのだ。

「しかしこれだけは飲まねばならん。たった三口でいい。三口飲めば、もうあとは飲まんでよろしい。三口飲めばそれで終りだ。飲めるな？」

僕は肯いた。

薬草の入ったスープは吐き気がするほど苦かったが、僕はなんとかそれを三口飲んだ。飲み終ると体じゅうから力が抜けていくような気がした。

「それでいい」と老人はスプーンを皿に戻《もど》して言った。「少し苦いが、そのスープは君の体から悪い汗を抜いてくれる。もう一眠りして目覚めたときには君の気分はずっと良くなっておるはずだ。安心して眠りなさい。目が覚めたときにも私はここにいるから」

目覚めたとき、窓の外はもうまっ暗だった。強い風が雨粒を窓ガラスに叩きつけていた。老人は僕の枕《まくら》もとにいた。

「どうかね？　気分は良くなったかね？」

「さっきよりずいぶん楽になったようです」と僕は言った。「今は何時ですか？」

「夜の八時だ」

僕はベッドから起きあがろうとしたが、体がまだ少しよろけた。

「どこに行くんだ？」と老人が訊《たず》ねた。

「図書館です。夢読みをしなくちゃいけない」と僕は言った。

「馬鹿《ばか》言っちゃいかん。今の体じゃ君は五メートルも歩けんよ」

「でも休むわけにはいかないんです」

老人は首を振った。「古い夢は待ってくれるさ。それに門番も娘も君が当分ここを動けんことは知っている。図書館だって開いちゃいまい」

老人はため息をついてストーヴの前に行き、カップに茶を注《つ》いで戻《もど》ってきた。風が一定の間隔をおいて窓を叩いていた。

「察するところ君はどうやらあの娘のことが好きなようだな」と老人は言った。「聞くつもりはなかったんだが、聞かないわけにはいかなかった。ずっとそばについていたものでね。熱にうなされると人はうわごとを言うものだ。べつに恥かしがることはない。若い人間は誰《だれ》でも恋をするものだ。そうだろう？」

僕は黙って肯いた。

「良い娘だよ。それに君のことをとても心配していた」と言って老人は茶をすすった。「しかし君が彼女に恋をすることは事態の進行にとってあまり適当なことではないだろうね。こんなことはあまり言いたくないのだが、このあたりでいくらかは君に教えておかなくてはならんだろう」

「どうして適当ではないのですか？」

「彼女が君の気持に報いることができないからだよ。しかしそれは誰のせいでもない。君のせいでもないし、彼女のせいでもない。あえていうならば、それは世界のなりたちかたのせいだ。世界のなりたちかたを変えることはできんのだよ。川の流れを逆にすることができんようにね」

僕はベッドの上で体を起して、両手で頰をこすった。顔がひとまわり小さく縮んでしまったような気がした。

「あなたが言っているのはたぶん心のことですね？」

老人は肯いた。

「僕に心があり彼女に心がないから、それで僕がどれだけ彼女を愛しても何も得るところがないということですか？」

「そうだ」と老人は言った。「君は失いつづけるだけだ。彼女には君の言うように心というものがない。私にもない。誰にもない」

「しかしあなたは僕にとても親切にしてくれるじゃありませんか？　僕のことを気づかってくれるし、眠らずに看病もしてくれる。それは心のひとつの表現ではないのですか？」

「いや違うね。親切さと心とはまたべつのものだ。親切さというのは独立した機能だ。もっと正確に言えば表層的な機能だ。それはただの習慣であって、心とは違う。心というのはもっと深く、もっと強いものだ。そしてもっと矛盾したものだ」

僕は目を閉じて、様々な方向にちらばった思いをひとつひとつ拾いあつめた。

「僕はこう思うんです」と僕は言った。「人々が心を失うのはその影が死んでしまったからじゃないかってね。違いますか？」

「そのとおりだよ」

「彼女の影はもう死んでしまっていて、その心をとり戻すことはできないというわけなんですね？」

老人は肯いた。「私は役所に行って、彼女の影の記録を調べてみたんだ。だから間違いない。あの子が十七のときに影は死んでいる。その影はきまりどおりりんご林の中に埋められた。その埋葬記録も残っておる。それ以上のくわしいことは直接彼女に訊《き》いてみなさい。その方が私の口から聞かされるより君も納得がいくだろう。しかしもうひとつだけ言い加えるなら、あの子は物心つく前にその影をひき離されておる。だからかつて自分の中に心というものが存在したことすら覚えてはおらんはずだ。私のように年老いてから自分の意志で影を捨てた人間とは違う。私にはそれでも君の心の動きというものを推察することができるが、あの娘にはできん」

「しかし彼女は母親のことをよく覚えています。彼女が言うには彼女の母親には心が残っていたらしいんです。影を死なせてしまったあとにもね。どうしてそうなったのかはわからないけれど、それは何かの助けにはなりませんか？　彼女もそんな心のいくらかを引きついでいるかもしれない」

老人は冷めた茶をカップの中で何度か揺らせてからゆっくりと飲み干した。

「なあ、君」と大佐は言った。「壁はどんな心のかけらも見逃さんのだよ。仮にもしそんなものが少しばかり残っていても、壁はそれをみんな吸いとってしまう。吸いとれなければ追放してしまう。彼女の母親がそうされてしまったようにな」

「何も期待はするなということですね？」

「私は君をがっかりさせたくないだけさ。この街は強く、そして君は弱い。それは今回のことで君にもよくわかったはずだ」

老人は手にした空のカップの中をひとしきりじっとのぞきこんでいた。

「しかし君には彼女を手に入れることはできる」

「手に入れる？」と僕は訊いた。

「そうだ。君は彼女と寝ることもできるし、一緒に暮すこともできる。この街では君は君の望むものを手に入れることができる」

「しかしそこには心というものが存在しないのですね？」

「心はない」と老人は言った。「しかしやがては君の心も消えてしまう。心が消えてしまえば喪失感もないし、失望もない。行き場所のない愛もなくなる。生活だけが残る。静かでひそやかな生活だけが残る。君は彼女のことを好むだろうし、彼女も君のことを好むだろう。君がそれを望むのなら、それは君のものだ。誰にもそれを奪いとることはできない」

「不思議なものですね」と僕は言った。「僕はまだ心を持っていますが、それでもときどき自分の心を見失ってしまうことがあるんです。いや、見失わない時の方が少ないかもしれないな。それでもそれがいつか戻ってくるという確信のようなものがあって、その確信が僕という存在をひとつにまとめて支えているんです。だから心を失うというのがどういうことなのかうまく想像できないんです」

老人は静かに何度か肯いた。

「よく考えてみるんだね。考えるだけの時間はまだ残されている」

「考えてみます」と僕は言った。

その後長いあいだ太陽は姿を見せなかった。熱が引くと僕はベッドを出て窓を開け、戸外の空気を吸った。起きあがれるようになっても二日ほどは体に力が入らず、階段の手すりやドア・ノブをしっかり握ることさえままならないほどだった。大佐はそのあいだ僕に毎夕例の苦い薬草スープを飲ませたり、粥《かゆ》のようなものを作って食べさせてくれたりした。そして枕もとで古い戦争の思い出話を聞かせてくれた。彼は彼女についても壁についても二度と口にしなかったし、僕の方もあえては訊ねなかった。僕に教えるべきことがあるのなら、彼は既に教えているはずだったからだ。

三日めには僕は老人のステッキを借りて、官舎のまわりをゆっくり散歩できるまでに回復した。歩いてみると体がひどく軽くなっていることがわかった。たぶん発熱で体重が減ってしまったのだろうが、原因はそればかりではないような気がした。冬が僕のまわりの何もかもに不思議な重みを与えているのだ。そして僕一人だけが、その重みのある世界に入りこめずにいるのだ。

官舎のある丘の斜面からは街の西半分を見わたすことができた。川が見え、時計塔が見え、壁が見え、そしていちばん遠くにぼんやりと西の門らしいものが見えた。黒い色の眼鏡をかけた僕の弱い目はそれ以上の細かい風景をどれがどれと見わけることはできなかったが、それでも冬の空気が街にこれまでにない明確な輪郭を賦与《ふよ》していることは見てとれた。それはまるで北の尾根から吹きおろす季節風が街の隅々につもりこびりついていた曖昧《あいまい》な色あいのほこりをすっかり吹きとばしてしまったかのようだった。

街を眺めているうちに僕は影に手渡さねばならない地図のことを思いだした。寝込んだおかげで影に地図をわたすのがもう約束の日より一週間近くも遅れているのだ。影は僕《ぼく》のことを心配しているかもしれないし、あるいは僕が彼を見捨てたと思ってもうあきらめてしまっているかもしれない。そう思うと僕は暗い気持になった。

僕は老人に作業用の古靴《ふるぐつ》を一足手に入れてもらい、底をとりはずして中に小さく畳んだ地図を入れ、また底をもとどおりにした。僕には影がおそらくその靴をばらばらにして地図を探すだろうという確信があった。それから僕は老人に靴を預け、影に会って直接それを手わたしてはもらえまいかと言った。

「奴《やつ》は薄い運動靴しかはいていないし、雪が積ると足を悪くするだろうと思うんです」と僕は言った。「門番は信用できない。あなたなら僕の影に会うことができるでしょう」

「その程度のことなら問題なかろう」と老人は言って靴を受けとった。

夕刻になって老人は戻り、靴はちゃんと直接影にあって手渡してきたと言った。

「君のことを心配しておったよ」と老大佐は言った。

「彼の様子はどうでした？」

「少々寒さがこたえておるようだったね。でもまだ大丈夫だ。心配するほどのことはない」

熱を出してから十日めの夕方、やっと僕は丘を下って図書館に行くことができた。図書館のドアを押したとき、建物の中の空気は心なしか以前より淀《よど》んでいるように思えた。長いあいだうち捨てられていた部屋のようにそこには人の気配というものが感じられなかった。ストーヴの火は消え、ポットも冷えきっていた。ポットのふたをあけてみると、中のコーヒーは白く濁っていた。天井はいつもよりずっと高く感じられた。彼女の姿はなく、僕の靴音だけがその薄闇《うすやみ》の中に妙にほこりっぽい音を立てて響いた。電灯も消え、カウンターの上にはほこりが薄くたまっていた。

どうすればいいのかわからなかったので僕はそのまま木のベンチに腰を下ろし、彼女がやってくるのを待つことにした。扉《とびら》には鍵《かぎ》はかかっていなかったから、必ず彼女はここに現われるはずだった。僕は寒さに身を震わせながら、じっと待ちつづけた。しかしどれだけ待っても彼女は姿を現わさなかった。闇だけが深まっていった。僕と図書館だけを残して世界じゅうの全ての事物が消滅してしまったような気がした。僕は世界の終りの中にたった一人でとり残されてしまったのだ。どれだけ長く手をのばしても、僕の手はもう何かに触れることはないのだ。

部屋もやはり冬の重さを帯びていた。部屋の中のあらゆるものが、床やテーブルにしっかりと釘《くぎ》づけしてあるみたいだった。一人で暗闇の中に座っていると、僕の体のいろんな部分がその正当な重みを失って、勝手に伸び縮みしているように思えた。それはまるで歪《ゆが》んだ鏡の前に立って少しずつ体を動かしているような具合だった。

僕はベンチから立ちあがり、電灯のスウィッチをひねった。そしてバケツの中の石炭をすくってストーヴの中に放《ほう》り込み、マッチを擦って火をつけてからまたベンチに戻った。電灯をつけると余計に闇が深まり、ストーヴに火を入れると余計に寒さが増したような気がした。

僕はあまりにも深く自分の中に沈みこんでいたのかもしれない。それとも体の芯《しん》に残っていたしびれのようなものが僕を短かい眠りに誘いこんでいたのかもしれない。しかしふと気がついたとき、彼女は僕の前に立って、僕を静かに見下ろしていた。黄色い粉のような粗い電灯の光を背中に受けているせいで彼女の輪郭にはぼんやりとした陰影がついていた。僕はしばらく彼女の姿を見あげていた。彼女はいつもと同じ青いコートを着て、ひとつにまとめた髪を前にまわしてその襟《えり》の中にたくしこんでいた。彼女の体からは冬の風の匂《にお》いがした。

「もう来ないのかと思ったよ」と僕は言った。「ずっとここで待っていたんだ」

彼女はポットの中の古いコーヒーを流しに捨て、水で洗ってから、中に新しい水を入れてストーヴの上にのせた。そして襟から髪を出し、コートを脱いでハンガーにかけた。

「どうしてもう来ないなんて思ったの？」と彼女は言った。

「わからない」と僕は言った。「ただそんな気がしたんだ」

「あなたが求めている限り私はここに来るわ。あなたは私を求めているんでしょう？」

僕は肯いた。たしかに僕は彼女を求めているのだ。彼女に会うことによって、僕の喪失感がどれほど深まろうと、それでもやはり僕は彼女を求めているのだ。

「君の影のことを話してほしいな」と僕は言った。「ひょっとして僕が古い世界で出会ったのは君の影なのかもしれない」

「ええ、そうね。私も最初にそのことを思ったの。あなたが私に会ったことがあるかもしれないって言ったときにね」

彼女はストーヴの前に座って、しばらく中の火を眺《なが》めていた。

「私が四つのときに私の影は離されて、壁の外に出されたの。そして影は外の世界で暮し、私は中の世界で暮したの。彼女がそこで何をしていたのかは私にはわからないわ。彼女が私について何も知らないのと同じようにね。私が十七になったとき、私の影はこの街に戻《もど》ってきて、そして死んだの。影は死にかけるといつもここに戻ってくるのよ。そして門番が彼女をりんご林の中に埋めたのよ」

「そして君は完全な街の住人になったんだね？」

「そう。残っていた心と一緒に私の影は埋められてしまったのよ。あなたは心というものは風のようなものだと言ったけれど、風に似ているのは私たちの方じゃないかしら？ 私たちは何も思わず、ただ通りすぎていくだけ。年をとることもなく、死ぬこともないの」

「君は君の影が戻ってきたとき彼女に会ったのかい？」

彼女は首を振った。「いいえ、会わなかったわ。私には彼女に会う理由がないような気がしたの。それはきっと私とはまるでべつのものだもの」

「でもそれは君自身だったかもしれない」

「あるいはね」と彼女は言った。「でもどちらにしても今となっては同じことよ。もう輪は閉じてしまったんだもの」

ストーヴの上でポットが音を立てはじめたが、それは僕には何キロも遠くから聞こえてくる風の音のように感じられた。

「それでもまだあなたは私を求めているの？」

「求めている」と僕は答えた。

17

ハードボイルド・ワンダーランド

——世界の終り、チャーリー・パーカー、時限爆弾——

「お願い」と太った娘が言った。「このままじゃ世界が終っちゃうのよ」

世界なんか終ればいいんだ、と私は思った。私の腹の傷口は悪鬼のごとく痛んだ。元気の良い双子の男の子がその四本の足で私の限られた狭い想像力の枠《わく》を思いきり蹴《け》とばしているみたいだった。

「どうかしたの？　どこか具合が悪いの？」と女が訊《き》いた。

私は静かに深呼吸をし、そばにあったTシャツをとって、その裾《すそ》で顔の汗を拭《ぬぐ》った。

「誰《だれ》かが僕《ぼく》の腹をナイフで六センチばかり切っていったんだ」と私は空気を吐きだすような感じで言った。

「ナイフで？」

「貯金箱みたいに」と私は言った。

「誰が何のためにそんなひどいことしたの？」

「わからない。知らない」と私は言った。「さっきからずっとそれを考えてたんだ。でもわからない。こちらが訊きたいぐらいだよ。どうしてみんな僕のことを玄関マットみたいに踏みつけていくんだろうってさ」

彼女は首を振った。

「ひょっとしてあの二人組は君の知りあいか仲間じゃないかって考えてたんだ。そのナイフを使った連中がさ」

太った娘はしばらくのあいだわけがわからないといった表情を顔に浮かべてじっと私の顔を見ていた。「どうしてそんなこと思うの？」

「わからない。たぶん誰かのせいにしたいからだろう。わけのわからないことは誰かに押しつけると少しは気が楽になるんだ」

「でも何も解決しないわ」

「何も解決しないさ」と私は言った。「でもそんなのは僕のせいじゃない。僕がものごとを始動させたわけじゃないんだ。君のおじいさんが油をさしてスウィッチを入れたんだ。僕はそれに巻きこまれただけさ。どうして僕がそれを解決しなきゃいけないんだ？」

再び激しい痛みが戻《もど》ってきたので、私は口を閉じ、踏切り番みたいにそれが通りすぎていくのを待った。

「今日のことにしてもそうだ。まず君が早朝に電話をかけてきた。そして君のおじいさんが行方不明なので僕に助けてほしいって言った。僕はでかけていったが、君は現われなかった。家に帰って眠っていると変な二人組がやってきて部屋を破壊し、腹をナイフで裂いた。次に『組織《システム》』の連中がやってきて僕を質問攻めにした。それから最後にまた君がやってきた。なんだかまるできちんとスケジュールに組まれているみたいじゃないか。バスケットボールのフォーメーションみたいにさ。君はいったいどこまで事情を知ってるんだ?」

「正直に言って、私の知っていることはあなたが知っていることとそれほどの差はないと思うわ。私は祖父の研究を手伝って、言われたとおりに行動していただけなの。あれをやれこれをやれ、あっちに行けこっちに来い、電話をかけろ手紙を書け、そんなこと。祖父がいったい何をしようとしていたのかについては私もあなたと同じようにまるで見当もつかないのよ」

「でも君は研究を手伝っていたんだろう?」

「手伝ったといってもただのデータ処理とか、そういう技術的なことばかりよ。私には専門的な知識はほとんどないし、そんなの見聞きしたって何も理解できっこないわ」

私は指の爪《つめ》の先で前歯を叩《たた》きながら、考えを整理した。突破口が必要なのだ。状況が私という存在を完全に呑《の》みこんでしまう前に、少しでもその状況をときほぐしておく必要があるのだ。

「さっき君はこのままじゃ世界が終るって言ったね。それはどうして？　何故《なぜ》、どういう風に世界が終るんだい？」

「知らないわ。祖父がそう言ったのよ。今私の身に何かがあれば世界が終るってね。祖父は冗談でそんなこと言う人じゃないのよ。彼が世界が終るって言えば、世界はほんとうに終るのよ。ほんとうよ。世界は終るの」

「よくわからないな」と私は言った。「世界が終るって、いったいどういうことなんだ？　君のおじいさんは正確に〈世界が終る〉って言ったんだね？〈世界が消滅する〉とか〈世界が破壊される〉とかじゃなくて？」

「ええそうよ、〈世界が終る〉って言ったの」

私はまた前歯を叩きながら、世界の終りについて考えを巡らしてみた。

「それで……その……世界の終りがどこかで僕と結びついているわけなんだね？」

「そうね。あなたがキイなんだって祖父は言ってたわ。何年も前からあなた一人にポイントをしぼって研究をすすめているんだってね」

「もっといろんなことを思いだしてくれ」と私は言った。「時限爆弾っていったい何のことだ？」

「時限爆弾？」

「僕の腹をナイフで切った男がそう言ったんだ。僕が処理した博士のデータは時限爆弾みたいなもので、時間がくればどかんと爆発するんだってさ。いったいどういうことなんだい？」

「これは私の想像にすぎないんだけれど」と太った娘は言った。「祖父はずっと人間の意識について研究していたのだと思うわ。彼がシャフリング・システムを作りあげたあとずっとね。シャフリング・システムがすべてのはじまりじゃないかっていう気がするの。というのはシャフリング・システムを開発していた頃《ころ》までは、祖父は私にいろんな話をしてくれたの。自分の研究について、今何をしているだとか、これから何をするだとかね。さっきも言ったように、私には専門的な知識なんてほとんど何もないけれど、それでも祖父の話はとてもわかりやすくて面白《おもしろ》かったわ。私、二人でそういうお話をするのが大好きだったの」

「でもシャフリング・システムを完成させてからは急に無口になったんだね？」

「ええ、そう。祖父はずっと地下の実験室にこもって、私に専門的な話はまったくしなくなったの。私が何か質問しても、適当な答しか返ってこないようになってしまったわ」

「それで淋《さび》しかったんだね？」

「そう、淋しかったわ。すごく」彼女はまたしばらく私の顔をじっと見ていた。「ねえ、ベッドの中に入っていい？　ここにいるとすごく寒いんだけど」

「傷にさわったり、体を揺さぶったりしなければ」と私は言った。なんだか世界じゅうの女の子が私のベッドにもぐりこもうとしているみたいだった。

彼女はベッドの反対側にまわって、ピンクのスーツを着たままもそもそと布団《ふとん》の中にもぐりこんだ。私がふたつかさねて使っていた枕《まくら》のひとつを渡すと、彼女はそれを受けとってとんとんと手で叩き、ふくらませてから頭の下に入れた。彼女の首筋にははじめて会ったときと同じメロンの匂《にお》いがした。私は苦労して体の向きを変え、彼女の方を向いた。それで我々はベッドの上で向きあうような格好になった。

「私、男の人とこんなに近づいたのははじめてなのよ」と太った娘は言った。

「へえ」と私は言った。

「街にもほとんど出たことがないの。それで待ちあわせの場所にもたどりつけなかったのよ。道順をくわしく聞こうとしたら音が消えちゃったし」

「タクシーの運転手に場所を言えばつれてってくれたのに」

「お金をほとんど持ってなかったの。すごくあわてて出てきたし、お金がいることなんてすっかり忘れていたの。だから歩いてくるしかなかったのよ」と彼女は言った。

「他に家族はいないの？」と私は訊いた。

「私が六つのときに両親と兄弟はみんな交通事故で死んだの。車に乗っているところをうしろからトラックにぶっつけられて、ガソリンに引火して、みんな焼け死んだのよ」

「君だけが助かったの？」

「私はそのとき入院していて、みんなは私の見舞いに来る途中だったのよ」

「なるほど」と私は言った。

「それからずっと私は祖父のそばにいるの。学校にも行かなかったし、ほとんど外にも出なかったし、友だちもいないし……」

「学校に行かなかった？」

「ええ」となんでもなさそうに娘は言った。「祖父が学校に行く必要なんかないって言ったの。学科はぜんぶ祖父が教えてくれたわ。英語やロシア語から解剖学まで。それからお料理だとか縫物なんかはおばさんが教えてくれたわ」

「おばさん？」

「住みこみで家事とか掃除とかをしてくれていたおばさん。とても良い人だったわ。三年前に癌《がん》で亡《な》くなっちゃったけど。おばさんが亡くなってからはずっと祖父と二人きりなの」

「じゃあ六つのときからずっと学校に行ってないわけ？」

「ええそうよ、でもべつにそんなのたいしたことじゃないわ。だって私、なんだってできるもの。外国語だって四つできるし、ピアノとアルト・サックスもできるし、通信機を組み立てることもできるし、航海術や綱わたりも習ったし、本だっていっぱい読んだわ。サンドウィッチだっておいしかったでしょ？」

「うん」と私は言った。

「学校教育というのは十六年間かけて脳味噌《のうみそ》を擦り減らせるだけのところだって祖父は言ってたわ。祖父もほとんど学校に行かなかったのよ」

「たいしたもんだ」と私は言った。「でも同じ年頃《としごろ》の友だちがいないっていうのは淋しくないの？」

「さあ、どうかしら。私とても忙しかったから、そんなこと考える暇もなかったの。それに私、どうせ同じ年頃の人たちとは話もあいそうになかったし……」

「ふうん」と私は言った。まあそうかもしれない。

「でも私、あなたにはすごく興味あるのよ」

「どうして？」

「だって、なんだか疲れてるみたいだし、でも疲れていることが一種のエネルギーになっているみたいだしね。そういうのって、私にはよくわからないの。私の知っている人でそういうタイプの人って一人もいなかったの。祖父も決して疲れたりしない人だし、私もそうだし。ねえ、ほんとうに疲れてるの？」

「たしかに疲れてる」と私は言った。二十回繰りかえして言ってもいいくらいのものだ。

「疲れるってどういうことなのかしら？」と娘が訊《たず》ねた。

「感情のいろんなセクションが不明確になるんだ。自己に対する憐憫《れんびん》、他者に対する怒り、他者に対する憐憫、自己に対する怒り——そういうものがさ」

「そのどれもよくわからないわ」

「最後には何もかもがよくわからなくなるのだ。いろんな色に塗りわけたコマをまわすのと同じことでね、回転が速くなればなるほど区分が不明確になって、結局は混沌《こんとん》に至る」

「面白そうだわ」と太った娘は言った。「あなたはそういうことにすごくくわしいのね、きっと」

「そう」と私は言った。私は人生をむしばむ疲労感について、あるいは人生の中心からふつふつと湧《わ》きおこってくる疲労感について、百とおりくらいの説明をすることができるのだ。そういうことも学校教育では教えてもらえないもののひとつだ。

「あなたアルト・サックス吹ける？」と彼女が私に訊ねた。

「吹けない」と私は言った。

「チャーリー・パーカーのレコード持ってる？」

「持ってると思うけど、今はとても探せる状態じゃないし、それにステレオの装置も壊されちゃったから、いずれにせよ聴けないよ」

「何か楽器はできる？」

「何もできない」と私は言った。

「ちょっと体に触っていい？」と娘は言った。

「だめ」と私は言った。「触る場所によってすごく傷が痛むんだ」

「傷がなおったら触っていい？」

「傷がなおって、世界がまだ終っていなかったらね。とにかく今は肝心な話のつづきをしよう。君のおじいさんがシャフリング・システムを完成させたときから人柄《ひとがら》が変ってしまったというところまで話が進んだと思うんだけど」

「ええ、そうなの。あれ以来祖父はすっかり変ってしまったわ。あまり口をきかず、気むずかしくて、独りごとばかり言うようになっちゃったの」

「彼は――君のおじいさんは――シャフリング・システムについてどんな風に言ってたか思いだせるかい？」

太った娘は耳につけた金のイヤリングを指でさわりながら、少し考えこんでいた。

「シャフリング・システムは新しい世界に通じる扉《とびら》だって言ってたわ。それはそもそもはコンピューターにインプットするデータを組みかえるための補足的な手段として開発されたものだけど、使いようによってはそれは世界の組みたてそのものを変えてしまうだけのパワーを身につけることができるようになるかもしれないって。ちょうど原子物理学が核爆弾を産みだしたようにね」

「つまり、シャフリング・システムが新しい世界への扉で、僕がそのキイになるってわけかな？」

「綜合《そうごう》すれば、そういう風になるんじゃないかしら」

私は爪《つめ》の先で前歯を叩いた。大きなグラスに氷と一緒に入れたウィスキーが飲みたかったが、私の部屋からは氷もウィスキーも消滅していた。

「君のおじいさんの目的は世界を終らせることにあると思う？」と私はたずねた。

「いいえ。そんなんじゃないわ。祖父はたしかに気むずかしくて身勝手で人嫌《ひとぎら》いだけど、ほんとうはとても良い人なのよ。私やあなたと同じように」

「それはどうも」と私は言った。そんなことを言われたのは生まれてはじめてだった。

「それに祖父はその研究が誰かの手にわたって悪用されることをすごく怖《おそ》れていたのよ。だから祖父がそれを悪いことに使うわけないでしょ。祖父が『組織《システム》』を辞めたのも、そのまま研究をつづければ、必ず『組織《システム》』がその研究成果を悪用するだろうって思ったからなの。だから辞めて、一人で研究をつづけることにしたの」

「でも『組織《システム》』は世界の良い方の側にいるんだよ。コンピューターから情報を盗んでブラック・マーケットに流す記号士の組織に対抗して、情報の正当な所有権を守っているわけだからね」

太った娘は僕の顔をじっと見て、それから肩をすくめた。「でも祖父はどちらが善でどちらが悪かなんて、あまり問題にしてなかったみたいよ。善と悪というのは人間の根本的な資質のレベルでの属性であって、所有権の帰属する方向とは別の問題だって言ってたわ」

「うん、まあそうかも知れない」と私は言った。

「それから祖父はあらゆる種類の権力というものを信用していなかったの。たしかに祖父は『組織《システム》』に一時期属していたけれど、それは豊富なデータや実験材料や大がかりなシミュレーション・マシーンを自由に使わせてもらうための方便だったの。だから複雑なシャフリング・システムを完成させてしまったあとでは、自分一人で研究を進めた方がずっと楽だし有効だって言ってたわ。一度シャフリング・システムにこぎつけてしまえば、そのあとは設備を必要としないいわば思念的な作業しかないんだって」

「ふうん」と私は言った。「君のおじいさんは『組織《システム》』を辞めるときに、僕の個人的なデータをコピーして持ちだしたりはしなかった?」

「わからないわ」と彼女は言った。「でも、そういうことをしようと思えばできたんじゃないかしら。だって祖父は『組織《システム》』の研究所の所長として、データの保持と利用に対してあらゆる権限を持っていたから」

たぶん私の想像どおりだろう、と私は思った。博士は私の個人データを持ちだして、それを自分のプライヴェートな研究に利用し、私をメイン・サンプルとしてシャフリング理論をずっと先のほうまで推しすすめたのだ。それで話のおおよその筋はとおる。小男の言うように、博士はその研究の核心に達したので私を呼び寄せ、適当なデータを私に与え、それを私がシャフリングにかけることでそこにかくされた特定のコードに私の意識が反応するように仕向けたのだ。

もしそのとおりだとすれば、私の意識――あるいは無意識――は既に反応をはじめていることになる。時限爆弾、と小男は言った。私はシャフリングを終えてからの時間を頭の中でざっと計算してみた。シャフリングを終えて目を覚ましたのが昨夜《ゆうべ》の十二時前だから、それから二十四時間近くが経過している。かなりの時間だった。時限爆弾がいったい何時間後に爆発するようにセットされているのかはしらないが、とにかくその時計の針は二十四時間ぶん既に時を刻んでいるのだ。

「もうひとつだけ質問があるんだ」と私は言った。「君は〈世界が終る〉って言ったね？」

「ええ、そうよ。祖父がそう言ったの」

「君のおじいさんが〈世界が終る〉って言ったのは、僕のデータ研究を始める前？　それともあと？」

「あと」と彼女は言った。「たぶんそうだと思うわ。だって祖父が正確に〈世界が終る〉って言いだしたのはつい最近のことなんですもの。どうして？　それが何か関係あるの？」

「僕にもよくわからない。でも何かがひっかかるんだ。というのは僕のシャフリングのパスワードは〈世界の終り〉と呼ばれているんだ。偶然の一致とはとても思えないしね」

「そのあなたの〈世界の終り〉というのはどんな内容のものなの？」

「それはわからない。それは僕の意識でありながら、もう僕の手の届かないところに隠されてしまっているんだ。僕にわかっているのは、その〈世界の終り〉ということばだけなんだ」

「それをとりもどすことはできないの？」

「不可能だな」と私は言った。「軍隊を一個師団使っても『組織《システム》』の地下金庫からそれを盗みだすことはできない。警戒も厳重だし特殊な装置が仕掛けてあるからね」

「祖父は地位を利用してそれを持ちだしたのね？」

「おそらくね。でもそれは推測にすぎない。あとは君のおじいさんに直接問いただしてみるしか手はないようだね」

「じゃあ、祖父をやみくろの手から救ってくれるのね？」

　私は腹の傷を手で抑えながら、ベッドの上に身を起した。頭の芯《しん》がずきずきと痛んだ。

「そうせざるを得ないだろう」と私は言った。「君のおじいさんの言う〈世界の終り〉というのがいったい何を意味するのかは僕にはわからないけれど、とにかくそれを放《ほう》っておくわけにはいかないものね。たぶんなんとか手を打って阻止しないことには誰《だれ》かが大変な目にあうことになりそうな気がする」そしてその誰かというのはたぶん私自身だろう。

「いずれにせよ、そうするためにはあなたは祖父をたすけださなくちゃいけないわ」

「我々三人がみんな良い人間だから？」

「そうよ」と太った娘は言った。

18 世界の終り ——夢読み——

僕《ぼく》は自分の心をはっきりと見定めることのできないまま、古い夢を読みとる作業に戻《もど》った。冬は深まる一方だったし、いつまでも作業の開始をのばしのばしにしているわけにはいかなかった。それに少くとも集中して夢を読んでいるあいだは僕は僕の中の喪失感を一時的であるにせよ忘れ去ることができたのだ。

しかしその一方で、古い夢を読めば読むほどべつのかたちの無力感が僕の中で募っていった。その無力感の原因はどれだけ読んでも僕が古い夢の語りかけてくるメッセージを理解することができないという点にあった。僕にはそれを読むことはできる——しかしその意味を解することはできない。それは意味のとおらない文章を来る日も来る日も読みあげているのと同じことだった。流れていく川の水を毎日眺《なが》めているのと同じことだった。僕はどこにも辿《たど》りつかないのだ。夢を読む技術は向上したが、それも僕の救いとはならなかった。技術が向上し手際《てぎわ》よく古い夢の数をこなすことができるようになっただけ、その作業をつづけることの空虚さがかえって際立っていくだけのことだった。人は進歩のためならそれなりの努力をつづけることはできる。しかし僕はどこにも進むことはできないのだ。

「僕には古い夢がいったい何を意味しているのかがわからない」と僕は彼女に言った。「君は以前に頭骨から古い夢を読みとるのが僕の仕事だと言ったね。しかしそれはただ僕の体の中を通りすぎていくだけなんだ。僕にはそれを何ひとつとして理解することができないし、読めば読むほど僕自身はどんどん擦り減っていくような気がする」

「でもそうはいってもあなたはまるで何かに憑《つ》かれたように夢を読みつづけているわよ。それはどうしてかしら？」

「わからない」と僕は言って首を振った。僕は喪失感を埋めるために仕事に集中していたということもある。でもそれだけが原因ではないことは自分でもよくわかっていた。彼女が指摘したように、たしかに僕は何かに憑かれたようにその夢読みに集中していたのだ。

「たぶんそれがあなた自身の問題でもあるからじゃないかと私は思うの」と彼女は言った。

「僕自身の問題?」

「あなたはもっと心を開かなくちゃいけないと私は思うの。心のことはよくわからないけれど、私にはそれが固く閉じてしまっているように感じられるの。古い夢があなたに読まれるのを求めているように、あなた自身も古い夢を求めているはずよ」

「どうしてそう思う?」

「夢読みというのはそういうものなの。季節が来ると鳥が南や北に向うように、夢読みは夢を読みつづけるのよ」

それから彼女は手をのばして、テーブル越しに僕の手にかさねた。そして微笑《ほほえ》んだ。彼女の微笑みは雲間からこぼれるやわらかな春の光のように感じられた。

「もっと心を開いて。あなたは囚人じゃないのよ。あなたは夢を求めて空を飛ぶ鳥なのよ」


結局僕は古い夢のひとつひとつを手にとって丹念にあたってみるしかなかった。僕は見わたす限り書架に並んだ古い夢のうちのひとつを手にとり、そっと抱えるようにしてテーブルに運んだ。それから彼女に手伝ってもらってほんの少し水で湿らせた布でほこりと汚れを拭《ふ》きとり、次に乾いた布で時間をかけてごしごしと磨《みが》いた。丁寧に磨きあげると、古い夢の地肌《じはだ》は積りたての雪のようにまっ白になった。正面にぽっかりと開いたふたつの眼窩《がんか》は、光の加減でまるで底の知れぬ一対《つい》の深い井戸のように見えた。

僕は頭骨の上部をそっと両手で覆《おお》い、それが僕の体温に感応して微《かす》かな熱を発しはじめるのを待った。ある一定した温度に達すると――たいした熱ではない、冬の日だまりほどのぬくもりだ――白く磨きあげられた頭骨は、そこに刻みこまれた古い夢を物語りはじめる。僕は目を閉じて深く息を吸いこみ、心を開き、彼らの語りかける物語を指の先でさぐった。しかし彼らの語る声はあまりにも細く、彼らのうつしだす映像《イメージ》は明けがたの空に浮かぶ遠い星のように白くかすんでいた。僕がそこから読みとることのできるものは、いくつかの不確かな断片にすぎず、その断片をどれだけつなぎあわせてみても、全体像を把握《はあく》することはできなかった。

そこには見たことのない風景があり、聞いたことのない音楽が流れ、理解することのできない言葉が囁《ささや》かれていた。そしてそれは突然浮かびあがり、突然また闇《やみ》の底へと沈みこんでいった。ひとつの断片と次の断片のあいだには共通性らしきものは何もなかった。それはまるで放送局から放送局へと素速くラジオのダイヤルをまわしていくような作業だった。僕は様々な方法で指先に少しでも神経を集中しようと試みたが、どれだけ努力してみても結果は同じだった。古い夢が僕に何かを物語ろうとしていることはわかっても、それを物語として読みとることはできなかった。

それは僕の読みとり方に何かしら欠陥があるからかもしれない。あるいは、それは彼らの言葉が長い年月のあいだに擦り減り、風化してしまったせいかもしれない。またあるいは彼らの考える物語と僕の考える物語のあいだに決定的な時間性やコンテクストの相違があるからかもしれない。

いずれにせよ、浮かびあがっては消えていく異質な断片を、僕はただ言葉もなくじっと見まもっているしかなかった。もちろんそこにはいくつか、僕の見慣れたごくあたりまえの風景もあった。緑の草が風にそよぎ、白い雲が空を流れ、日の光が川面《かわも》に揺れ、といった何の変哲もない風景だった。しかしそれらのなんということのない風景は僕の心を一種表現しがたい不思議な哀《かな》しみで充《み》たした。それらの風景のどこに哀しみをかきたてるような要素が秘められているのか、僕にはどうしても理解できなかった。窓の外を通り過ぎていく船のように、それらは現われ、何の痕跡《こんせき》も残すことなくただ消えていった。

十分ばかりそれがつづいたあとで、古い夢は少しずつ潮が引くようにぬくもりを失いはじめ、やがてはもとのひやりとしたただの白い頭骨に戻った。古い夢は再び長い眠りに就いたのだ。そして僕の両手の指からはすべての水が地面にこぼれ落ちていく。僕の〈夢読み〉の作業はその果てることのない繰りかえしだった。

古い夢が完全にそのぬくもりを失ってしまうと僕はそれを彼女にわたし、彼女はその頭骨をカウンターに並べた。そのあいだ僕はテーブルの上に両手をついて体を休め、神経をときほぐした。僕が一日に読むことのできる古い夢の数はせいぜい五つか六つというところだった。それを越えると僕の集中力は乱れ、指先はもうほんの微かなざわめきのようなものしか読みとることができなくなるのだ。部屋の時計の針が十一時を指す頃《ころ》には、僕はぐったりと疲れきって、しばらくは椅子《いす》から腰をあげることもできないくらいだった。

彼女はいつも最後に熱いコーヒーをいれてくれた。ときどき昼間に焼いたクッキーや果物パンのようなものを軽い夜食として家から持ってきてくれることもあった。我々は大抵ほとんど口もきかずに向いあってコーヒーを飲み、クッキーなりパンなりを食べた。僕は疲れていてしばらくのあいだはうまくしゃべることができなかったし、彼女もそれはわかっていたので、僕と同じように黙っていた。

「あなたの心が開かないのは私のせいなのかしら？」と彼女は僕に訊《き》いた。「私があなたの心に応《こた》えることができないから、それであなたの心は固く閉ざされてしまうのかしら？」

我々はいつものように旧橋のまん中にある中洲《なかす》に下りるための階段に腰を下ろして、川を眺めていた。冷えびえとした白い月が小さなかけらとなって川面で小刻みに揺れていた。誰《だれ》かが中洲の杭《くい》につないだ細い木のボートが水音を微妙に変えていた。階段の狭いステップの上に並んで座っているせいで僕は肩口にずっと彼女の体のぬくもりを感じていた。不思議なものだ、と僕は思った。人々は心というものをぬくもりにたとえる。しかし心と体のぬくもりのあいだには何の関係もないのだ。

「そうじゃないよ」と僕は言った。「僕の心がうまく開かないのはたぶん僕自身の問題なんだ。君のせいじゃない。僕が僕自身の心を見定めることができなくて、それで僕は混乱しているんだ」

「心というものはあなたにもよく理解できないものなの？」

「ある場合にはね」と僕は言った。「ずっとあとにならなければそれを理解することができないという場合だってあるし、そのときにはもう既に遅すぎるという場合だってある。多くの場合、我々は自分の心を見定めることができないまま行動を選びとっていかなくちゃならなくて、それがみんなを迷わせるんだ」

「私には心というものがとても不完全なもののように思えるんだけれど」と彼女は微

笑みながら言った。

僕はポケットから両手を出して、月の光の下でそれを眺めた。月の光に白く染まった手はその小さな世界に完結したまま行き場所を失ってしまった一対の彫像のように見えた。

「僕もそう思うね。とても不完全なものだ」と僕は言った。「でもそれは跡を残すんだ。そしてその跡を我々はもう一度辿ることができるんだ。雪の上についた足跡を辿るようにね」

「それはどこかに行きつくの？」

「僕自身にね」と僕は答えた。「心というのはそういうものなんだ。心がなければどこにも辿りつけない」

僕は月を見上げた。冬の月は不釣《ふつ》りあいなほど鮮かな光を放ちながら高い壁に囲まれた街の空に浮かんでいた。

「何ひとつとして君のせいじゃない」と僕は言った。

19

ハードボイルド・ワンダーランド

——ハンバーガー、スカイライン、デッドライン——

我々はまず最初にどこかで腹ごしらえをすることにした。私の方は殆《ほと》んど食欲はなかったが、この先いつ食事できるかわからなかったし、何かを食べておいた方が良さそうだった。ビールとハンバーガーくらいならなんとか胃にもぐりこませることができるかもしれない。娘は昼にチョコレートを一枚食べたきりでひどくおなかがすいていると言った。チョコレートを買える程度の小銭しか持ちあわせていなかったのだ。

私は傷口を刺激しないように注意しながらブルージーンズに両脚をつっこみ、Tシャツの上にスポーツ・シャツを着て、その上から薄手のセーターをかぶった。それから念のためにたんすを開けて登山用のナイロンのウィンドブレーカーをだした。彼女のピンクのスーツはどう見ても地底探索には不向きだったが、私のワードローブには残念ながら彼女の体型にあうようなサイズのシャツやズボンはなかった。私は彼女より十センチばかり背が高く、彼女は私より十キロばかり体重が重そうだった。本当はどこかの店に寄って体を動かしやすい衣類を買い集めればいいのだが、こんな夜中にはどこの店も開いてはいない。辛《かろ》うじて昔着ていた米軍払いさげのぶ厚い戦闘ジャケットが彼女のサイズにあったので、私は彼女にそれを与えた。問題はハイヒールだったが、事務所に行けばジョギング・シューズとゴム長靴《ながぐつ》が置いてあると彼女は言った。

「ピンクのジョギング・シューズとピンクのゴム長靴」と彼女は言った。

「ピンクが好きなの？」

「祖父が好きなの。私がピンクの服を着るととてもよく似合うって言うの」

「よく似合うよ」と私は言った。嘘《うそ》ではなく、本当によく似合うのだ。太った女がピンクの服を着ると往々にして巨大なストロベリー・ケーキのようにぼんやりとした感じになってしまうものだが、彼女の場合はどういうわけかしっくりと色が落ちつくのだ。

「それから君のおじいさんは太った女の子が好きなんだろう？」と念のために私は訊《たず》ねてみた。

「ええ、もちろんそうよ」とそのピンクの娘は言った。「だから私、いつも注意して太るように心懸けているの。食べるものなんかね。放《ほう》っておくとどんどんやせちゃうものだから、バターやクリームなんかをいっぱい食べるようにしてるわ」

「ふうん」と私は言った。

私は押入れを開けてナップザックをとりだし、それが切り裂かれていないことをたしかめてからそこに二人ぶんの上着とポケット・ライトと磁石と手袋とタオルと大型のナイフとライターとロープと固型燃料を詰めた。それから台所に行って、床にちらばった食品の中からパンを二個とコンビーフと桃とソーセージとグレープフルーツの缶詰《かんづめ》をあつめて、ナップザックの中に入れた。水筒にもたっぷりと水を入れた。次にズボンのポケットに家に置いてあった現金のぜんぶをつっこんだ。

「ピクニックみたいね」と娘は言った。

「まったく」と私も言った。

私は出発する前に粗大ゴミの集積場のような様相を呈した私の部屋をもう一度ぐるりと見まわしてみた。生命の営みというものはいつも同じだ。築きあげるのには結構時間がかかるが、それを破壊するのは一瞬で事足りる。この三つの小さな部屋の中には、多少疲れ果ててはいたがそれなりに満ち足りた私の生活があったのだ。しかしそんなものはみんな缶ビールを二本あける間に朝霧のごとく消え失《う》せてしまった。私の職、私のウィスキー、私の平穏、私の孤独、私のサマセット・モームとジョン・フォードのコレクション——それらはすべて何の意味もないがらくたと化してしまったのだ。

草原の輝き・花の栄光、と私は声を出さずに朗読した。それから手をのばして入口にあるブレーカーのスウィッチを下におろし家じゅうの電気を切った。

ものごとを深く考えるのには腹の傷が痛みすぎていたし、疲れすぎてもいたので、私は結局何も考えないことにした。中途半端《はんぱ》に考えをめぐらすくらいなら、何も考えない方がずっとマシだ。それで私は堂々とエレベーターに乗って地下の駐車場に下り、車のドアを開けて荷物を後部座席に放りこんだ。見張りがいるのなら我々の姿をみつければいいし、尾《つ》けたければ尾ければいい。そんなのは私にとってはもうどうでもいいことであるような気がした。だいいち私はいったい誰《だれ》に対して警戒をすればいいのだ？　記号士か、それとも『組織《システム》』か、それともあのナイフの二人組か？　三つものグループを相手にまわしてうまく立ちまわることなんて、とてもではないが今の私の手にあまる。腹を六センチ横に裂かれたうえに睡眠不足で、太った娘をひきつれて地底の闇《やみ》の中でやみくろと対決するだけで、私には精いっぱいだった。何かをやりたければみんな好きなようにやればいいのだ。

できれば車の運転はしたくなかったので、娘に車は動かせるかと訊《き》いてみた。できない、と彼女は言った。

「ごめんなさい。馬なら乗れるんだけど」と彼女は言った。

「いいよ、いつか馬に乗るのが必要なときが来るかもしれない」と私は言った。

燃料計の針がFに近いことをたしかめてから、車を外に出した。そして曲りくねった住宅街をぬけて大きな通りに出た。夜中だというのに通りは車でいっぱいだった。車の約半分はタクシーで、あとはトラックと乗用車だった。こんなにたくさんの数の人間がどうして真夜中に車で街を走りまわる必要があるのか私には理解できなかった。なぜみんな六時には仕事を終えて家に帰り、十時前にベッドにもぐりこんで電気を消して寝てしまわないのだ？

でもそれは結局のところ他人の問題だった。私がどんな風に考えたところで、世界はその原則に従って拡大していくのだ。私が何を考えたところでアラブ人は石油を掘りつづけるだろうし、人々はその石油で電気とガソリンを作り、深夜の街にそれぞれの欲望を追い求めつづけるだろう。そんなことより私は私自身が今直面している問題を処理しなくてはならない。

私はハンドルの上に両手を置いて信号を待ちながら大きなあくびをした。

私の車の前には荷台に天まで届かんばかりに紙の束を積みあげた大型トラックがとまっていた。右横にはスポーツタイプの白いスカイラインに乗った若い男女がいた。夜遊びに向う途中か帰る途中かはわからないが、二人ともなんとなく退屈そうな顔をしていた。二本の銀のブレスレットをつけた左手首を窓の外に出した女がちらりと私の方を見た。べつに私に興味があったわけではなく、他《ほか》にこれといって見るべきものがないので私の顔を見たのだ。「デニーズ」の看板だろうが、交通標識だろうが、私の顔だろうが、べつになんだってよかったのだ。私もちらりと女の顔を見た。まあ美人の部類だったが、どこにでもありそうな顔だった。TVドラマでいえば女主人公の友だちで、喫茶店でお茶を一緒に飲みながら「どうしたの？　このごろなんだか元気ないじゃない？」とかなんとか質問するような役まわりの顔だ。たいていは一度しか出てこないし、画面から消えてしまうとどんな顔だったかも思いだせない。

信号が青にかわると、私の車の前のトラックがもたもたしているあいだに、白いスカイラインは派手な排気音を立ててカー・ステレオのデュランともに私の視野から消えてしまった。

「うしろの車に気をつけていてくれないか」と私は太った娘に言った。「ずっとあとをついてくる車がいたら教えてくれ」

娘は肯《うなず》いてうしろを向いた。

「誰かがあとを尾けてくると思うの？」

「わからない」と私は言った。「でも注意するに越したことはないからね。食べるものはハンバーガーでいい？　あれなら時間がかからないからさ」

「なんでもいいわ」

私は最初に目についたドライヴ・スルーのハンバーガー・ショップに車を停《と》めた。赤い短かめのワンピースを着た女の子がやってきて窓の両側にトレイをかけ、注文を聞いた。

「ダブルのチーズバーガーにフライド・ポテトにホット・チョコレート」と太った娘が言った。

「普通のハンバーガーとビール」と私は言った。

「申しわけありませんがビールは置いていませんので」とウェイトレスが言った。

「普通のハンバーガーとコーラ」と私は言った。どうしてドライヴ・スルーのハンバーガー・ショップにビールがあるなんて考えたりしたのだろう？

注文した食べ物がやってくるまで、我々のあとからやってくる車に注意していたが、車は一台も入ってこなかった。もっとも誰かが真剣に尾行していたとしたら、彼らはおそらく同じ駐車場に入ってきたりはしないだろう。どこか目につかないところで、我々の車が出てくるのをじっと待ち受けているはずだ。私は見張るのをやめて運ばれてきたハンバーガーとポテトチップと高速道路のチケットくらいの大きさのレタスの葉をコーラと一緒に機械的に胃の奥に送りこんだ。太った娘は丁寧に時間をかけて、いとおしそうにチーズバーガーをかじり、フライド・ポテトをつまみ、ホット・チョコレートをすすった。

「フライド・ポテト少し食べる？」と娘が私に訊いた。

「いらない」と私は言った。

娘は皿《さら》にのったものをきれいにたいらげてしまうと、ホット・チョコレートの最後のひとくちを飲み、それから手の指についたケチャップとマスタードを舐《な》め、紙ナプキンで指と口を拭《ぬぐ》った。はたで見ていてもとてもおいしそうだった。

「さて君のおじいさんのことだけれど」と私は言った。「まず地下の実験室に最初に行ってみるべきだろうね」

「そうでしょうね。何か手がかりが残っているかもしれないしね。私も手伝うわ」

「でもやみくろの巣の近くを通り抜けることができるかな？　やみくろよけの装置が破壊されちゃったんだろう？」

「それは大丈夫よ。非常の場合のための小さなやみくろよけがひとつあるの。たいして威力はないけれど、持って歩けば身のまわりからやみくろを遠ざけるくらいのことはできるのよ」

「じゃあ問題はないな」と私は安心して言った。

「それがそう簡単でもないのよ」と娘は言った。「その携帯用の装置はバッテリーの関係でだいたい三十分しか連続して動かないの。三十分たつとスウィッチを切って充電しなくちゃならないの」

「ふうん」と私はうなった。「それで、充電しおわるのに何分くらいかかるんだい？」

「十五分。三十分動いて、十五分休むの。事務所と研究室を往《ゆ》き来《き》するにはそれだけの時間があれば十分だから、容量が小さく作ってあるのよ」

私はあきらめてそれについては何も言わなかった。何もないよりはましだし、あるもので我慢するしかないのだ。私は駐車場から車を出し、途中で深夜営業のスーパーマーケットをみつけて缶ビールを二本とウィスキーのポケット瓶《びん》を買った。そして車を停めてビールを二本飲み、ウィスキーを四分の一ほど飲んだ。それで少しは気が楽になったようだった。残ったウィスキーのふたを閉めて娘にわたし、ナップザックの中に入れてもらった。

「どうしてそんなにお酒を飲むの？」と娘が訊いた。

「たぶん怖いからだな」と私は言った。

「私も怖いけどお酒飲まないわよ」

「君の怖さと僕《ぼく》の怖さとでは怖さの種類が違うんだ」

「よくわからないわ」と彼女が言った。

「年をとるととりかえしのつかないものの数が増えてくるんだ」と私は言った。

「疲れてくるし？」

「そう」と私は言った。「疲れてくるし」

彼女は私の方を向いて手をのばし、私の耳たぶに触った。

「大丈夫よ。心配しないで。私がずっとそばについてるから」と彼女は言った。

「ありがとう」と私は言った。

　私は彼女の祖父の事務所のあるビルの駐車場に車を停め、車を降りてナップザックを背負った。傷は一定の時間をおいて鈍く痛んだ。腹の上を干草をつんだ荷車がゆっくり踏みこえていくようなかんじの痛みだった。これはただの痛みなのだ、と私は便宜的に考えるようにした。ただの表層的な痛みで、私自身の本質とは無関係なのだ。

雨ふりと同じだ。通りすぎていってしまうものなのだ。私は残り少なくなった自尊心のありったけをかきあつめて傷のことを頭から追い払い、急ぎ足で娘のあとを追った。ビルの入口には大柄《おおがら》の若い守衛がいて、彼女にこのビルの住人である証明書の提示を求めた。彼女はポケットからプラスティックのカードを出して守衛にわたした。守衛は机の上のコンピューターのスリットにカードを入れ、モニターTVに出た名前と部屋番号を確認してから、スウィッチを押してドアを開けた。

「ここはすごく特殊なビルなのよ」と娘は広いフロアを横切りながら私に説明してくれた。「ここのビルに入っている人たちはみんな何かしらの秘密を持っていて、その秘密を守るために特別な警備体制が敷かれているの。たとえば重大な研究がおこなわれているとか、秘密の会合があるとか、そういうことね。今のように入口で身許《みもと》がチェックされるし、入った人間がちゃんと決められた場所に辿《たど》りつくかどうかTVカメラで調べられるの。だからもしあとを尾けてきた人がいたとしても中に入ることはできないわ」

「じゃあ君のおじいさんがこのビルの中に地底に下りる竪穴《たてあな》を作ったことも彼らは知っているの？」

「さあ、どうかしら？　たぶん知らないと思うわ。祖父はこのビルが出来るときに部屋から直接地底に下りることができるように特別に設計させたんだけれど、そのことを知っているのはひと握りの人たちしかいないの。ビルのオーナーと設計者くらいね。工事をした人には排水溝《はいすいこう》だと言ってあるし、図面の申請もうまくごまかしたから」

「きっととてつもないお金がかかったんだろうね？」

「そうね。でも祖父はお金ならいくらでも持っているから」と娘は言った。「私もそうよ。私もとてもお金持なの。両親の遺産と保険金を株で増やしたの」

彼女はポケットから鍵《かぎ》を出してエレベーターのドアを開けた。我々は例のだだっ広い奇妙なエレベーターに乗りこんだ。

「株で？」と私は訊いた。

「ええ、祖父が株のやり方を教えてくれたの。情報の選択方法とか、市況の読み方とか、税金のごまかし方とか、海外の銀行への送金方法とか、そういうこと。株って面白《おもしろ》いわよ。やったことある？」

「残念ながら」と私は言った。私は積立定期すらやったことがないのだ。

「祖父は科学者になる以前は株屋をやっていたんだけど、株でお金がたまりすぎたんで株屋をやめて科学者になったの。すごいでしょ？」

「すごいね」と私は同意した。

「祖父は何をやっても一流なの」と娘は言った。

エレベーターは以前に乗ったときと同じように上昇しているのか下降しているのかよくわからないくらいのスピードで進んでいた。あいかわらずひどく長い時間がかかったし、そのあいだずっとTVカメラでモニターされていることを思うと、私はどうも落ちつかなかった。

「一流になるためには学校教育は効率が悪すぎるって祖父が言ってたけど、どう思う？」と彼女が私に訊ねた。

「そうだね、たぶんそうだろうな」と私は言った。「僕は十六年学校に通ったけど、それがとくに何かの役に立ったとも思えないから。語学もできないし、楽器もできないし、株のことも知らないし、馬にも乗れないし」

「じゃあどうして学校をやめなかったの？　やめようと思えばいつでもやめられたんでしょ？」

「まあ、そりゃね」と私は言って、そのことについて少し考えてみた。たしかにやめようと思えばいつだってやめられたのだ。「でもそのときはそんなこと思いつかなかったんだ。僕の家は君のところと違ってとても平凡であたり前の家庭だったし、自分が何かの面で一流になれるかもしれないなんて考えもしなかったしさ」

「それは間違ってるわよ」と娘は言った。「人間は誰でも何かひとつくらいは一流になれる素質があるの。それをうまく引き出すことができないだけの話。引き出し方のわからない人間が寄ってたかってそれをつぶしてしまうから、多くの人々は一流になれないのよ。そしてそのまま擦り減ってしまうの」

「僕のようにね」と私は言った。

「あなたは違うわ。あなたには何か特別なものがあるような気がするの。あなたの場合は感情的な殻《から》がとても固いから、その中でいろんなものが無傷のまま残っているのよ」

「感情的な殻?」

「ええ、そうよ」と娘は言った。「だから今からでも遅くないの。ねえ、これが終ったら私と一緒に暮さない? 結婚とかそういうのじゃなくて、ただ一緒に暮すの。ギリシャだかルーマニアだかフィンランドだか、そういうのんびりしたところに行って、二人で馬に乗ったり唄《うた》を唄ったりして過すの。お金ならいくらでもあるし、そのあいだにあなたは一流の人間に生まれかわるの」

「ふうん」と私は言った。悪くない話だった。計算士としての私の生活もこの事件のせいで微妙な局面にさしかかっているし、外国でのんびり暮すというのは魅力的だった。しかし自分が本当に一流の人間になれるという確信が私にはどうしても持てなかった。一流の人間というのは普通、自分は一流の人間になれるという強い確信のもとに一流になるものなのだ。自分はたぶん一流にはなれないだろうと思いながら事のなりゆきで一流になってしまった人間なんてそんなにはいない。

私がぼんやりとそんなことを考えているあいだにエレベーターのドアが開いた。彼女が外に出て、私もそのあとを追った。最初に会ったときと同じように、彼女はコツコツとハイヒールの靴音を響かせながら急ぎ足で廊下を進み、私はそのあとに従った。私の目の前で気持の良い形をしたお尻《しり》が揺れ、金のイヤリングがきらきらと光った。

「でも仮にそうなったとしても」と私は彼女の背中に向って声をかけた。「君が僕にいろんなものを与えてくれるばかりで、僕の方は君に何も与えることができないし、そういうのはすごく不公平で不自然なような気がするんだ」

彼女は歩をゆるめて私の横に並び、一緒に歩いた。

「本当にそう思うの？」

「そう思う」と私は言った。「不自然だし、それに不公平だ」

「あなたが私に与えることができるものはきっとあると思うわ」と彼女は言った。

「たとえば？」と私は訊《たず》ねた。

「たとえば――あなたの感情的な殻。私はそれがとても知りたいの。それがどんな風に作られていて、どんな風に機能しているとか、そういうことね。私はこれまでそういうものに触れたことがあまりないから、すごく興味があるの」

「それほどおおげさなものじゃないよ」と私は言った。「誰《だれ》だって多少の差こそあれ感情に殻をまとっているものだし、みつけようとすればいくらでもみつけられる。君は世間に出たことがないせいで、平凡な人間の平凡な心のありようというものが理解できないだけのことなんだよ」

「あなたって本当に何も知らないのね」と太った娘は言った。「あなたはシャフリング能力を持ってるんでしょ？」

「もちろん持ってるさ。でもそれはあくまでも仕事の手段として外部から与えられる能力なんだ。手術されたり、トレーニングを受けたりしてね。大抵の人は訓練さえすればシャフリングはできるようになる。算盤《そろばん》ができたりピアノが弾けたりするのとたいした違いはないんだ」

「それがそうとも言い切れないのよ」と彼女は言った。「たしかにはじめはみんなそう考えていたの。あなたと同じように、しかるべき訓練さえ受ければ誰でも――といってももちろんある程度テストで選抜された人だけど――シャフリング能力を一律に身につけることができるってね。祖父もそう思っていたわ。それに現実に二十六人の人があなたと同じ手術と訓練を受けて、シャフリング能力を身につけたの。その時点では不都合なことは何もなかった。でも問題はそのあとで起きたの」

「そんな話は聞いてないぜ」と私は言った。「僕が聞いている話では計画は何もかもがうまくいって……」

「公表ではね。でも本当はそうじゃないの。シャフリング能力を身につけた二十六人のうちの二十五人までが、訓練終了後一年から一年半くらいのうちに死んじゃったの。生き残ったのはあなた一人なのよ。あなた一人だけが三年以上生きのびて、何の問題も支障もなくシャフリング作業をつづけているの。これでもあなたはまだ自分が平凡な人間だと思うの？　あなたは今、最重要人物になっているのよ」

私はポケットに両手をつっこんだまま、しばらく黙って廊下を歩きつづけた。状況は私の個人的な能力の範囲を超えて、どこまでもどこまでもふくらみつづけているようだった。それが最終的にどこまでふくらんでいくのか、私にはもう見当もつかなかった。

「なぜみんな死んだんだ？」と私は娘に訊《き》いた。

「わからないわ。死因がはっきりしないの。脳の機能に障害が生じて死んだということはわかるんだけど、どうしてそうなったかという経緯は不明なの」

「何かしらの仮説はあるんだろう？」

「ええ、祖父はこう言っていたわ。普通の人間はおそらく意識の核の照射に耐えることができなくて、脳の細胞がそれに対するある種の抗体のようなものを作ろうと試みるんだけれど、その反応があまりにも急激すぎて、その結果死に至るんじゃないかって。本当はもっと複雑なんだけど、簡単に説明するとそういうことね」

「じゃあ、僕が生き残った理由は？」

「たぶんあなたには自然の抗体がそなわっていたのよ。私の言う感情的な殼のようなものね。何かの理由でそういうものがあなたの脳の中に既にできていて、それであなたは生きのびることができたのよ。祖父は人為的にその殼を作って脳をガードしようとしたんだけど、結局それが弱すぎたんだろうって」

「ガードというのはつまりメロンの皮のようなものだね？」

「簡単に言えばそうね」

「それで」と私は言った。「その僕の抗体なりガードなり殼なりメロンの皮なりというのは、先天的な資質なのかい？　あるいは後天的なもの？」

「ある部分は先天的で、ある部分は後天的なものじゃないかしら？　でもその先は祖父は何も教えてはくれなかったの。知りすぎると私の立場が危険になりすぎるってね。

ただ、祖父の仮説をもとに計算すると、あなたのような自然の抗体を身につけた人は約百万から百五十万人に一人という割合でしか存在しないし、それも今のところは実際にシャフリング能力を賦与《ふよ》してみないことにはみつけることができないということになるの」

「そうすると、もし君のおじいさんの仮説が正しいとすれば、その二十六人の中に僕が含まれていたのは僥倖《ぎょうこう》に等しいということになるね」

「だからあなたはサンプルとして貴重だし、ドアのキイとなり得るのよ」

「君のおじいさんは僕にいったい何をしようとしていたんだろう？　彼が僕にシャフリングさせたデータとあの一角獣の頭骨はいったい何を意味してるんだろう？」

「それが私にわかっていれば、すぐにでもあなたを救ってあげることができるんだけれど」と娘は言った。

「僕と世界をね」と私は言った。

事務所の中は私の部屋と同じように、とまではいかないにしても、かなり乱暴にひっかきまわされていた。様々な書類が床にばらまかれ、机がひっくりかえされ、金庫がこじあけられ、戸棚《とだな》のひきだしは放《ほう》り投げられ、ずたずたに裂かれたソファー・べッドの上にはロッカーの中に入っていた博士と彼女の着替え用の洋服がばらまかれていた。彼女の洋服はたしかにぜんぶピンクだった。濃いピンクから淡いピンクまでの見事なグラデーションだった。

「ひどいわね」と彼女は首を振って言った。「たぶん地下の方から上ってきたんだわ」

「やみくろがやったのかな?」

「いいえ、違うわ。やみくろはこんな地上までまず上ってこないし、もしやってきたとしても臭《にお》いがのこっているはずだもの」

「臭い?」

「魚のような泥《どろ》のような、嫌《いや》な臭い。やみくろの仕業じゃないわ。あなたの部屋を荒したのと同じ人たちじゃないかしら。やりくちも似ているし」

「そうかもしれない」と私は言って、あたりをもう一度ぐるりと見まわした。ひっくりかえされた机の前にはペーパー・クリップが一箱ぶんちらばって蛍光灯《けいこうとう》の光にきらきらと光っていた。私は以前からペーパー・クリップのことが何かしら気になっていたので、床をしらべるふりをしてそれをひとつかみズボンのポケットにつっこんだ。

「ここには何か重要なものは置いてあったの?」

「いいえ」と娘は言った。「ここにあるものはみんなほとんど意味のないものばかりよ。帳簿とか領収書とかあまり重要じゃない研究資料とか、そういうものだけ。盗まれて困るようなものは殆《ほと》んど何もないわ」

「やみくろよけの発信装置というのは無事だったのかな?」

彼女はロッカーの前にちらばった懐中電灯やラジオ・カセットや目覚し時計やテープ・カッターや咳《せき》どめドロップの缶《かん》といったこまごましたものの山の中からVUメーターに似た形の小さな機械をとりだして、スウィッチを何度か入れたり切ったりした。

「大丈夫よ。ちゃんと動くわ。きっと意味のない機械だと思ったんでしょう。それにこの機械の原理はとても簡単だからちょっとぶっつけただけではなかなか壊れないの」と彼女は言った。

それから太った娘は部屋の片隅《かたすみ》に行って、床にかがみこんでコンセントのふたを外し、その中にあった小さなスウィッチを押してから、立ちあがって壁の一部を手のひらでそっと押した。壁の一部が電話帳の大きさくらいに開き、中から金庫のようなものが現われた。

「ね? これならみつからないでしょ?」と娘は得意そうに言った。そして四つの番号をあわせて、金庫の扉《とびら》を開けた。

「中のものを全部出して机の上に並べて下さる?」

私はひっくりかえった机を傷の痛みに耐えながらもとに戻《もど》し、その上に金庫の中身を一列に並べた。ゴムバンドのかかった五センチほどの厚さの預金通帳の束があり、株券や証書のようなものがあり、現金が二百万か三百万あり、布の袋に入ったずしりと重いものがあり、黒皮の手帳があり、茶封筒があった。彼女は茶封筒の中身を机の上にあけた。中には古いオメガの腕時計と金の指輪が入っていた。オメガのガラスは粉々にひびが入り、全体がまっ黒に変色していた。

「父の遺品なの」と娘は言った。「指輪は母のもの。あとはぜんぶ焼けちゃったの」

私が肯《うなず》くと彼女は指輪と腕時計をもとの茶封筒に戻し、札束をひとつかみスーツのポケットにつっこんだ。「そうだ、ここにお金を置いてあったことをすっかり忘れてたわ」と彼女は言った。それから布袋を開けてその中から古いシャツでぐるぐると巻かれたものをとりだし、シャツをほどいて中身を私に見せた。小型のオートマティック・タイプのピストルだった。その古びかたからすると明らかにモデル・ガンではなく、本物の弾丸のでる拳銃《けんじゆう》のようだった。銃についてはくわしくないのでよくわからないが、ブローニングかベレッタか、その手のものだ。映画で見たことがある。銃には予備のカートリッジがひとつと弾丸が一箱ついていた。

「あなたは射撃は得意？」と娘が言った。

「まさか」と私は驚いて言った。「そんなの持ったこともないよ」

「私、上手《うま》いのよ。もう何年も練習したの。北海道の別荘に行ったときに山の中で一人で撃ってたんだけど、十メートルくらいの距離だったら葉書程度の的は撃ち抜けるわよ。すごいでしょ？」

「すごい」と私は言った。「でもそんなものどこで手に入れたんだい？」

「あなたって本当に馬鹿《ばか》ね」と娘はあきれたように言った。「お金さえあれば何だって手に入るのよ。知らないの？　でもとにかくあなたが射撃ができないんなら、私が持ってくわ。それでいい？」

「どうぞ。でも暗いから間違えて僕を撃ったりしないでほしいな。これ以上傷が増えると立っていられそうもないから」

「あら大丈夫よ。心配しないで。私はすごく注意深い方だから」と彼女は言って、上着の右ポケットにオートマティックをつっこんだ。不思議なことに彼女のスーツのポケットはどれだけものをつっこんでも少しもふくらんで見えなかったし、形も崩れなかった。何か特殊なしかけがあるのかもしれない。あるいはただ仕立てが良いだけなのかもしれない。

次に彼女は黒皮の手帳のまん中あたりのページを開き、電灯の下で長いあいだ真剣にそれを睨《にら》んでいた。私もちらりとそのページに目をやったが、手帳にはわけのわからない暗号のような数字とアルファベットが並んでいるだけで、私に理解できるようなことは何ひとつとして書かれてはいなかった。

「これは祖父の手帳なの」と娘は言った。「私と祖父のあいだだけでわかる暗号で書いてあるの。予定とかその日に起ったことがメモしてあるのよ。自分の身に何かあったら手帳を読めって祖父は言ってたわ。えーと、ちょっと待ってね。九月二十九日にあなたはデータの洗いだしを済ませているわね」

「たしかに」と私は言った。

「そこに①って書いてあるわ。たぶんこれが第一ステップね。それからあなたは三十日の夜か十月一日の朝のどちらかにシャフリングを済ませている。違う？」

「違わない」

「それが②よ。第二ステップ。次は、えーと、十月二日の正午ね。これが③。『プログラム解除』とあるわ」

「二日の正午に博士に会うことになっていた。たぶんそこで僕の中に組みこんだ特殊なプログラムを解くことにしていたんだろう。世界を終らせないためにね。しかし状況は変化してしまった。博士は殺されたかもしれないし、どこかに連れ去られてしまったかもしれない。それが今のいちばんの問題なんだ」

「ちょっと待ってね。先を見てみるわ。暗号がすごく込み入ってるの」

彼女が手帳に目をとおしているあいだに、私はナップザックの中を整理し、懐中電灯の電池を新しいものに入れかえた。ロッカーの中の雨合羽《あまがっぱ》とゴム長靴《ながぐつ》は乱暴に床の上に放りだされていたが、ありがたいことに使いものにならないほど傷つけられてはいなかった。雨合羽なしで滝をくぐったりしたらぐしょ濡《ぬ》れになって体の芯《しん》まで冷えきってしまう。体が冷えると傷口がまた痛みはじめることになる。それから私はやはり床の上に放りだされていた彼女のピンクのジョギング・シューズをナップザックの中に入れた。腕時計のディジタル数字はそろそろ真夜中の十二時が近づいていることを示していた。プログラム解除のタイム・リミットまであとちょうど十二時間ということになる。

「そのあとにはかなり専門的な計算が並んでいるわ。電気量とか溶解速度とか抵抗値とか誤差とか、そういうの。私にはわからない」

「わからないところはとばしていいよ。時間があまりないから」と私は言った。「わかるところだけでいいから暗号を解読してくれないかな」

「解読の必要ないわ」

「どうして？」

彼女は私に手帳をわたして、その部分を指さした。その部分には暗号も何もなく、ただ巨大な×印と日付けと時刻が記してあるだけだった。虫めがねで見なければ読みとれないようなちまちまとしたまわりの字に比べて、×印はあまりに大きく、そのバランスの悪さが不吉な印象を一層強めていた。

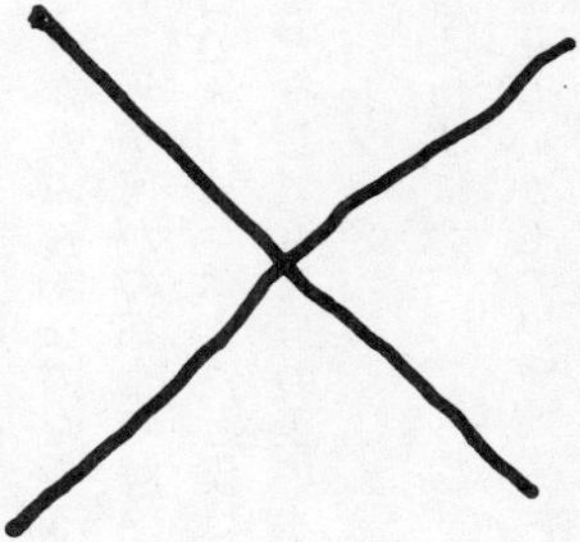

「これがデッドラインという意味なのかしら？」と彼女が言った。

「あるいはね。これがたぶん④なのだろう。③でプログラム解除されれば、この×印は起らない。でもそれが何かの都合で解除されなかった場合にはそのプログラムはどんどん進行し、この×印に至るんだと僕は思う」

「じゃあ私たちはどうしても二日の正午までに祖父に会わなくちゃならないということになるわね」

「僕の推測が正しければね」

「あなたの推測は正しいかしら？」

「たぶん」と私は小さな声で言った。

「それはそうと、あと何時間残っているの？」と娘が私にたずねた。「その世界の終りなり、ビッグ・バンなりまでには」

「三十六時間」と私は言った。時計を見る必要もなかった。地球が一回半自転するだけの時間だ。そのあいだに朝刊が二回と夕刊が一回配達される。目覚し時計が二回鳴り、男たちは二回髭《ひげ》を剃《そ》る。運の良い人間はそのあいだに二回か三回性交するかもしれない。三十六時間というのはそれだけの時間だ。もし人間が七十年生きると仮定すれば人生の中の一七〇三三分の一の時間だ。そしてその三十六時間が過ぎ去ったあとには何かが――たぶん世界の終りが――やってくるのだ。

「これからどうするの？」と娘がたずねた。

私はロッカーの前に転がっていた救急用の薬箱から痛みどめの薬をみつけだして、水筒の水と一緒に呑《の》みこみ、ナップザックを背中にかけた。

「地下に降りるしかないさ」と私は言った。

20 世界の終り

——獣たちの死——

獣たちは既に何頭かの仲間を失っていた。最初の本格的な雪が一晩降りつづいた翌朝、年老いた何頭かが五センチばかりの厚さに積った雪の中に、冬の白みを増したその金色の体を埋めていた。朝の太陽が、ひきちぎられるように割れた雲間から射《さ》して、その凍《い》てついた光景を鮮かに輝かせていた。千を越える獣たちの群れの吐く息が、その光の中に白く踊っていた。

僕《ぼく》は夜明け前に目を覚まして、街が白い雪にすっぽりと包まれていることを知った。それは素晴しい眺《なが》めだった。白一色の風景の中に時計塔が黒くそびえ立ち、その下をまるで暗い帯のように川が流れている。太陽はまだ上ってはいなかったし、空は厚い雲に一分の隙《すき》もなく覆《おお》われている。僕はコートを着て手袋をはめ、人気《ひとけ》のない道を街へと下った。雪は僕が眠りに就いたすぐあとから音もなく降りはじめ、僕が目を覚ます少し前に降り止《や》んだようだった。雪の上にはまだ足跡ひとつない。手にとってみると、それはまるで粉砂糖のようにやわらかく、さらりとした感触の雪だった。川岸にたまった水は薄く凍りついて、その上にまばらに雪が積っていた。

僕の吐く白い息の他《ほか》には街には動くものひとつなかった。風もなく、鳥の姿さえ見えない。靴底《くつぞこ》が雪を踏む音だけが、まるで合成された効果音のように不自然なほど大きく家々の石壁に響きわたっていた。

門の近くまで来ると、広場の前に門番の姿が見えた。門番はいつか影と二人で修理をしていた荷車の下にもぐりこんで、車軸に機械油を差しているところだった。荷台にはなたね油を入れるのに使う陶製のかめがいくつか並んで、倒れないようにロープで側板にしっかりと固定されていた。それほど大量の油をいったい門番が何につかうつもりなのか僕は不思議に思った。

門番は荷車の下から顔を出し、手をあげて僕にあいさつをした。彼は機嫌《きげん》が良さそうに見えた。

「ずいぶん早いじゃないか。いったいどんな風の吹きまわしかね？」

「雪景色を見にきたんですよ」と僕は言った。「丘の上から眺めているととても綺麗《きれい》門番は声をあげて笑い、いつものように僕の背中にその大きな手を置いた。彼は手袋さえはめてはいなかった。

「あんたも変った人だな。これから先雪景色なんて嫌《いや》ってほど見られるというのにわざわざ見物に下りてくるなんてな。たしかに変ってるよ」

それから彼はスティーム・エンジンのような大きな白い息をはきながら、じっと門のあたりを眺めていた。

「しかしまあ、あんたはちょうどいいところに来たようだな」と門番は言った。「望楼に上ってみな。面白《おもしろ》いものが見られるよ。この冬の初ものさ。もう少ししたら角笛を吹くから、外の景色をよく見てな」

「初もの？」

「まあ見てりゃわかるさ」

僕はわけのわからぬままに門のわきの望楼に上って、外の世界の風景を眺めた。りんご林の上にはまるで雲がそのまま舞い下りたように雪が積っていた。北の尾根も東の尾根も地肌《じはだ》のおおかたを白く染めて、傷あとのようなかたちに岩の隆起した筋を残しているだけだった。

望楼のすぐ下にはいつもと同じように獣たちが眠っていた。彼らは脚を畳むように折り曲げてじっと地面にうずくまり、雪と同じ色をした純白の角をまっすぐ前方に突きだし、それぞれの静かな眠りを貪《むさぼ》っていた。獣たちの背中にもたっぷりと雪が積っていたが、彼らはそれには気づきもしないようだった。彼らの眠りはおそろしく深いのだ。

やがて少しずつ頭上の雲が切れて、太陽の光が地表を照らしはじめたが、僕はそのまま望楼に立って、まわりの風景を眺めつづけた。光はスポットライトのように部分的なものにすぎなかったし、門番の言った「面白いもの」というのを僕としてもたしかめてみたかったのだ。

やがて門番が門を開けて、いつものように角笛を長く一度、短かく三度吹き鳴らした。獣たちはその最初の一音で目を覚まし、首をあげてその音の流れてくる方向に目を向けた。その白い息の量から彼らの体が新しい一日の活動を始めたらしいことがわかった。眠っているときの獣たちはほんのわずかしか呼吸をしないのだ。

最後の角笛の一音が大気の中に吸いこまれてしまうと、獣たちは立ちあがった。まず前脚をゆっくりとたしかめるように伸ばし、上体を上げ、次に後脚を伸ばした。それから何度か角を空中に突き出し、最後にふと気づいたように身ぶるいして体に積った雪を地面に払いおとした。そして門に向けて歩を進める。

獣たちが門の中に入ってしまったあとで、僕は門番が僕に見せようとしたものがいったい何であったのかを理解することができた。眠っているように見えた獣たちの何頭かは、同じ姿勢のまま凍りついて死んでいたのだ。そんな獣たちは死んだというよりはまるで何か重要な命題について深く考えこんでいるように見えた。しかし彼らにとっての答は存在しなかった。彼らの鼻や口からは一筋の白い息ものぼらなかった。彼らの肉体はその活動を停止し、彼らの意識は深い闇《やみ》の中に吸いこまれてしまったのだ。

他の獣たちが門に向けて立ち去ってしまったあとには、まるで大地に生じた小さな瘤《こぶ》のようなかたちに数頭の死体が残された。白い雪の死衣が彼らの体を包んでいた。一本の角だけが妙に生々しく宙を射していた。生き残った獣たちの多くは彼らのそばを通りすぎるときに、あるものは深く首を沈め、あるものは蹄《ひづめ》を小さく鳴らした。彼らは死者たちを悼《いた》んでいるのだ。

僕は朝日が高く上り、壁の影がずっと手前に引いて、その光が静かに大地の雪を溶かしはじめるまで、ずっと彼らのひっそりとした死骸《しがい》を眺めていた。朝の太陽が彼らの死さえも溶かし去り、死んだように見えた獣たちはそのままふと立ちあがっていつもの朝の行進を始めるように思えたからだった。

しかし彼らが立ちあがることはなく、雪溶けの水に濡《ぬ》れた金色の毛が日光を受けていつまでもきらきらと光っているだけだった。やがて僕の目が痛みはじめた。望楼を下り川を渡り、西の丘を上って部屋に戻《もど》ってみると、朝の光が自分で思っていたよりずっと強く目を痛めているらしいことがわかった。目を閉じるとあとからあとからとめどもなく涙がこぼれ、音を立てて膝《ひざ》の上に落ちた。冷たい水で目を洗ってみたが効果はなかった。僕は窓の重いカーテンを閉め、じっと目をつぶったまま、距離感の失われた闇の中に浮かんでは消えていく奇妙な形をした線や図形を何時間も眺めていた。

十時になると老人がコーヒーをのせた盆を手に僕の部屋をノックし、ベッドにうつぶせになっている僕の姿を見て、冷やしたタオルで瞼《まぶた》をこすってくれた。耳のうしろがずきずきと痛んだが、それでも涙の量はいくぶん少なくなったようだった。

「いったいどうしたんだね？」と老人は僕にたずねた。「朝の光は君が考えているよりずっと強いんだ。とくに雪の積った朝はね。〈夢読み〉の目が強い光に耐えられないことはわかっているはずなのに、どうして外になんて出たりしたんだ？」

「獣たちを見に行ったんですよ」と僕は言った。「ずいぶん死んでいました。八頭か九頭、いやもっとかな」

「これからもっと沢山死ぬことになるさ。雪が降るたびにね」

「何故《なぜ》そんなに簡単に死んでしまうんですか？」

僕は仰向けになったままタオルを顔の上からはずして老人に訊《たず》ねてみた。

「弱いんだよ。寒さと飢えにね。昔からずっとそうだった」

「死に絶えはしないんですか？」

老人は首を振った。「奴《やつ》らはこれまで何万年もここで生きのびてきたし、これから先もそうだろう。冬のあいだに沢山のものが死ぬが、春になれば子供が生まれてくる。新しい生命が古い生命を押し出していくというだけのことなのさ。この街にはえている木や草だけで養える獣の数は限られているからね」

「彼らはどうしてべつの場所に移らないんですか？　森に入れば木はいくらでもはえているし、南に行けばそんなに雪も降らない。ここに執着する必要はないと思うんだけれど」

「それは私にもわからん」と老人は言った。「しかし獣たちはここの街を離れることはできないんだ。彼らはこの街に付属し、捕われているんだ。ちょうど私や君と同じようにな。彼らはみんな彼らなりの本能によって、この街から脱《ぬ》け出すことができないということをちゃんと知ってるんだ。あるいは彼らはこの街にはえている木や草しか食べられんのかもしれん。あるいは南に向う途中に広がっている石灰岩の荒野を越えることができないのかもしれん。しかしいずれにせよ、獣たちはここを離れることはできないんだ」

「死体はどうなるのですか?」

「焼くんだよ。門番がね」と老人はかさかさした大きな手をコーヒー・カップで暖めながらそう答えた。「これからしばらくは、それが門番の仕事の中心になる。まず死んだ獣の頭を切りとり、脳や目をとりだしてから大きな鍋《なべ》で煮て綺麗な頭骨を作る。残りの死体は積みかさねてなたね油をかけ、火をつけて焼いてしまうんだ」

「そしてその頭骨は古い夢を入れられて、図書館の書庫に並べられていくわけですね?」と僕はじっと目を閉じたまま老人に訊ねた。「何故ですか? 何故頭骨なんですか?」

老人は何も答えなかった。彼が床を歩く木の軋《きし》みだけが聞こえた。軋みはベッドからゆっくりと遠ざかり、窓の前で停《と》まった。そして沈黙はそれからもまたひとしきりつづいた。

「それは君が古い夢とは何かということを理解したときにわかる」と老人は言った。

「何故古い夢が頭骨の中に入っているかということがね。私には君にそれを教えることはできん。君は夢読みだ。その答は君自身がみつけねばならんのだ」

僕はタオルで涙を拭《ふ》いてから目を開けた。窓際《まどぎわ》に老人の姿がぼんやりとかすんで見えた。

「冬は様々な事物の姿を明確にしていく」と老人はつづけた。「好むと好まざるとにかかわらず、そうなっていくんだ。雪は降りつづけるし、獣たちは死につづける。誰《だれ》にもそれを停めることはできん。午後になれば獣たちを焼く灰色の煙が立ちのぼるのが見えるよ。冬のあいだはそれが毎日のようにつづくんだ。白い雪と灰色の煙がね」

21　ハードボイルド・ワンダーランド

——ブレスレット、ベン・ジョンソン、悪魔——

クローゼットの奥には前に見たときと同じように暗闇《くらやみ》が広がっていたが、やみくろの存在を知るようになったせいか、それは以前よりも深く冷ややかに感じられた。これほどまでの完璧《かんぺき》な暗闇というものにはまず他《ほか》ではお目にかかれない。都市が街灯とネオンサインとショーウィンドウの照明を使って大地から闇をひきはがすまでは、世界はこのような息も詰まるほどの暗黒に充《み》ちていたはずなのだ。

彼女が先に梯子《はしご》を下りた。彼女はやみくろよけの発信機を雨合羽《あまがっぱ》の深いポケットにつっこみ、肩かけ式の大型フラッシュ・ライトのストラップをはすに体にかけ、長靴《ながぐつ》のゴム底をきしませながら一人で素速く闇の底へと降りていった。しばらくすると流れの音にまじって「いいわよ、降りてきて」と下の方から声が聞こえた。そして黄色い灯《ひ》が揺れた。私が記憶しているよりその奈落の底はずっと深いようだった。私は懐中電灯をポケットにつっこみ、梯子を下りはじめた。梯子の段はあいかわらず湿っていて、注意しないと足を踏みはずしてしまいそうだった。梯子を下りながら、私はずっとスカイラインに乗った男女とデュラン・デュランの音楽のことを考えていた。彼らは何も知らないのだ。私が懐中電灯と大型ナイフをポケットにつめて、腹の傷を抱えながら、闇の底に下降していることなんて。彼らの頭の中にあるのはスピード・メーターの数字とセックスの予感だか記憶だかと、ヒットチャートを上がっては落ちていく無害なポップソングだけなのだ。しかしもちろん、私には彼らを非難することはできなかった。彼らはただ知らないだけなのだ。

私だって何も知らなければ、こんなことをしないで済ますこともできたのだ。私は自分がスカイラインの運転席に座り、隣に女の子を乗せて、デュラン・デュランの音楽とともに夜中の都市を疾走しているところを想像してみた。あの女の子はセックスをするときに左の手首にはめた二本の細い銀のブレスレットをはずすのだろうか？　はずさないでくれればいいな、と私は思った。服を全部脱いだあとでも、その二本のブレスレットは彼女の体の一部みたいにその手首にはまっているべきなのだ。

しかしたぶん、彼女はそれをはずすことになるだろう。何故《なぜ》なら女の子はシャワーを浴びるときにいろんなものをはずしてしまうものだからだ。とすると、私はシャワーを浴びる前に彼女と交わる必要があった。あるいは彼女にブレスレットをはずさないでくれと頼むかだ。そのどちらが良いのかは私にはよくわからなかったが、いずれにせよなんとか手を尽して、ブレスレットをつけたままの彼女と交わるのだ。それが肝要だった。

私は自分がブレスレットをつけたままの彼女と寝ている様を想像してみた。彼女の顔がまるで思いだせなかったので、私は部屋の照明を暗くすることにした。暗くて顔がよく見えないのだ。藤色《ふじいろ》だか白だか淡いブルーだかのつるつるとしたシックな下着をとってしまうと、ブレスレットが彼女が身につけている唯一《ゆいいつ》のものとなった。それはかすかな光を受けて白く光り、シーツの上で軽やかな心地良い音を立てた。

そんなことをぼんやりと考えながら梯子を下りていくうちに、雨合羽の下で私のペニスが勃起《ぼっき》しはじめるのが感じられた。やれやれ、と私は思った、どうして選《よ》りに選ってこんなところで勃起が始まるんだろう？　どうしてあの図書館の女の子——胃拡張の女の子——とベッドに入ったときは勃起しないで、こんなわけのわからない梯子のまん中で勃起したりするのだ？　たった二本の銀のブレスレットにいったいどれだけの意味があるというのだ。それも世界が終ろうとしているようなときに。

私が梯子を下りきって岩盤の上に立つと、彼女はライトをぐるりとまわして、まわりの風景を照らしだした。

「たしかにやみくろがこのへんをうろついているようね」と彼女は言った。「音が聞こえるわ」

「音？」と私は聞きかえした。

「鰓《えら》で地面を叩《たた》くようなぴしゃっぴしゃっていう音。小さな音だけど、注意すればわかるわ。それから気配と臭《にお》い」

私は耳を澄まし、臭いを嗅《か》いでみたが、それらしいものには気づかなかった。

「慣れないとわからないの」と彼女は言った。「慣れると彼らの話し声も少しは聞きとれるようになるわよ。話し声といっても音波に近いものだけどね。コウモリと同じよ。もっともコウモリとは違って一部の音波は人間の可聴範囲とかさなっているし、彼らどうしはちゃんと意思疎通《そつう》がはかれるんだけど」

「じゃあ記号士たちはどういう風にして彼らとコンタクトしたんだろう？　しゃべれなければコンタクトしようがないじゃないか？」

「そういう機械は造ろうと思えば造れるわ。彼らの音波を人間の音声に転換し、人間の言語を彼らの音波に転換するの。たぶん記号士たちはそういう機械を造ったんでしょうね。祖父だってそれを造ろうと思えば簡単に造れたんだけれど、結局造らなかったの」

「どうして？」

「彼らと話したくなかったからよ。彼らは邪悪な生きもので、彼らの語ることばは邪悪なの。彼らは腐肉や腐ったゴミしか食べないし、腐った水しか飲まないの。昔から墓場の下に住んで死んで埋められた人の肉を食べてたの。火葬になる前の時代まではね」

「じゃあ生きた人間は食べないんだね？」

「生きた人間をつかまえると何日も水に漬けて、腐りはじめた部分から順番に食べていくの」

「やれやれ」と私は言ってため息をついた。「何がどうなってもいいから、このまま帰りたくなったよ」

それでも我々は流れに沿って前進した。彼女が先に立ち、私があとにつづいた。私がライトを彼女の背中にあてると、切手くらいの大きさの金のイヤリングがきらきらと光った。

「そんな大きなイヤリングをいつもつけていて重くないのかい？」と私はうしろから声をかけてみた。

「慣れればね」と彼女は答えた。「ペニスと同じよ。ペニスを重いと感じたことある?」

「いや、べつに。そういうことはないな」

「それと同じよ」

我々はまたしばらく無言のうちに歩きつづけた。彼女は足場を知りつくしているらしく、ライトでまわりの風景を照らしながらすたすたと前に進んだ。私はいちいち足もとをたしかめながら、苦労してそのあとを追った。

「ねえ、君はシャワーとかお風呂《ふろ》に入るときにそのイヤリングをとるの?」と私は彼女においてきぼりにされないためにまた声をかけた。彼女はしゃべるときだけ歩くスピードを少し落とすのだ。

「つけたままよ」と彼女は答えた。「裸になってもイヤリングだけはつけてるの。そういうのってセクシーだと思わない?」

「そうだな」と私はあわてて言った。「そう言われれば、そうかもしれないな」

「セックスってあなたはいつも前からやるの? 向いあったまま?」

「まあね。だいたいは」

「うしろからやるときもあるんでしょ?」

「うん。そうだね」

「それ以外にもいろいろと種類があるんでしょ？　下になるのとか、座ってやるのとか、椅子《いす》を使うのとか……」

「いろんな人がいるし、いろんな場合があるからね」

「セックスのことって、私よくわからないの」と彼女は言った。「見たこともないし、やったこともないし。そういうことって誰《だれ》も教えてくれなかったの」

「そういうのは教わるもんじゃなくて、自分でみつけるものなんだよ」と私は言った。

「君にも恋人ができて彼と寝るようになればいろいろと自然にわかるようになるさ」

「そういうのあまり好きじゃないのよ」と彼女は言った。「私はもっと……なんていうか、圧倒的なことが好きなの。圧倒的に犯されて、それを圧倒的に受け入れたいの。いろいろとか自然にじゃなくてね」

「君はたぶん年上の人と一緒に長くいすぎたんだよ。天才的で圧倒的な資質を持った人とね。でも世の中って、そういう人ばかりじゃないんだ。みんな平凡な人で、暗闇の中を手さぐりしながら生きてるんだ。僕みたいにさ」

「あなたは違うわ。あなたならオーケーよ。それはこの前に会ったときにも言ったでしょ？」

しかしとにかく、私は頭の中から性的なイメージを一掃しようと決心した。私の勃起はまだつづいていたが、こんな地底のまっ暗闇の中で勃起したところで意味はないし、だいいち歩きにくいのだ。

「つまりその発信機はやみくろの嫌《いや》がる音波を出しているんだね」と私は話題を変えてみた。

「ええそうよ。この音波を発信している限り、連中は私たちからおおよそ十五メートル以内には近づけないの。だからあなたも私から十五メートル以上離れないようにしてね。でないと、彼らにつかまって巣につれていかれて井戸に吊《つる》されて、腐ったところからかじられるわよ。あなたの場合はおなかの傷から先に腐っていくわね、きっと。彼らの歯と爪《つめ》はすごく鋭いの。まるで太い錐《きり》をずらりと並べたみたいにね」

私はそれを聞いてあわてて彼女のすぐうしろまで寄った。

「おなかの傷はまだ痛む？」と娘が訊《たず》ねた。

「薬のせいで少しはマシになったみたいだな。激しく体を動かすとずきずきするけれど、普通にしているぶんにはそれほど痛くはない」と私は答えた。

「もし祖父に会うことができたら、彼が痛みを取り去ってくれると思うわ」

「おじいさんが？　どうして？」

「簡単よ。私も何度かやってもらったことあるわ。頭痛なんかがひどいときにね。意識の中に痛みを忘れさせる信号をインプットするの。本当は痛みというのは体にとっては重要なメッセージだから、あまりそういうことしちゃいけないんだけど、今回は非常事態だからかまわないんじゃないかしら?」

「そうしてもらえるとすごくたすかるな」と私は言った。

「もちろん祖父に会うことができればの話だけれど」と娘は言った。

彼女は強力なライトを左右に振りながら、しっかりした足どりで地底の川を上流に向けて上りつづけた。左右の岩壁には割れめのようにぽっかりと口を開けた枝道や不気味な横穴が方々についていた。岩のすきまのところどころから水が浸《し》みだして小さな流れをつくり、そのまま川にそそいでいた。そんな流れに沿って、ぬるぬるとした泥《どろ》のような苔《こけ》が密生している。苔は不自然なほど鮮かな緑色だった。光合成のできない地底の苔がどうしてそのような色になるのか、私には理解できなかった。おそらく地底には地底の摂理というものがあるのだろう。

「ねえ、やみくろたちは今我々がこうしてここを歩いているのを知ってるのかな?」

「もちろんよ」と娘は平然とした口調で言った。「ここは彼らの世界よ。地底で起っていることで彼らの知らないことはないわ。今も彼らは私たちのまわりにいて、私たちの姿をじっと見ているはずよ。さっきからずっとざわざわした音が聞こえるもの」

私は懐中電灯の光をまわりの壁にあててみたが、ごつごつとしたいびつな形の岩と苔の他には何も見えなかった。

「みんな横穴か枝道の奥の、光の届かない闇の中にひそんでいるのよ」と娘は言った。「それから私たちのうしろからもついてきているはずよ」

「発信機のスウィッチを入れて何分たった？」と私は訊ねた。

娘は腕時計を見てから「十分」と言った。「十分二十秒。あと五分で滝に着くから大丈夫」

ちょうど五分で我々は滝に到着した。音抜きの装置はまだ作動しているらしく、滝は前と同じようにほとんど無音だった。我々はフードをしっかりと頭にかぶって顎《あご》のひもをしめ、ゴーグルをかけて、無音の滝をくぐった。

「変ね」と娘は言った。「音抜きが作動しているということは、研究室が破壊されていないということだわ。もしやみくろたちがここを襲ったんだとしたら、連中は中を無茶苦茶に破壊しているはずよ。彼らはこの研究室のことをすごく憎んでいたから」

彼女の推測を裏づけるように、研究室の扉《とびら》にはきちんと鍵《かぎ》がかかっていた。もしやみくろが中に入りこんだのだとしたら、彼らは出るときに鍵をかけなおしたりはしない。やみくろ以外の誰かがここを急襲したのだ。

彼女は長い時間をかけて扉のナンバー錠をあわせ、それから電子キイを使って扉を開けた。研究室の中はひやりとして暗く、コーヒーの匂《にお》いがした。彼女は急いで扉を閉めて錠をかけ、扉が開かないことをたしかめてからスウィッチを押して部屋のあかりをつけた。

研究室の中のありさまは、上の事務所や私の部屋が追い込まれた極限的な状況とだいたい同じようなものだった。書類が床じゅうにとびちり、家具がひっくりかえされ、食器が割られ、カーペットがむしりとられ、その上にバケツ一杯ぶんくらいの量のコーヒーがばらまかれていた。どうしてこんな大量のコーヒーを博士が沸かしていたのか、私には見当もつかなかった。いくらコーヒー好きとはいえ、これだけのコーヒーを一人で飲みきれるものではない。

しかしこの研究室の破壊は、他のふたつの部屋の破壊とは根本的に違っている点があった。それは破壊者が、破壊するものと破壊しないものとをきちんと区別しているということだった。彼らは破壊するべきものは完膚なきまでに破壊していたが、それ以外のものには指一本触れてはいなかった。コンピューターや通信装置や音抜き装置や発電設備はそっくりそのまま残されていて、スウィッチを入れるときちんと作動した。大型のやみくろよけ音波発信機だけはプラントをいくつかもぎとられて使いものにならないようにされていたが、それも新しいプラントを埋めこめばすぐにでも動きはじめるようになっている。

奥の部屋の状況も同じようなものだった。一見救いようのないカオスみたいだが、すべてが入念に計算されている。棚《たな》に並べられた頭骨はそっくり破壊をまぬがれているし、研究に必要な計器類は残されていた。買いかえのきく安物の機械や実験材料だけが派手に叩《たた》き壊されていた。

娘は壁の金庫のところに行って扉を開け、中をたしかめた。扉には鍵がかかっていなかった。彼女はその中から白い灰になった紙の燃えかすを両手にいっぱいかいだして、床にばらまいた。

「非常用の自動燃焼装置はうまく働いたようだね」と私は言った。「連中は何も手に入れることができなかった」

「誰がやったんだと思う?」

「人間がやったんだ」と私は言った。「記号士だかなんだかがやみくろと結託してここにやってきて扉を開け、人間だけがここの中に入って部屋の中をひっかきまわしたんだ。彼らはあとで自分たちがここを使うために——たぶんここで博士の研究をつづけさせるためだと思うんだけれど——大事な機械類はそのままにしておいた。そしてやみくろに荒されないようにまた扉の鍵をかけておいたのさ」

「でも彼らは大事なものを手に入れることはできなかったわけね」

「たぶんね」と私は言って部屋の中をぐるりと見まわした。「しかし彼らはとにかく君のおじいさんを手に入れた。大事といえばそれがいちばん大事なものだろう。おかげで僕の方は博士が僕の中に何をしかけたのか知るすべもなくなってしまった。もう手の打ちようもない」

「いいえ」と太った娘は言った。「祖父はつかまったりしてはいないわ。安心して。ここにはひとつ秘密の抜け道があるの。祖父はきっとそこから逃げ出したはずよ。私たちと同じじゃみくろよけの発信機を使ってね」

「どうしてそれがわかるんだい？」

「確証はないけれど、私にはわかるのよ。祖父はとても用心深い人だし、簡単につかまったりはしないわ。誰かが扉の鍵をこじあけて中に入ろうとしていたら、必ずそこから逃げ出すはずだもの」

「じゃあ博士は今ごろはもう地上に脱出しているわけだ」

「いいえ」と娘は言った。「そんなに簡単な話じゃないの。その脱出口は迷路のようになっていて、やみくろの巣の中心へとつながっているし、どんなに急いでもそこから抜け出すのに五時間はかかるのよ。やみくろよけの発信機は三十分しかもたないから、祖父はまだその中にいるはずだわ」

「あるいはやみくろに捕えられたかね」

「その心配はないわ。祖父は万一の場合に備えて地底の中でも絶対にやみくろの近寄れない安全な避難場所をひとつ確保していたの。祖父はたぶんそこに潜んで、私たちが来るのをじっと待っているんじゃないかしら」

「たしかに用心深そうな人だな」と私は言った。「君にはその場所がわかる？」

「ええ、わかると思うわ。祖父は私にもそこに着くまでの道筋をくわしく教えてくれたから。それにこの手帳にも簡単な地図が描《か》いてあるの。いろんな注意するべき危険なポイントとかね」

「たとえばどんな危険？」

「たぶんそれはあなたは知らない方がいいんじゃないかと思うんだけど」と娘は言った。「そういうのを聞いちゃうと必要以上にナーヴァスになる人っているみたいだから」

私はため息をついて、この先自分の身にふりかかってくるはずの危険についてそれ以上の質問をすることをあきらめた。私は今だって相当ナーヴァスになっているのだ。

「そのやみくろの近づけない場所に着くにはどれくらい時間がかかるんだい？」

「二十五分から三十分でその入口には着くわ。そこから祖父のいる場所までは一時間から一時間半。入口についてしまえばもうやみくろの心配はないけれど、入口に着くまでが問題ね。相当急がないと、やみくろよけのバッテリーが切れてしまうから」

「もし我々の発信機のバッテリーがその途中で尽きてしまったら？」

「あとは運にまかせるしかないわね」と娘は言った。「懐中電灯の光を体のまわりにぐるぐるとまわして、やみくろが近づけないようにしながら逃げ切るのよ。やみくろは光を浴びせかけられるのを嫌がるから。でもほんの少しでもその光のすきまができたら、やみくろはそこから手をのばしてあなたや私を捕えてしまう」

「やれやれ」と私は力なく言った。「発信機の充電は終った？」

彼女は発信機のレベル・メーターを読み、それから腕時計に目をやった。

「あと五分で終るわ」

「急いだ方がいいな」と私は言った。「もし僕の推察が正しければ、やみくろたちは記号士に僕たちがここに来たことを通報しているはずだし、そうすると奴《やつ》らはすぐにでもここに引き返してくるからね」

娘は雨合羽《あまがっぱ》と長靴《ながぐつ》を脱いで、僕の持ってきた米軍ジャケットとジョギング・シューズに着替えた。「あなたも着替えた方がいいわよ。今から行くところは身軽じゃないと通り抜けられないから」と彼女は言った。

私も彼女と同じように雨合羽を脱いでセーターの上にナイロンのウィンドブレーカーを着こみ、首の下までジッパーをあげた。そしてナップザックを背負い、ゴム長を脱いでスニーカーにはきかえた。時計は十二時半近くになっていた。

娘は奥の部屋に行ってクローゼットの中にかかっていたハンガーを床に放《ほう》り出し、ハンガーをかけるステンレス・スティールのバーを両手でつかんでくるくるとまわした。しばらくそれをまわしているうちに、歯車のかみあうかちんという音が聞こえた。それからもなお同じ方向にまわしつづけていると、クローゼットの壁の右下の部分が縦横七十センチほどの大きさにぽっかりと開いた。のぞきこんでみるとその穴の向うには手にすくいとれそうなほどの濃い暗闇がつづいているのが見える。冷ややかなかび臭い風が部屋の中に吹きこんでくるのが感じられた。

「なかなかうまく作ってあるでしょ？」と娘がステンレス・スティールのバーを両手でつかんだまま、私の方を向いて言った。

「たしかによくできてる」と私は言った。「こんなところに脱出口があるなんて普通の人間じゃ考えつかないものな。まさにマニアックだな」

「あら、マニアックなんかじゃないわよ。マニアックというのはひとつの方向なり傾向なりに固執する人のことでしょ？　祖父はそうじゃなくて、あらゆる方面に人より優れているだけなのよ。天文学から遺伝子学からこの手の大工仕事までね」と彼女は言った。「祖父のような人は他《ほか》にはいないわ。TVやら雑誌のグラビアやらに出ていろいろと吹聴《ふいちょう》する人はいっぱいいるけれど、そんなのはみんな偽物《にせもの》よ。本当の天才というのは自分の世界で充足するものなのよ」

「しかし本人が充足しても、まわりの人間はそうじゃない。まわりの人間はその充足の壁を破って、なんとかその才能を利用しようとするんだ。だから今回のようなアクシデントが起るんだ。どれだけの天才でもどれだけの馬鹿《ばか》でも自分一人だけの純粋な世界なんて存在しえないんだ。どんなに地下深くに閉じこもろうが、どんな高い壁をまわりにめぐらそうがね。いつか誰かがやってきて、それをほじくりかえす。君のおじいさんだってその例外じゃない。そのおかげで僕はナイフで腹を切られ、世界はあと三十五時間あまりで終ろうとしている」

「祖父がみつかればきっと何もかもうまく収まるわ」彼女は私のそばに寄って背のび

し、私の耳の下に小さくキスをした。彼女にキスされると私の体はいくらかあたたまり、傷の痛みもいくぶん引いたように感じられた。私の耳の下にはそういう特殊なポイントがあるのかもしれない。あるいはただ単に、十七歳の女の子に口づけされたのが久しぶりだったせいかもしれない。この前十七歳の女の子に口づけされたのは十八年も前の話である。

「みんなうまくいくって信じていれば、世の中に怖いものなんて何もないわよ」と彼女は言った。

「年をとると、信じることが少なくなってくるんだ」と私は言った。「歯が擦り減っていくのと同じだよ。べつにシニカルになるわけでもなく、懐疑的になるわけでもなく、ただ擦り減っていくんだ」

「怖い？」

「怖いね」と私は言った。それから身をかがめて穴の奥をもう一度のぞきこんだ。

「狭くて暗いのは昔から苦手なんだ」

「でもうしろには引き返せないわ。前に進むしかないんじゃないかしら？」

「理屈としてはね」と私は言った。私はだんだん自分の体が自分のものではなくなっていくような気分になりはじめていた。高校生の頃《ころ》バスケット・ボールをやっていて、ときどきそういう気分になったことがあった。ボールの動きがあまりにも速すぎて、体をそれに対応させようとすると、意識の方が追いついていけなくなってしまうわけだ。

娘はじっと発信機の目盛りをにらんでいたが、やがて「行きましょう」と私に言った。充電が完了したのだ。

前と同じように娘が先に立ち、私があとにつづいた。穴に入ると娘はうしろを向いて、入口のわきにあるハンドルをくるくるとまわし、扉を閉めた。扉がしまるにつれて正方形のかたちに射《さ》し込んでいた光が少しずつ細くなり、一本の縦の線になって、やがては消滅した。前より一層完全な、これまで経験したことのないような濃密な暗《くら》闇《やみ》が私の体のまわりを覆《おお》った。懐中電灯の光もその闇の支配を破ることはできず、ただその中に心もとないささやかな光の穴をあけるだけだった。

「よくわからないんだけど」と私は言った。「どうして君のおじいさんはわざわざやみくろの巣の中心に通じるような脱出路を選んだんだろう？」

「それがいちばん安全だったからよ」と娘は私の体をライトで照らしながら言った。「やみくろの巣の中心には彼らにとっての神聖地域《サンクチュアリ》が広がっていて、彼らはその中に入ることができないの」

「それは宗教的なもの？」

「ええ、たぶんそうだと思うわ。私自身は見たことがないんだけれど、祖父はそう言ってたわ。信仰と呼ぶにはあまりにもおぞましいものだけれど、それが宗教の一種であることには間違いないだろうって。彼らの神は魚なの。巨大な目のない魚」彼女はそう言うとライトを前方に向けた。「とにかく前に進みましょう。時間もあまりないから」

洞窟《どうくつ》の天井はかがんで歩かなければならないほどの低さだった。岩肌《いわはだ》はおおむねなめらかで凹凸《おうとつ》は少なかったが、それでもときどき張り出した岩のかどに思い切り頭をぶっつけることがあった。しかし頭をぶっつけてもそれにかまっているような時間の余裕はなかった。私は懐中電灯の光を彼女の背中にしっかりとあて、その姿を見失わないように死にもの狂いで前に進みつづけた。彼女は太っているわりには体の動きが敏捷《びんしょう》で、足も速く、耐久力もかなり持ちあわせているようだった。私もどちらかといえば丈夫な方だが、中腰で歩いていると下腹の傷がずきずきと痛んだ。まるで氷の楔《くさび》を腹に打ちこまれているような痛みだった。シャツが汗でぐっしょりと濡《ぬ》れて、冷たく体にまつわりついていた。しかし彼女を見失って一人で闇の中にとり残されることに比べれば傷の痛みの方がずっとましだ。

進むにつれて、私の体が私に属していないという意識はますます強まっていった。たぶんそれは自分の体を見ることができないせいだろうと私は思った。手のひらを目の前まで持ってきたとしても、それが見えないのだ。

自分の体を見ることができないというのは何かしら奇妙なものだった。ずっとそういう状態にあると、そのうち体というものがひとつの仮説にすぎないのではないかという気になってくるのだ。たしかに頭を天井にぶっつければ痛みを感じるし、腹の傷は休むことなく痛みつづけている。足の裏には地面を感じる。しかしそれはただの痛みや感触にすぎない。それはいわば体という仮説の上に成立している一種の概念にすぎないのだ。だから既に体は消滅していて、概念だけが残って機能しているということだって起り得なくはないのだ。それはちょうど手術で脚を切り落とされた人が、切り落とされたあとでもまだ指先のかゆみを記憶しているのと同じことなのだ。

私は何度か自分の体にライトをあててそれがまだ存在していることをたしかめようとしたが、結局彼女の姿を見失うのが怖くてやめた。体はまだちゃんと存在しているさ、と私は自分に言いきかせてみた。もし私の体が消滅して、そのあとに私の魂とでもいうべきものだけが存続しているのだとしたら、私はもっと楽になっていいはずだった。もし魂が腹の傷や胃潰瘍《いかいよう》や痔疾《じしつ》を永遠に抱えこまなければならないのだとしたら、いったいどこに救済があるというのだ？　魂が肉体から分離したものでないとしたら、いったい魂にどんな存在理由があるというのだ？

私はそんなことを考えながら、太った娘の着たオリーヴ・グリーンの戦闘ジャケットとその下からのぞくピンク色のぴったりしたスカートと、ピンク色のナイキのジョギング・シューズのあとを追いかけた。彼女のイヤリングが光の中でキラキラと光りながら揺れた。それはまるで、彼女の首のまわりでつがいのホタルが飛びまわっているように見えた。

彼女は私の方をふりかえりもせず、じっと口をつぐんだまま前進をつづけた。まるで私が存在していることなんか念頭から消えてしまったかのようだった。彼女はフラッシュ・ライトで枝道や横穴を素速く点検しながら前に進んだ。わかれ道にくると彼女は立ちどまって胸のポケットから地図をとりだし、ライトで照らして、どちらに進めばいいのかを確認した。そのあいだに私は彼女に追いつくことができた。

「大丈夫？　道はあってるかい？」と私は訊《たず》ねてみた。

「ええ、大丈夫よ。今のところはね。ちゃんとあってるわ」と彼女はしっかりした声で答えた。

「どうしてあっているってわかるんだ？」

「だってあってるんだもの」と彼女は言って、足もとをライトで照らした。「ほら、地面を見てごらんなさい」

私は腰をかがめてライトで照らされた円形の地面をじっとにらんでみた。岩のくぼみに銀色に光る小さなものがいくつかちらばっているのが見えた。手にとってみると、それは金属製のペーパー・クリップだった。

「ほらね」と娘は言った。「祖父はここを通ったのよ。そして私たちがあとを追ってくると思って、ここにしるしを残しておいたのよ」

「なるほど」と私は言った。

「十五分たったわ。急ぎましょう」と娘は言った。

その先にもいくつかわかれ道があったが、そのたびにペーパー・クリップがまかれていたので、我々は道に迷うことなく進みつづけ、それだけでも貴重な時間を節約することができた。

ときおり深い穴が地面にぽっかりと口を開けていることもあった。穴の位置は地図の上に赤いフェルト・ペンでしるしがつけられていたので、そのあたりに近づくと我々はいくらかスピードを落とし、ライトで地面を確かめながら前進した。穴の直径はだいたい五十センチから七十センチといったところで、とびこえるか脇《わき》をまわりこむかして簡単に通過することができた。私はためしに近くにあったこぶしほどの大きさの石を中に落としてみたが、どれだけ待っても何の音もしなかった。まるでそのままブラジルだかアルゼンチンだかにつき抜けてしまったようなかんじだった。足を踏みはずしてそんな穴に落ちてしまうことを想像しただけで胃がしめつけられるような気分になった。

道は左右に蛇《へび》のように曲りくねり、いくつもの枝道にわかれながら、下方へ下方へと向っていた。急な坂こそないが、道は一貫して下りだった。まるで一歩一歩地表の明るい世界が私の背中からはぎとられていくような思いだった。

途中で一度だけ我々は抱きあった。彼女は突然立ちどまり、うしろを振り向き、ライトを消して私の体に両腕をまわした。そして私の唇《くちびる》を指先でさがし求め、そこに唇をかさねた。私も彼女の体に腕をまわし、そっと抱き寄せた。まっ暗闇の中で抱きあうというのは奇妙なものだった。たしかスタンダールが暗闇の中で抱きあうことについて何かを書いていたはずだ、と私は思った。本のタイトルは忘れてしまった。私はそれを思いだそうとしたが、どうしても思いだせなかった。スタンダールは暗闇の中で女を抱きしめたことがあるのだろうか？ もし生きてここを出ることができたなら、そしてまだ世界が終っていなかったとしたら、そのスタンダールの本を探してみようと私は思った。

彼女の首筋からはメロンのオーデコロンの匂《にお》いはもう消えていた。そのかわりに十七歳の女の子の首筋の匂いがした。首筋の下からは私自身の匂いがした。米軍ジャケットにしみついた私の生活の臭《にお》いだ。私の作った料理や私のこぼしたコーヒーや私のかいた汗の臭いだ。そういうものがそこにしみついたまま定着してしまったのだ。地底の暗闇の中で十七歳の少女と抱きあっていると、そんな生活はもう二度と戻《もど》ることのない幻のように感じられた。それがかつて存在したことを思いだすことはできる。しかし私がそこに帰りつく情景を頭に思い浮かべることができないのだ。

私は長い時間じっと抱きあっていた。時間はどんどん過ぎ去っていったが、そんなことはたいした問題ではないように私には感じられた。我々は抱きあうことによって互いの恐怖をわかちあっているのだ。そして今はそれがいちばん重要なことなのだ。

やがて彼女の乳房が私の胸にしっかりと押しつけられて、彼女の唇が開き、柔かな舌があたたかい息とともに私の口の中にもぐりこんできた。彼女の舌先が私の舌のまわりを舐《な》め、指先が私の髪の中を探った。しかし十秒かそこらでそれは終り、彼女は突然私の体を離れた。私はまるで一人宇宙空間にとり残された宇宙飛行士のように、底のない絶望感に襲われた。

私がライトをつけると、彼女はそこに立っていた。彼女も自分のライトをつけた。

「行きましょう」と彼女は言った。そしてくるりとうしろを向いて、前と同じ調子で歩きはじめた。私の唇にはまだ彼女の唇の感触が残っていた。私の胸はまだ彼女の心臓の鼓動を感じることができた。

「私の、なかなか良かったでしょ？」と娘はふりかえらずに言った。

「なかなかね」と私は言った。

「でも何かが足りないのね？」

「そうだね」と私は言った。「何かが足りない」

「何が足りないのかしら？」

「わからない」と私は言った。

それから五分ばかり平坦《へいたん》な道を下ったところで、我々は広いがらんとした場所に出た。空気の臭いがかわり、足音の響き方がかわった。手を叩《たた》くと、まん中がふくらんだようないびつな反響がかえってきた。

彼女が地図を出して位置を確認しているあいだ、私はライトでまわりをずっと照らしてみた。天井はちょうどドーム型になっており、部屋もそれにあわせたような円形だった。あきらかに人為的に手を加えられたなめらかな円形である。壁はつるつるとしていて、くぼみもでっぱりもない。地面の中心に直径一メートルばかりの底の浅い穴があって、穴の中にはわけのわからないぬるぬるとしたものがたまっていた。きわだった臭いというほどのものはないが、口の中に酸味があふれてくるような嫌《いや》な感触が空気の中に漂っていた。

「ここが聖域の入口らしいわ」と娘は言った。「これで一応はたすかったようね。やみくろたちはその先には入りこめないもの」

「やみくろが入りこめないのはいいけど、我々が抜けだすことはできるのかな？」

「それは祖父にまかせればいいわ。祖父ならきっとなんとかしてくれるもの。それにふたつの発信機をくみあわせれば、やみくろをずっとよせつけないようにできるでしょ？　つまりひとつの発信機を動かしているあいだ、もう一方のを充電させておくの。そうすればもう怖いものはないわ。時間のことを心配する必要もなくなるし」

「なるほど」と私は言った。

「少しは勇気が湧《わ》いてきた？」

「少しね」と私は言った。

聖域に入る入口の両わきには、精密なレリーフが施されていた。巨大な魚が二匹で互いの口と尻尾《しっぽ》をつなぎあわせて円球を囲んでいる図柄《ずがら》だった。それは見るからに不可思議な魚だった。頭はまるで爆撃機の前部風防のようにぽっかりとふくれあがり、目はなく、そのかわりに二本の長く太い触角が植物のつるのようにねじまがりながらそこから突き出ていた。口は体に対して不つりあいなほど大きく、まっすぐに鰓《えら》の近くにまで切れこんでいて、そのすぐ下にはつけね近くで切断された動物の腕のようなずんぐりとした器官がとびだしていた。最初のうちそれは吸盤のような働きをする器官かと思えたが、よく見るとその先には鋭利な三本の爪《つめ》が認められた。爪のついた魚なんて目にしたのははじめてだった。背びれはいびつな形をして、うろこはとげのように体から浮きあがっている。

「これは伝説上の生きものかな？　それとも実際に存在しているものなのだろうか？」と私は娘に訊ねてみた。

「さあ、どうかしら」と娘は言ってかがみこみ、地面からまたペーパー・クリップをいくつか拾いあげた。「いずれにせよ、私たちはどうやら道を間違えずにすんだようね。さ、早く中に入りましょう」

私はライトでもう一度魚のレリーフを照らしてから彼女のあとを追った。やみくろたちがこんな完璧《かんぺき》な暗闇の中であれほど精緻《せいち》なレリーフを彫ることができたということは、私にとってちょっとしたショックだった。たとえ彼らが暗闇の中で物を見ることができるということが頭の中でわかっていても、実際に目にしたときの驚きがそれで減じられるわけではないのだ。そして今、この瞬間にも彼らは暗闇の奥から我々の姿をじっと見据《みす》えているかもしれないのだ。

聖域に入ると道はなだらかな上り坂に転じ、それにつれて天井もどんどん高くなり、やがてはライトを向けても天井を認めることはできないようになってしまった。

「これから山に入るわ」と娘は言った。「登山には慣れてる？」

「昔は週に一度は山にのぼってたよ。暗闇の中でのぼったことはないけれどね」

「たいした山じゃないみたいね」と彼女は地図を胸のポケットにつっこんで言った。「山というほどの山じゃないわ。丘っていってもいいくらいよ。でも彼らにとってはこれが山なんだって、祖父は言ってたわ。地底の唯一《ゆいいつ》の山。聖なる山なの」

「じゃあ我々は今まさにそれを汚《けが》そうとしているわけだ」

「いいえ、逆よ。山はそもそもの最初から汚れているの。すべての汚れはここに集約されているのよ。この世界はいわば、地殻《ちかく》に封じこめられたパンドラの匣《はこ》なのよ。そして私たちはこれからその中心を通り抜けようとしているわけ」

「まるで地獄みたいだな」

「ええ、そうね。たしかにここは地獄に似ているかもしれない。そしてここの大気は下水や様々な洞窟《どうくつ》やボーリングの穴をとおして地表にも吹きだしているの。やみくろは地表に上ることはできないけれど、空気は上ることができるの。そして人々の肺の中に入りこむこともね」

「そんな中に入りこんで、僕《ぼく》らが生きのびることはできるのかな？」

「信じるのよ。さっきも言ったでしょ？　信じていれば怖いことなんて何もないのよ。楽しい思い出や、人を愛したことや、泣いたことや、子供の頃のことや、将来の計画や、好きな音楽や、そんな何でもいいわ。そういうことを考えつづけていれば、怖がることはないのよ」

「ベン・ジョンソンのことを考えていいかな？」と私は訊ねてみた。

「ベン・ジョンソン？」

「ジョン・フォードの古い映画に出てくる乗馬のうまい俳優さ。すごくきれいに馬に乗るんだ」

彼女は暗闇《くらやみ》の中で楽しそうにくすくす笑った。「あなたって素敵ね。あなたのことすごく好きよ」

「年が違いすぎる」と私は言った。「それに楽器ひとつできない」

「ここを出られたら、あなたに乗馬を教えてあげるわ」

「ありがとう」と私は言った。「ところで君は何について考える？」

「あなたとのキスのこと」と彼女は言った。「そのためにあなたとさっきキスしたのよ。知らなかった？」

「知らなかった」

「祖父がここで何を考えていたか知ってる？」

「知らない」

「祖父は何も考えないのよ。彼は頭をからっぽにすることができるの。天才というのはそういうものなの。頭をからっぽにしていれば、邪悪な空気はそこに入ってくることはできないのよ」

「なるほど」と私は言った。

彼女が言ったように進むにつれて道はだんだん険しくなり、ついには両手を使ってよじのぼらなくてはならない切りたった崖《がけ》になった。そのあいだ私はずっとベン・ジョンソンのことを考えていた。馬に乗ったベン・ジョンソンの姿だ。『アパッチ砦《とりで》』や『黄色いリボン』や『幌馬車《ほろばしゃ》』や『リオ・グランデの砦』に出てくるベン・ジョンソンの乗馬シーンを私はできる限り頭の中に思い浮かべた。荒野には太陽が照りつけ、空には刷毛《はけ》で引いたような純白の雲が浮かんでいた。バッファローが谷間に群れ、女たちは白いエプロンで手を拭《ぬぐ》いながら戸口にその姿を見せていた。川が流れ、風が光を揺らせ、人々は唄《うた》を唄った。そしてベン・ジョンソンはそんな風景の中を矢のように駆け抜けていた。カメラはレールの上をどこまでも移動しながら、彼の雄姿をフレームの中に収めつづけていた。

私は岩をつかみ足場をさぐりながら、ベン・ジョンソンと彼の馬のことを考えつづけていた。そのせいかどうかはわからないが、腹の傷の痛みは嘘《うそ》のように収まってきて、自分が傷を受けているという意識にわずらわされることなく歩けるようになった。そう考えてみると、意識にある特定の信号をインプットすれば肉体の痛みは緩和されるという彼女の説もあながち誇張とは言えないのかもしれない、と私は思った。

登山という観点からすれば、それは決して困難なロック・クライミングではなかった。足場はたしかだし、切りたった絶壁もないし、手をのばせば手ごろな岩のくぼみをみつけることもできた。地上の基準からすれば初心者向け、それも日曜日の朝に小学生が一人でのぼっても危険のない程度の簡単なルートだった。しかしそれが地底の暗黒の中となると、話は変ってくる。まず第一に、言うまでもないことだが、何も見えない。この先に何があるのか、あとどれだけ上ればいいのか、今自分がどのような位置にいるのか、足もとから下がどんな具合になっているのか、自分が正しいルートを進んでいるのかどうか――それがわからないのだ。視力を失うということがこれほどの恐怖をもたらすということを、私は知らなかった。それはある場合には価値基準とか、あるいはそれに付属して存在する自尊心や勇気のようなものまでをも奪いとってしまうのだ。人は何かを達成しようとするときにはごく自然に三つのポイントを把《は》握《あく》するものである。自分がこれまでにどれだけのことをなしとげたか？ 今自分がどのような位置に立っているか？ これから先どれだけのことをすればいいか？ ということだ。この三つのポイントが奪い去られてしまえば、あとには恐怖と自己不信と疲労感しか残らない。私が現在置かれている立場がまさにそれだった。技術的な難易というのはそれほどの問題ではない。問題はどこまで自己をコントロールできるかということなのだ。

我々は暗黒の山を上りつづけた。懐中電灯を手に持って崖をよじのぼることはできなかったので、私はズボンのポケットに懐中電灯をつっこみ、彼女もストラップをたすきのようにかけて、ライトを背中にまわしていた。おかげで我々は何ひとつ目にすることができなかった。彼女の腰の上で揺れるライトが、空《むな》しく暗黒の宙を照らし出すだけだった。私はその揺れる灯を目標にして黙々と崖を上りつづけた。

私が遅れていないことを確認するために、彼女はときどき私に声をかけた。「大丈夫？」とか「もう少しよ」とか、そういったようなことだ。

「唄を唄わない？」としばらくしてから彼女が言った。

「どんな唄？」と私は訊《たず》ねた。

「なんでもいいわよ。メロディーがあって歌詞がついてればいいの。何か唄って」

「人前では唄わないんだ」

「唄いなさいよ。いいから」

しかたなく私は『ペチカ』を唄った。

　雪の降る夜は　楽しいペチカ
　ペチカ燃えろよ　お話しましょ
　昔々よ
　燃えろよペチカ

そのあとの歌詞は知らなかったので、私は適当な歌詞を自分で作って唄った。みんなでペチカにあたっていると誰《だれ》かがドアをノックするのでお父さんが出てみると、そこに傷ついたとなかいが立っていて「おなかが減っているんです。何か食べさせて下さい」というのだ。それで桃の缶詰《かんづめ》をあけて食べさせてやる、といった内容だった。最後はみんなでペチカの前に座って唄を唄うのだ。

「なかなかうまいじゃない」と彼女がほめてくれた。「拍手できなくて悪いけど、すごく良い唄ね」

「ありがとう」と私は言った。

「もう一曲唄って」と娘が催促した。

それで私は『ホワイト・クリスマス』を唄った。

　夢みるはホワイト・クリスマス
　白き雪景色
　やさしき心と
　古い夢が
　君にあげる
　僕の贈りもの

夢みるはホワイト・クリスマス
今も目を閉じれば
橇《そり》の鈴の音や
雪の輝きが
僕の胸によみがえる

「とてもいいわ」と彼女が言った。「その歌詞はあなたが作ったの？」

「でまかせで唄っただけさ」

「どうして冬や雪の唄ばかり唄うの？」

「さあね。どうしてかな？　暗くて冷たいからだろう。そういう唄しか思いつかないんだ」と私は岩のくぼみからくぼみへと体をひっぱりあげながら言った。「今度は君が唄う番だよ」

「『自転車の唄』でいいかしら？」

「どうぞ」と私は言った。

四月の朝に

私は自転車にのって
知らない道を
森へと向った
買ったばかりの自転車
色はピンク
ハンドルもサドルも
みんなピンク
ブレーキのゴムさえ
やはりピンク

「なんだか君自身の唄みたいだな」と私は言った。

「そうよ、もちろん。私自身の唄よ」と彼女は言った。「気に入った？」

「気に入ったね」

「つづき聴きたい？」

「もちろんさ」

四月の朝に
似合うのはピンク
それ以外の色は
まるでだめ
買ったばかりの自転車
靴《くつ》もピンク
帽子もセーターも
みんなピンク
ズボンも下着も
やはりピンク

「ピンクに対する君の気持はよくわかったから、話を先に進めてくれないかな」と私は言った。

「これは必要な部分なのよ」と娘は言った。「ねえ、ピンク色のサングラスってあると思う？」

「エルトン・ジョンがいつかかけていたような気がするな」

「ふうん」と彼女は言った。「まあいいや。つづき唄《うた》うわね」

道で私は
おじさんに会った
おじさんの服は
みんなブルー
髭《ひげ》を剃《そ》り忘れてるみたい
その髭もブルー
まるで長い夜みたいな
深いブルー
長い長い夜は
いつもブルー

「それは僕のことかな？」と私は訊《き》いてみた。
「いいえ、違うわ。あなたのことじゃない。この唄《うた》にあなたは出てこないの」

森に行くのは
よしたがいいよ、あんた
とおじさんは言う
森のきまりは
獣たちのためのもの
それがたとえ
四月の朝であったとしても

水は逆に
流れたりはしないものだ
四月の朝にも

それでも私は
自転車で森へ向う
ピンクの自転車の上で
四月の晴れた朝に
こわいものなんて何もない

色はピンク
自転車から降りなければ
こわくない
赤でもブルーでも茶でもない
まっとうなピンク

彼女が『自転車の唄』を唄い終えた少しあとで、我々はどうやら崖《がけ》をのぼりきったらしく、広々とした台地のようなところに出た。我々はそこで一息ついてから、ライトでまわりを照らしてみた。台地はかなり広いらしく、テーブルのようなつるりとした平面がどこまでもつづいていた。彼女は台地ののぼりぐちのところにしばらくしゃがみこんでいたが、そこでまた半ダースほどのペーパー・クリップを見つけた。

「君のおじいさんはいったいどこまで行ったんだい？」と私は訊いた。

「もうすぐよ。この近く。この台地のことは祖父から何度も話を聞いているからだいたい見当がつくの」

「君のおじいさんはすると以前にも何度もここに来ているわけ？」

「もちろんよ。祖父は地底の地図を作成するために、このあたりは隅《すみ》から隅までまわったの。ここのことなら何でも知ってるわよ。枝穴の行く先から秘密の抜け道から、何から何までね」

「一人で歩きまわったの？」

「ええ、そうよ。もちろん」と娘は言った。「祖父は一人で行動するのが好きなの。もともとは人嫌《ひとぎら》いとか他人を信用しないとかいうんじゃなくて、ただ他の人が祖父についてくることができないからなんだけれど」

「わかるような気はするね」と私は同意した。「ところでこの台地はいったい何なんだろう？」

「この山にはかつてやみくろたちの祖先が住んでいたの。山肌《やまはだ》に穴を掘って、みんなでその中に住んでいたわけ。今私たちが立っているこの平らな場所は、彼らが宗教的な儀式を行なっていたところなの。彼らにとっての神が宿る場所よ。ここに祭司だかまじない師だかが立って、暗黒の神を呼び、いけにえを捧《ささ》げたのね」

「神というのはつまり、あの気味のわるい爪《つめ》のはえた魚のことだね？」

「そうよ。彼らはあの魚がこの暗黒の地をつかさどっていると信じているの。この地の生態系や様々なもののありようや理念や価値体系や、生や死や、そういうものをね。その昔、彼らのいちばん最初の祖先が、あの魚に導かれてこの地にやってきたというのが彼らの伝説」彼女はライトを足もとに向け、地面に掘られた深さ十センチ、幅一メートルほどの溝《みぞ》のようなものを私に示した。その溝は台地の上りぐちから一直線に闇《やみ》の奥へと向っていた。「この道をずっと辿《たど》っていくと、昔の祭壇に行きつくはずよ。そして祖父はたぶんそこに隠れていると思うの。なぜならこの聖域の中でも祭壇はもっとも神聖なもので、たとえ誰であろうとそこに近づくことができないから、そこに隠れている限り絶対に捕まる心配はないの」

我々はその溝のようなまっすぐな道を前に進んだ。道はやがて下り坂になり、それにつれて両脇《りょうわき》の壁はどんどん高くなっていった。まるで今にも両方の壁がせり寄ってきて我々の体をはさみこみ、ぺしゃんこに潰《つぶ》してしまうんじゃないかという気がしたが、あたりはあいかわらず井戸の底のようにしんとしていて、物の動く気配はなかった。私と彼女のゴム底靴が地面を踏む音だけが壁と壁のすきまに奇妙なリズムを響かせていた。私は歩きながら、無意識に何度も空を見上げた。人は暗闇《くらやみ》の中にいると、ごく自然に星や月の光を捜し求めてしまうものなのだ。

しかしもちろん私の頭上には月も星もなかった。暗黒が幾重もの層をなして、私の体にのしかかっているだけだった。風もなく、空気はどんよりとして同じ場所にとどまっていた。私をとりまく何もかもが以前よりずっと重く感じられるようになった。

私自身の存在さえ重みを増しているような気がした。吐く息や靴音の響きや手の上げ下げまでもが、泥《どろ》のように重く地表に引き寄せられているようだった。地底深くにもぐっているというよりは、宇宙のどこかのよくわけのわからない天体におり立ったみたいだ。引力や空気の密度や時間の感覚が、私の記憶しているものとは何から何までまるっきり異っているのだ。

私は左手を上にあげてディジタル時計のライトをつけ、時刻をたしかめた。二時十一分だった。地底におりたのがちょうど真夜中だから、まだ二時間と少し暗闇の中にいたにすぎないのだが、私としてはもう人生の四分の一を暗黒のうちに過してしまったような気分だった。ディジタル時計のささやかな光でさえ、それを長く見ていると目の奥がちくちくと痛んだ。おそらく私の目は少しずつ暗闇に同化しつつあるのだろう。懐中電灯の光も、同じように私の目を射《さ》した。長いあいだ暗闇の中にいると、暗闇というものが本来あるべき正常な状態であって、光の方が不自然な異物のように感じられてくるものなのだ。

我々は口を閉ざしたまま、その深く狭い溝のような通路を下へ下へと歩きつづけた。道は平坦《へいたん》な一本道で頭を天井にぶっつける心配もなかったので、私は懐中電灯のスウィッチを切り、彼女のゴム底靴の響きをたよりに前に歩きつづけた。歩きつづけているうちに、自分が目を開けているのか閉じているのかがだんだん不確かになってきた。目を開けているときの暗闇と目を閉じたときの暗闇が、まったく同じなのだ。私はためしに目を開けたり閉じたりしながら歩いてみたが、最後にはどちらがどちらなのか、正確に判断することができなくなってしまった。人間のあるひとつの行為と、それとは逆の立場にある行為とのあいだには、本来ある種の有効的な差異が存在するのであり、その差異がなくなってしまえば、その行為Aと行為Bを隔てる壁も自動的に消滅してしまうのだ。

私が今感じることができるのは、私の耳に響く彼女の靴音だけだった。彼女の靴音は地形とか空気とか暗闇とかのせいで、とてもいびつな響きかたをしていた。私は頭の中でその響きぐあいをなんとか音声化してみようとしたが、それにはどんな音声もうまくあてはまりそうになかった。まるでアフリカか中近東の、私の知らない言語のような響きだった。日本語の音声の範囲内ではどうしてもうまくそれを規定することはできないのだ。フランス語かドイツ語か英語でなら、なんとかその響きに近づけるかもしれない。私はとりあえず英語でためしてみることにした。

まず最初それは、

Even – through – be – shopped – degreed – well

と聞こえたような気がしたが、実際に口にしてみると、それは靴音の響きとはまるで違っていることがわかった。より正確に表現すると、

Efgvén－gthōuv－bge－shpèvg－égvele－wgevl

という風になった。

まるでフィンランド語みたいだったが、残念ながら、フィンランド語について私は何ひとつ知らなかった。ことば自体の印象からすると「農夫は道で年老いた悪魔に出会った」といったような感じがするが、それはあくまで印象にすぎない。根拠のようなものは何もない。

私はいろんなことばや文章をその靴音にあてはめながら歩きつづけた。そして頭の中で彼女のピンク色のナイキ・シューズが平坦な路面を交互にふみつけていく様を思い浮かべた。右のかかとが地面に下り、重心がつま先に移行し、それが地面を離れる前に左のかかとが着地する。それが際限なくつづいた。時間の流れ方はどんどん遅くなっていった。まるで時計のねじが切れて、それで針がなかなか前に進まないような感じだった。ピンク色のジョギング・シューズがぼんやりとした私の頭の中でゆっくりと前に行ったりうしろに行ったりした。

Efgvén－gthōuv－bge－shpèvg－égvele－wgevl

Efgvén－gthōuv－bge－shpèvg－égvele－wgevl
Efgvén－gthōuv－bge……

と靴音は響いていた。

フィンランドの田舎道の石の上に年老いた悪魔が腰を下ろしていた。悪魔は一万歳だか二万歳だかで、見るからに疲れきっていて、服も靴もほこりだらけだった。髭《ひげ》さえもがすりきれていた。「そんなに急いで、お前どこに行くんだ?」と悪魔は農夫に声をかけた。「鍬《くわ》の刃がかけたんでなおしにいくんだ」と農夫は答えた。「急ぐことないさ」と悪魔は言った。「まだ日はじゅうぶん高いし、そんなにあくせくすることないじゃないか。ちょっとそこに座って、俺《おれ》の話聞いてくれよ」農夫は用心深く悪魔の顔を見た。悪魔なんかとかかわりあうとロクなことがないということは農夫にもよくわかっていたが、悪魔はひどく見すぼらしくて疲れ果てているように見えた。そこで農夫は、

――何かが私の頬《ほお》を打った。やわらかくて扁平《へんぺい》なものだ。やわらかくて扁平で、それほど大きくなくて、なつかしいものだ。何だっけ? 私が考えをとりまとめているあいだに、それはもう一度私の頬を打った。私は右手をあげてその何かを振り払おうとしたが、うまくいかなかった。再び私の頬が打たれた。私の顔の前で、何かギラギ

ラと光る不快なものが振られていた。私は目を開けた。目を開けるまで、私は自分が目を閉じていたのに気づかなかった。私は目を閉じていたのだ。私の目の前にあるのは彼女の大型のフラッシュ・ライトで、私の頬を打っているのは彼女の手だった。

「よせよ」と私はどなった。「すごくまぶしいし、痛い」

「何を馬鹿《ばか》言ってんのよ！　こんなところで寝ちゃって、どうなると思うの！　しっかり立ちなさい！」と娘が言った。

「立つ？」

私は懐中電灯のスウィッチをつけて、まわりを見まわしてみた。自分では気がつかなかったのだけれど、私は地面に腰を下ろして壁にもたれかかっていた。たぶん知らず知らずのうちに眠りこんでいたのだ。地面も壁も水に濡《ぬ》れたようにぐっしょりと湿っていた。

私はゆっくりと腰をあげ、立ちあがった。

「よくわからないな。いつの間に眠りこんじゃったんだろう？　腰を下ろした覚えもないし、眠ろうとした覚えもないんだ」

「奴らがそういう風に仕向けているのよ」と娘は言った。「私たちをこのままここで眠りこませようとね」

「奴ら？」

「この山に住むものよ。神だか悪霊《あくりょう》だかなんだか知らないけれど、とにかくそういう存在。私たちの邪魔をしようとしているのよ」

私は首を振って、頭の中に残っているしこりのようなものをふるい落とした。

「頭がぼんやりとして、目を開けているのか閉じているのかがだんだんわからなくなってきたんだ。それに君の靴《くつ》が妙な響き方をしたものだから……」

「私の靴？」

私は彼女の靴の響きの中から、どんな具合に年老いた悪魔が登場してきたかを話した。

「それはまやかしよ」と娘は言った。「催眠術のようなものね。私がもし気づかなかったら、あなたはきっとここで手遅れになるまで眠りこんでいたわね」

「手遅れ？」

「ええ、そうよ。手遅れ」と彼女は言ったが、それがどのような種類の手遅れなのかは教えてくれなかった。「たしかあなたナップザックにロープを入れてたわね？」

「うん、五メートルほどのロープだけどね」

「出して」

私はナップザックを背中からおろし、その中に手をつっこんで缶詰《かんづめ》やウィスキーの瓶《びん》や水筒のあいだからナイロンのロープをひっぱりだして娘にわたした。娘は私のベルトにロープの端を結びつけ、もう片方の端を自分の腰に巻きつけた。そしてロープをたぐり寄せて、お互いの体をひっぱってみた。

「これで大丈夫」と娘は言った。「こうしておけばはぐれっこないわ」

「両方が眠りこまなければね」と私は言った。「君もあまり眠っていないんだろう?」

「問題はつけこまれないことよ。もしあなたが睡眠不足だということで自分に同情しはじめたら、悪い力はそこからつけこんでくるのよ。わかる?」

「わかるよ」

「わかったら行きましょう。ぐずぐずしてる時間はないわよ」

我々は互いの体をナイロンのロープでつなぎあわせたまま前進した。私はなるべく彼女の靴音に注意を向けないように努力した。そして懐中電灯の光を娘の背中にあて、オリーヴ・グリーンの米軍ジャケットを見つめながら歩いた。私がそのジャケットを買ったのはたしか一九七一年のことだった。まだヴェトナムで戦争がつづいていて、あの不吉な顔をしたリチャード・ニクソンが大統領をやっていた頃《ころ》のことだ。その当時は誰《だれ》も彼もが髪を長くのばして、汚ない靴をはき、サイケデリックなロックを聴き、背中にピース・マークをつけた米軍払い下げの戦闘ジャケットを着て、ピーター・フォンダのような気分になっていた。恐竜《きようりゆう》が出てきそうなほど大昔の話だ。

私はその当時に起ったことをいくつか思いだしてみようとしたが、ひとつも思いだせなかった。それで仕方なくピーター・フォンダがバイクを走らせている場面を頭の中に思い浮かべてみた。それからその場面にステッペンウルフの『ボーン・トゥー・ビー・ワイルド』をかさねてみた。しかし『ボーン・トゥー・ビー・ワイルド』はいつのまにかマービン・ゲイの『悲しいうわさ』に変ってしまっていた。たぶんイントロダクションが似ているせいだ。

「何を考えてるの？」と前の方から太った娘が声をかけた。

「べつに何も」と私は言った。

「唄《うた》でも唄う？」

「唄はもういいよ」

「じゃあ、何か考えなさい」

「話をしよう」

「どんな話？」

「雨ふりの話はどう？」

「それでいいわ」

「君はどんな雨ふりを覚えてる？」

「父と母と兄弟が死んだ日の夕方雨が降ったわ」

「もっと明るい話をしよう」と私は言った。

「いいのよ。私は話したいんだから」と娘は言った。「それに、あなたの他《ほか》にそんな話をできる相手もいないしね。……もしあなたが聞きたくないんなら、もちろんやめるけれど」

「話したいのなら話せばいいさ」と私は言った。

「降っているのかいないのか、よくわからないような雨だったわ。朝からずっとそんな天気がつづいていたの。空がぼんやりとしたグレーに覆《おお》われたままぴくりとも動かないの。私は病院のベッドに寝たまま、ずっとそんな空を見あげていたわ。十一月のはじめで、窓の外にはくすの木がはえていた。大きなくすの木。葉はもう半分くらい落ちていて、その枝のあいだから空が見えるの。木を眺《なが》めるの好き？」

「さあどうかな」と私は言った。「べつに嫌いなわけじゃないけど、あまり注意深く眺めたことはないね」

正直に言って、私にはしいの木とくすの木の違いもわからないのだ。

「私は木を眺めるの大好きよ。昔からずっと好きだったし、今でもそう。暇があると木の下に座って、幹にさわったり枝を見あげたりしながら、何時間もぼんやりしているの。そのとき私が入院していた病院の庭にあったのも、ずいぶん立派なくすの木だったわ。私はベッドに横になって、なんにもしないで一日じゅうそのくすの木の枝と空を見てたの。最後にはその枝の一本一本をぜんぶ覚えちゃったくらい。ほら、ちょうど鉄道マニアが路線の名前とか駅なんかをぜんぶ覚えちゃうみたいにね。

それから、そのくすの木にはよく鳥がやってきたわ。いろんな種類の鳥。雀《すずめ》とか、もずとか、むくどりとかね。あとは名前をしらないきれいな色の鳥。ときどきは鳩《はと》もやってきたわ。そんな鳥がやってきて、しばらく枝の上で休んで、またどこかに飛び立っていくの。鳥たちは雨ふりに対してとても敏感なの。知ってた？」

「知らない」と私は言った。

「雨が降っていたり、雨が降りそうだったりすると、鳥たちはぜったい木の枝には姿を見せないの。でも雨が降りやむとすぐにやってきて、大きな声で鳴くのね。まるで雨があがったことをみんなで祝福しあうみたいに。どうしてだかはわからないわ。雨があがると虫が地面に出てくるせいかもしれない。それとも単に鳥たちは雨あがりが好きなだけかもしれない。でもそれで、私は天気の具合を知ることができたの。鳥の姿が見えなければ雨だし、鳥がやってきて鳴けば雨はあがったのよ」

「長く入院していたの？」

「ええ、一カ月かそこら。私は昔、心臓の弁に問題があって、それを手術でなおさなくちゃならなかったの。とてもむずかしい手術だっていうことで、家族のみんなは私のことを半ばあきらめていたくらいなの。でも不思議ね。結局私だけが生き残って健康そのもので、他の人はみんな死んじゃったわ」

そのまま彼女は黙って歩きつづけた。私も彼女の心臓やくすの木や鳥のことを考えながら歩いた。

「みんなが死んだその日は、鳥たちにとってもひどく忙しい一日だったの。なにしろ降っているのかいないのかわからないような雨が降ったりやんだりしつづけていたわけだから、鳥たちもそれにあわせて出たりひっこんだりを繰りかえしていたの。とても寒い、冬のさきぶれのような一日で、病室には暖房が入っていたから、窓ガラスはすぐに曇ってしまって、私は何度もそれを拭《ふ》かなくちゃならなかったわ。ベッドから起きあがって、タオルで窓を拭いて、また戻《もど》ってくるの。ほんとうはベッドを離れちゃいけなかったんだけど、私は木や鳥や空や雨を見ていたかったの。長く病院に入っていると、そういうものが命そのもののように見えてくるのね。病院に入院したことある？」

「ない」と私は言った。私はだいたいにおいて春の熊《くま》のように健康なのだ。

「羽が赤くて頭の黒い鳥がいたわ。いつもつがいで行動しているの。それに比べるとむくどりはまるで銀行員みたいに地味な格好をしているの。でもみんな、雨がやむと同じように木の枝にやってきて鳴いたわ。

そのとき私はこう思ったの。世界って、なんて不思議なものだろうってね。世界には何百億、何千億っていう数のくすの木がはえていて――もちろんくすの木である必要はないんだけど――そこに日が照ったり雨が降ったりして、それにつれて何百億、何千億という数のいろんな鳥がそこにとまったりそこから飛び立ったりしているのね。そういう光景を想像していると、私はなんだかとても悲しいような気持になったわ」

「どうして？」

「たぶん世界が数えきれないほどの木と数えきれないほどの鳥と数えきれないほどの雨ふりに充《み》ちているからよ。それなのに私にはたった一本のくすの木とたったひとつの雨ふりさえ理解することができないような気がしたの。永遠にね。たった一本のくすの木とたったひとつの雨ふりさえ理解できないまま、年をとって死んでいくんじゃないかってね。そう思うと、私はどうしようもなく淋《さび》しくなって、一人で泣いたの。

泣きながら、誰かにしっかりと抱きしめてほしいと思ったの。でも抱きしめてくれる人なんて誰もいなかった。それで私はひとりぼっちで、ベッドの上でずっと泣いていたの。

そのうちに日が暮れて、あたりが暗くなり、鳥たちの姿も見えなくなってしまったわ。だから私には雨が降っているのかどうか、たしかめることもできなくなってしまったの。その夕方に私の家族はみんな死んでしまったわ。私がそれを知らされたのはずっとあとのことだったけれどね」

「知らされたときは辛《つら》かったろうね」

「よく覚えてないわ。そのときは何も感じなかったんじゃないかっていう気がするの。覚えているのは、私がその秋の雨ふりの夕暮に誰にも抱きしめてもらえなかったということだけ。それはまるで――私にとっての世界の終りのようなものだったのよ。暗くてつらくてさびしくてたまらなく誰かに抱きしめてほしいときに、まわりに誰も自分を抱きしめてくれる人がいないというのがどういうことなのか、あなたにはわかる？」

「わかると思う」と私は言った。

「あなたは愛する人をなくしたことがある？」

「何度かね」

「それで今はひとりぼっちなのね？」

「そうでもないさ」とベルトに結んだナイロンのロープを指でしごきながら私は言った。「この世界では誰もひとりぼっちになることなんてできない。みんなどこかで少しずつつながってるんだ。雨も降るし、鳥も鳴く。腹も切られるし、暗闇《くらやみ》の中で女の子とキスすることもある」

「でも愛というものがなければ、世界は存在しないのと同じよ」と太った娘は言った。「愛がなければ、そんな世界は窓の外をとおりすぎていく風と同じよ。手を触れることもできなければ、匂《にお》いをかぐこともできないのよ。どれだけ沢山の女の子をお金で買っても、どれだけ沢山のゆきずりの女の子と寝ても、そんなのは本当のことじゃないわ。誰もしっかりとあなたの体を抱きしめてはくれないわ」

「そんなにしょっちゅう女の子を買ったり、ゆきずりで寝てるわけじゃないさ」と私は抗議した。

「同じことよ」と彼女は言った。

まあそうかもしれない、と私は思った。誰かが私の体をしっかりと抱きしめてくれるわけではないのだ。私も誰かの体をしっかりと抱きしめるわけではない。そんな風に私は年をとりつづけているのだ。海底の岩にはりついたなまこのように、私はひとりぼっちで年をとりつづけるのだ。

私はぼんやりと考えごとをしながら歩いていたせいで、前を行く彼女が立ち止まったのに気がつかず、そのやわらかい背中にぶつかってしまった。

「失礼」と私は言った。

「しっ！」と彼女は言って、私の腕をつかんだ。「何か音が聞こえるわ。耳を澄ませて！」

我々はじっとそこに立ったまま、暗闇の奥からやってくる響きに耳を澄ませた。その音は我々の辿《たど》る道のずっと前方から聞こえてきた。小さな、注意しなければ気がつかないような音だ。かすかな地鳴りのようでもあり、何かどっしりとした重い金属がこすりあわされる音のようでもある。しかしそれが何であれ、音は途切れることなくつづき、時間がたつにつれてほんの少しずつその音量はあがってくるようだった。大きな虫がじわじわと背中をはいあがってくるような、不気味で冷ややかな感触のする音だった。人の耳の可聴範囲にやっと触れるほどの低い音の響きだ。

まわりの空気さえもが、その音の波にあわせて揺れはじめたようだった。どんよりとした重い風が、水に流される泥《どろ》のように我々の体のまわりを前から後へとゆっくり移動していった。空気は水をふくんだようにじっとりとして冷たかった。そして何かが起りつつあるという予感のようなものがあたりに充ちていた。

「地震でも起るのかな」と私は言った。

「地震なんかじゃないわ」と太った娘が言った。「地震よりずっとひどいものよ」

村上春樹著
雨天炎天
―ギリシャ・トルコ辺境紀行―

ギリシャ正教の聖地アトスをひたすら歩くギリシャ編。一転、四駆を駆ってトルコ一周の旅へ――。タフでワイルドな冒険旅行！

村上春樹著
村上朝日堂 はいほー！

本書を一読すれば、誰でも村上ワールドの仲間になれます。安西水丸画伯のイラスト入りで贈る、村上春樹のエッセンス、全31編！

村上春樹著
ねじまき鳥クロニクル
読売文学賞受賞（1～3）

'84年の世田谷の路地裏から'38年の満州蒙古国境、駅前のクリーニング店から意識の井戸の底まで、探索の年代記は開始される。

村上春樹
安西水丸著
村上朝日堂超短篇小説 夜のくもざる

読者が参加する小説「ストッキング」から、全篇関西弁で書かれた「ことわざ」まで、謎とユーモアに満ちた「超短篇」小説36本。

河合隼雄
村上春樹著
村上春樹、河合隼雄に会いにいく

アメリカ体験や家族問題、オウム事件と阪神大震災の衝撃などを深く論じながら、ポジティブな新しい生き方を探る長編対談。

村上春樹著
村上朝日堂ジャーナル うずまき猫のみつけかた

マラソンで足腰を鍛え、「猫が喜ぶビデオ」の効果に驚き、車が盗まれ四苦八苦。水丸画伯と陽子夫人の絵と写真満載のアメリカ滞在記。

吉本ばなな著

とかげ

私のプロポーズに対して、長い沈黙の後とかげは言った。「秘密があるの」。ゆるやかな癒しの時間が流れる6編のショート・ストーリー。

吉本ばなな著

キッチン

海燕新人文学賞受賞

淋しさと優しさの交錯の中で、世界が不思議な調和にみちている――〈世界の吉本ばなな〉のすべてはここから始まった。定本決定版！

吉本ばなな著

アムリタ（上・下）

会いたい、すべての美しい瞬間に。感謝したい、今ここに存在していることに。清冽でせつない、吉本ばななの記念碑的長編。

吉本ばなな著

うたかた　サンクチュアリ

人を好きになることはほんとうにかなしい――運命的な出会いと恋、その希望と光を瑞々しく静謐に描いた珠玉の中編二作品。

吉本ばなな著

白河夜船

夜の底でしか愛し合えない私とあなた――生きてゆくことの苦しさを「夜」に投影し、愛することのせつなさを描いた〝眠り三部作〟。

よしもとばなな著

ハゴロモ

失恋の痛みと都会の疲れを癒すべく、故郷に舞い戻ったほたる。懐かしくもいとしい人々のやさしさに包まれる――静かな回復の物語。

川上弘美著
ニシノユキヒコの恋と冒険
姿よしセックスよし、女性には優しくこまめ。なのに必ず去られる。真実の愛を求めさまよった男ニシノのおかしくも切ないその人生。

川上弘美著
センセイの鞄
谷崎潤一郎賞受賞
独り暮らしのツキコさんと年の離れたセンセイの、あわあわと、色濃く流れる日々。あらゆる世代の共感を呼んだ川上文学の代表作。

川上弘美著
古道具 中野商店
てのひらのぬくみを宿すなつかしい品々。小さな古道具店を舞台に、年の離れた4人のもどかしい恋と幸福な日常をえがく傑作長編。

川上弘美著
なんとなくな日々
夜更けに微かに鳴く冷蔵庫に心を寄せ、蜜柑の手触りに暖かな冬を思う。ながれゆく毎日をゆたかに描いた気分ほとびるエッセイ集。

川上弘美著
ざらざら
不倫、年の差、異性同性その間。いろんな人に訪れて、軽く無茶をさせ消える恋の不思議。おかしみと愛おしさあふれる絶品短編23。

川上弘美著
どこから行っても遠い町
二人の男が同居する魚屋のビル。屋上には、かたつむり型の小屋――。小さな町の人々の日々に、愛すべき人生を映し出す傑作小説。

世界《せかい》の終《おわ》りと
ハードボイルド・ワンダーランド（上）

新潮文庫　む-5-4

平成二十二年四月十日　発行
令和　五　年　五　月三十日　二十刷

著者　村《むら》上《かみ》春《はる》樹《き》

発行者　佐藤隆信

発行所　株式会社　新潮社
郵便番号　一六二―八七一一
東京都新宿区矢来町七一
電話　編集部(〇三)三二六六―五四四〇
読者係(〇三)三二六六―五一一一
https://www.shinchosha.co.jp

価格はカバーに表示してあります。

乱丁・落丁本は、ご面倒ですが小社読者係宛ご送付ください。送料小社負担にてお取替えいたします。

印刷・錦明印刷株式会社　製本・加藤製本株式会社

ISBN978-4-10-100157-9 C0193